AF131254

© René Pons, 2024
Édition : BoD · Books on Demand GmbH, In de Tarpen 42,
22848 Norderstedt (Allemagne)
Impression : Libri Plureos GmbH, Friedensallee 273, 22763 Hamburg (Allemagne)

ISBN : 978-2-3225-3891-1
Dépôt légal : Novembre 2024

Conception - Infographie : Alexandra Chillet

© La Voix Domitienne
www.lavoixdomitienne.com – ed.lavoixdomitienne@orange.fr

Couverture : manuscrit de René Pons (photo fournie par l'auteur)

JOURNAL RETROUVÉ

juin 1999 - juin 2000

René Pons

Avant-propos

Ce journal, vieux d'un quart de siècle, fut refusé par un grand éditeur chez lequel j'avais déjà publié plusieurs livres. Les raisons invoquées pour justifier ce refus ne furent pas littéraires, mais, si je puis dire, morales : mon journal était trop pessimiste, trop autocentré, ce sont les termes de l'éditeur, alors que la littérature, selon lui, était faite pour donner du bonheur aux gens.

Je traversais alors, et le journal en témoigne, une de ces périodes difficiles où j'avais l'impression que l'écriture m'abandonnait et où ma santé me posant des problèmes, je me demandais si l'écriture enfuie reviendrait un jour.

Découragé, j'enfermai donc ce journal dans un tiroir, sans chercher à le proposer à un autre éditeur. Récemment, je l'ai retrouvé, à l'occasion d'un rangement et, après relecture, j'eus envie de le voir paraître.

Lorsque je l'avais entrepris, je m'étais fixé, connaissant ma paresse, de le faire durer un an, d'un anniversaire à un autre anniversaire, et je m'étonne d'avoir réussi à tenir la gageure. Il en est résulté ce livre qu'à présent, si près de la fin, je ne réserve qu'à quelques amis ou lecteurs.

René Pons
Été 2024

Journal retrouvé

21 juin 1999

Avec tous les livres que j'ai autour de moi, je pourrais ne plus jamais sortir et passer le reste de ma vie à relire ce que j'ai mal lu, ou, du moins, que j'ai lu avec un autre état d'esprit que celui d'aujourd'hui.

Ces livres, que j'ai cru lire, je n'en ai saisi qu'une infime partie, et, les relisant, c'est encore une partie infime qui m'en reste.

Combien de temps faut-il pour épuiser un livre digne de ce nom ?

Y a-t-il même une fin à l'acquisition totale de sa substance ? Il n'y a pas de fin ; puisque chaque fois que nous le lisons, nous avons changé – et le monde autour de nous – et que nous-mêmes ne cessons jamais de changer.

La lecture, comme l'écriture, est un acte infini, un mouvement fluvial qui nous emporte dans un perpétuel changement : le texte que nous relisons est apparemment le même que celui que nous avons déjà lu – il l'est matériellement – mais en réalité il n'est jamais le même : on ne se baigne jamais deux fois dans le même livre.

Sans doute les religions avaient-elles compris cela, dont les prières, pures formules, ne sont que le récipient de série dans lequel chacun verse ses vœux et ses angoisses secrets.

~

Superstitieux ? Oui, comme tout le monde, ou du moins comme ceux qui ont un certain sens de l'image poétique – métaphore ou comparaison – ce rapport spontané, dans le cas des plus belles, entre deux réalités aussi étrangères que possible l'une à l'autre.

28 juin

Le rêve, prodigieuse école de vérité. Deux jours après avoir subi une résection de la prostate, et donc devenu stérile, ce que j'affirme sincèrement sans importance, eu égard à mon âge, je rêve qu'une femme me demande de lui faire un enfant.

29 juin

La vie, le temps, le déclin des forces m'auront au moins appris une chose : à savoir que tous ceux qui affichent une conviction inébranlable, une intolérance têtue, ceux qui se présentent comme des blocs – Claudel – sont, en réalité, des faibles.

Moi-même, j'ai été faible, j'ai accepté, par désespoir, à un moment donné de ma vie, un dogme politique, comme d'autres se soumettent à un dogme religieux, c'est-à-dire que j'ai admis une pensée figée par ceux qui avaient intérêt à la rendre telle. Partant, dans le confort, je me suis, infantile, mis sous son aile, ce qui m'évitait de penser, puisque j'avais à ma disposition une langue non pas de chair mais de bois.

Les tables de la loi – peu importent lesquelles – pèsent de tout leur poids sur la réflexion, l'assèchent et l'empêchent de s'épandre. Tout raisonnement devient récitation de raisonnement et ainsi de suite…

30 juin

La douleur, l'angoisse, l'insomnie, la permanente présence des organes, les horribles organes, m'auront fait haïr au plus haut point toute idée de l'au-delà.

En eux, je n'ai trouvé aucun chemin vers quelque révélation ; et ceux qui prétendent l'avoir trouvée me paraissent des farceurs. Les victimes d'un sinistre phénomène d'auto suggestion.

Je rampe vers le jour dans un couloir aux parois hérissées de lames de diamant auxquelles je laisse, à chaque reptation, un peu de ma chair.

7 juillet

Achevé, dans le dégoût, le journal de Claudel. Claudel, violence haineuse sur cou court d'inquisiteur lettré, lucide, rusé, sectaire, et au bout du compte abject, mais quel écrivain !

~

Je pense à Riez, qui a vu passer tant de morts, j'y pense, étrangement, comme à un lieu où le temps se fixe, alors que je sais combien le temps ravageur y passe et que, malgré la présence de mes enfants, ce n'est plus qu'un lieu dont chaque chambre porte le nom d'un fantôme.

~

« Nous sommes tous dans le ruisseau mais certains d'entre nous regardent les étoiles. » (Oscar Wilde)

~

Le bonheur de l'été en dépit des organes. Les volets en clef et les taches du soleil tordues par les plis du rideau. Les cigales au cœur du village, dans le jujubier de mon voisin.

~

Mon corps m'a donné plus d'angoisses que de plaisirs, et même dans le plaisir j'ai trouvé une source d'angoisse.

9 juillet

Effritement. J'aurai, toute ma vie, eu conscience de mon effritement, de ces érosions irréparables que provoquent paresse et découragement devant ce que j'aurais pu faire et que je n'ai pas fait.

Combien d'heures aurai-je passé, en proie à une sorte de tétanie de l'esprit, sentant s'échapper chaque seconde, grain tranchant d'un sablier impossible à arrêter, avec, au fond de moi, la présence de capacités intellectuelles dont je sentais qu'elles étaient gaspillées en une poussière velléitaire ?

Et sans doute en ce moment même.

~

Tout auteur vivant est un otage futur, si son œuvre survit. Il suffira d'un historien, d'un critique ou, pire, d'un disciple, pour l'affubler de pensées ou croyances qu'il n'a jamais eues. Ainsi, Rimbaud s'est-il retrouvé, par la grâce du tonitruant Claudel, mystique à l'état sauvage, et combien d'autres avant ou après lui, devenus idole, sujet ou chose de tel ou tel médiocre, lune stérile brillante du soleil accaparé.

10 juillet

Écouter son corps dans ses douleurs, dans ses malaises, c'est le fragmenter et le rendre monstrueux avec sa tête énorme, ou minuscule, sa vessie colossale ou son estomac omniprésent et tordu.

Changement d'échelle de chaque organe, les uns agrandis, les autres rapetissés, pour aboutir à une géographie aberrante qui, si nous voulions dresser la carte de notre corps tel qu'il est perçu, nous ferait aboutir à une représentation tératologique de nous-mêmes dans laquelle bien peu seraient capables de nous reconnaître.

~

Au fond, la question que je me pose aujourd'hui, absurde à première vue – mais il faut se méfier des premières vues – c'est : la littérature est-elle partageable ? N'est-elle pas une pratique par essence autiste et l'écrivain, toutes vanités abolies, n'est-il pas condamné au solipsisme ? Question furtive, fugitive pensée matinale qui, une seconde, fait trembler les étagères de ma bibliothèque où reposent tant de livres, urnes remplies de cendres étranges qui émettent un message lorsqu'on souffle dessus.

~

Dans tous mes livres, quelle que soit leur sincérité – mais ce mot agaçant n'est qu'un leurre –, je n'ai peut-être fait qu'imiter la posture de l'écrivain que je désirais être, mais ai-je réussi à être un tant soit peu moi-même, et la variété des écritures que j'ai utilisées n'est-elle pas le signe que, à mon insu, je n'ai cessé de me chercher sans jamais me trouver ?

En conséquence, tout ce que j'ai écrit n'est que tâtonnement vers un but que je n'ai pas atteint et que je n'atteindrais plus. Ce qui ne m'empêchera pas, incorrigible graphomane, de continuer à écrire.

12 juillet

La soudaine sensation, au service des urgences, d'être embarqué, horizontal et abandonné, dans une histoire qui ne m'appartient plus. Incarnation du fatalisme.

~

Plus on descend dans l'échelle sociale, plus on trouve des gens exigeants, intolérants, surtout si le service qui leur porte secours est gratuit : une âme de petit potentat dans un corps de serf. Le goût et la fascination du pouvoir sont d'autant plus forts que ce pouvoir est inaccessible. Qu'une révolution renverse les échelles de la hiérarchie et, malheureusement, ceux, les plus obtus, chez lesquels on trouve ce travers, les entiers, incapables d'analyse, s'emparent d'un pouvoir qui ressemble très vite, parfois en pire, à celui qu'on a abattu.

~

L'hôpital, respiration entre espoir et désespoir.

13 juillet

Néant-------- absurdité---------- Néant.
La destinée de l'homme et, au cœur de cette absurdité, la vie, le mélange le plus complexe possible de contradictions et une inexorable appétence pour le mal : la leçon désespérante de Sade.
Et pourtant…

~

Cette perpétuelle connivence heureuse avec des fantômes.

14 juillet

Un jour, on sait que l'on est en vue de l'autre rive, là où commence le néant, là où l'on aimerait trouver ceux que l'on a aimé et qui sont morts, là où l'on sait, désespéré – je n'ai pas encore su atteindre le détachement – que l'on ne trouvera rien, que la notion même de trouver aura disparu, comme toutes les autres notions abandonnées, tas de vêtement jetés en désordre, au seuil de l'inconscience définitive.

~

De plus en plus séparé de la politique. Le monde est devenu pour moi un fatras de gestes et de mots inutiles, un grouillement de larves humaines qui s'agitent, pour rien, dans le sas de l'absurde où ils passent un instant entre deux néants.
Restent quelques-uns, si peu, mais le sel, par-delà le bruit, adeptes d'un silence sans dieu.

~

Après tout, il n'est pas interdit d'admirer les sauts de puce des astronautes, cette volonté de connaissance de l'homme, mais comment ne pas y sentir aussi, à côté de raisons moins nobles que la pure connaissance, quelque chose de naïf, et comment ne pas désirer immobilité, lumière et silence, alors même qu'en nous, trop souvent entraînés, se dessine un mouvement contraire ?

~

Les antennes multiples griffant le ciel : érection du besoin de bavardage et laideur.

~

Qu'un gouvernement socialiste (ou prétendu tel), invite la garde royale marocaine – garde d'un potentat tyrannique et rusé – à ouvrir le défilé militaire, célébrant la révolution qui abattit la monarchie, est on ne peut plus symbolique d'une époque sans grands scrupules qui aime le mélange des genres.

18 juillet

Rencontrer l'autre, dans le quotidien, referme ce journal qui ne peut s'ouvrir qu'au seuil de la solitude ou quand je descends vers ces enfers où vivent mes chères ombres sans poids.

~

Si je voulais parler de ce qui m'est arrivé hier, des amis rencontrés, des bons moments passés ensemble, je ne le pourrais pas. Cela est dans une dure réalité dont l'écriture ne peut percer le blindage. Sans doute puis-je parler des fleurs, des arbres et du ciel de mon quotidien, mais à peu près pas des êtres immédiatement là, surtout s'ils me sont proches : mon écriture est comme une sonde plongée dans ma propre substance, ce bizarre maelström d'humeurs dans lequel je ne me lasse pas de promener mon scaphandre scriptural, projetant le faisceau de mon phare vers les créatures aveugles de l'inconscient ou du souvenir, ces créatures qui, saisies par mon écriture, comme un entomologiste saisit un papillon, sont, pour un à jamais relatif, épinglées par mes mots sur le liège de la page.

23 juillet

Les si lointains événements : le matin je feuillette le journal, surtout acheté pour ses mots croisés, et j'ai l'impression, pour la énième fois, de repasser, très haut, au-dessus d'une planète où sans fin se répètent les mêmes phénomènes des milliers de fois observés.

~

Les femmes, parfois, alors que, dans une réunion, je me suis envolé au moins jusqu'au plafond, me paraissent des êtres merveilleux, d'une extraordinaire force, des sortes de divinités sans âge, perpétuellement renaissantes depuis l'aube des temps, et Adam, grignotant sa pomme, a un je-ne-sais-quoi d'insupportablement niais.

24 juillet

Sade, si odieux qu'il puisse paraître, si récupéré par une intelligentsia mondaine et cabotine, est quand même le seul à avoir vraiment montré, sans arrière-plan moralisateur, le vrai fond de la nature humaine, ce fond monstrueux qui jaillit, au gré des circonstances extrêmes, ne laissant transsuder, le reste du temps, que veulerie à la petite semaine, corruption sans grandeur, bassesse plus ou moins consciente, brutalité, etc.

~

Comme les hommes aimeraient, pour se sentir frères dans la haine, que leur vilenie n'ait aucune faille ; mais il y a, çà et là, des gens qui jouent les grains de sable, douloureux là où ils passent, et ces gens, tous se liguent pour les éliminer. Pourtant ils subsistent, comme des kystes minuscules, dans le grand ventre de l'absurde, connaissant la malignité de leur espèce, sachant qu'eux-mêmes en sont atteints mais, en dépit de ce poids, entretenant en eux, attitude peut-être absurde, un étrange respect de l'autre – est-ce par égoïsme forcené ? – même si cet autre ils ne se font guère d'illusions sur lui.

Rousseau s'est trompé : l'homme ne naît pas bon et, n'en déplaise à quelques rêveurs, il n'a pas fait le moindre progrès dans le sens du bien. Son seul progrès est l'hypocrisie : depuis qu'il a multiplié ses moyens de détruire, la raison du plus fort étant toujours la meilleure, il n'a jamais autant parlé de charité ou de droits de l'homme (je ne confonds pas les deux), jamais autant vanté ses saints médiatiques. Ce qui serait risible, si l'hypocrisie était risible, mais elle est triste et, à tout prendre, je lui préfère le cynisme.

~

L'écriture, cette purulence de l'angoisse.

~

Vignes le matin. Les grappes vertes aux grains encore minuscules. Les sarments morts enfoncés dans la poussière et que je ramasse pour faire griller la viande. Je note ces détails banals uniquement pour réfléchir sur l'emploi des mots, sur cette obsédante peur du cliché qui nous menace et que j'essaie d'éviter sans y parvenir tout à fait. À chaque instant, comme un déjà entendu, déjà usé, le kitsch des adjectifs à notre disposition comme une collection de nains de jardin. Et sans fin l'accablement de l'inexprimable d'où l'on s'échappe, yeux clos, comme on plonge dans une rivière inconnue.

27 juillet

Maintes fois, dans des fictions ou dans mes carnets, j'ai évoqué un homme se disloquant, comme un livre aux pages décousues emportées par une bourrasque et cherchant à se retenir. Bien entendu cet homme c'est moi. Par moments une sorte de terreur à constater les dégâts. Impossible de réunir les morceaux épars. Pourtant, je poursuis mon travail d'écriture, j'écris des livres, je me donne l'illusion de créer dans une certaine cohérence, mais c'est bien une illusion : dans mes moments de lucidité, qui sont peut-être mes moments de délire, je sens de nouveau les rafales de la bourrasque et je vois s'éparpiller, partout, les pages de mon corps.

28 juillet

Hier, soirée chez des amis, comme avant-hier, mais pourquoi parlerais-je d'une soirée chez des amis ? Derrière mon amabilité, je n'étais pas là, ou si peu. Où étais-je ? Dans le constat de mon amenuisement. Lorsqu'ils parlaient de leurs voyages, de leurs amis, nombreux, j'avais l'impression d'être, toute ma vie, resté immobile, et seul. Et pourtant je ne suis resté ni immobile ni seul, et je le sais, mais telle est ma sensation. Le seul moment, hier, où je me suis trouvé en coïncidence avec moi-même, lorsque j'ai accompagné, au piano, une petite fille qui jouait de la flûte : la musique nous a enfermés, comme intemporels, dans ses orbes.

~

Ce journal est comme un bathyscaphe, absolument étanche, d'où je ne puis sortir, mais d'où je puis voir, et que je promène dans ce milieu hostile, la vie, où nagent tant de poissons aveugles.

~

Lorsque je publie un livre, est-ce que je veux me prouver que j'existe vraiment ? Et si ce livre édité, que je tiens dans mes mains, n'existait pas ? S'il n'était qu'un fragment de rêve ?

~

Emily Dickinson, cette violence – est-ce bien le mot ? –, si concentrée, le côté douloureusement lumineux de ses brefs poèmes aux pointes déchirantes. Diamant cruel. Déglutir la douleur. Nœud si serré – et dans les lettres aussi, encore plus peut-être – qu'il est parfois indénouable. Première impression en début de lecture. Où est la porte ? Ou bien ne suis-je pas digne d'entrer ?

~

L'espace du soir, hier, nuit tombante, construit par le cri des petits ducs invisibles, et la fausse incohérence du vol des pipistrelles silencieuses, ou du moins dont les cris infimes étaient masqués par notre conversation vaine.

Quelle disproportion entre l'immensité terrestre et cosmique, dont je parle si souvent à travers l'infime – comme ce banal soir habité par le cri d'oiseaux de nuit invisibles et le vol membraneux des chauves-souris –, et le bavard pépiement des hommes voués à l'agitation, à la désespérante nécessité de trouver un sens à tout et d'avoir peur du silence.

~

Comment peut-on se passer de rythme ? Comment peut-on écrire ou parler sans rythme ? Le sens importe souvent peu, mais le rythme ? Ces tourbillons syncopés d'un fleuve intermittent tordant ses cordes d'eau entre deux rives, dans sa descente vers l'oubli. Le Styx, infiniment, et le battement de la rame.

~

Tissé d'images et de résurgences sous le regard d'un dieu créé de toutes pièces.

~

Cécité. Mot soudain détaché de son sens et qui sonne, dans la nuit, tellement symétrique, *é-i-é*, comme un chuchotement menaçant de sorcier.

~

Écriture, temps du secret.

~

Je me bâtis de poussière et d'intervalles.

29 juillet

Le génie est vraiment insolent, à tous les sens du mot, c'est-à-dire qu'il bouscule les habitudes, évidemment, mais aussi blesse, délibérément, écrase, domine, nous laisse, dépassé et complice, lorsque nous l'acceptons, tout en nous remettant, brutal, à notre vraie place. Et pourtant le génie est généreux puisqu'il ne décourage pas d'écrire.

30 juillet

Ce journal, si peu journal, est plus fait de rejet que d'accueil. Il n'est ni fourre-tout, fatras à ragots ou – si peu – écho des événements, mais retrouvailles sporadiques avec les mots et la sensation de vide et d'impuissance à être dans ce monde qu'ils expriment, ou tentent d'exprimer. Je m'y abstiens presque toujours de références au quotidien événementiel, d'attaques contre tel ou tel, dont je sais qu'elles n'atteindraient pas leur but, d'allusions à mes familiers – ma femme, ma fille, ma famille en général – par respect pour leur liberté, qui paraîtra bien ridicule à certains, et parce que je ne voudrais pas qu'ils se sentent sous l'œil d'un entomologiste. Je ne déteste rien tant que ces bousiers, à la Jouhandeau, qui nourrissent leur œuvre de toutes les vilenies de leur quotidien.

Sans doute est-ce là une vision réductrice du journal, mais c'est la mienne. Écrire un journal nécessite une éthique rigoureuse et c'est cela qui me plaît. Et puis c'est le genre le plus dangereux possible, dans la mesure où, quel que soit le choix fait, si trompeur que l'on soit, on finit par s'y montrer à nu, incapable que l'on est d'y masquer toutes les fissures de son être, par où suintent nos humeurs les plus profondes : certain, que j'ai connu, en faisait la scène de sa roue mondaine et, malgré son désir de passer pour puissant, s'y montrait pathétique d'une vaniteuse faiblesse, révélant, à son insu, toute sa misère. Et ainsi de suite. Quelle qu'en soit l'apparence, un journal contient toujours sa part de salive d'angoisse.

~

Matin calme. Le ciel est couvert. Pas le moindre vent. Cette immobilité si rare, ici, où trop souvent mistral et tramontane affolent le paysage. Cette sensation que le temps s'est arrêté et que le tic-tac de la pendule bat pour rien, ou, mieux, bat pour nous apaiser encore un peu plus, comme un cœur dénué de trouble.

~

Amusant de voir rois et, plus drôle encore, présidents de la république – passé et actuel – pleurer, dans la presse de latrines, sur la mort d'un tyran dont la moitié des sujets sont analphabètes et qui n'a pas brillé par son sens des libertés.

31 juillet

Écrire, c'est transmuer sa solitude en un simulacre d'échange… mais je suis seul, au fond, ce qui ne m'empêche pas de trouver quelque soulagement dans la main qui se pose sur mon épaule.

~

La tumeur de l'angoisse.

~

Les mots, esquifs entre deux néants.

~

Dans quoi s'enracine mon écriture ?
dans la peur,
dans la perception suraiguë du néant
dans la séparation, cloison entre moi et l'autre,
cloison tapissée de mots.

~

Possibilité de communication à distance mais non dans la présence : le corps de l'autre, là, comme un lest qui empêche l'envol de la parole vers l'altitude pour ne privilégier que le gazouillis. D'où mon affection pour la correspondance.

~

Enveloppé dans la sueur nocturne et le silence, et sentant la fatigue s'appesantir dans les muscles, il y a quelque chose de mystérieux à voir les mots se tracer.

~

Ces images répétitives qui vident l'homme de sa substance pour n'en faire qu'une poupée jetable sans fin remplacée par une autre dont les traits pourrissent dans le ruisseau, ils appellent ça l'actualité.

Autre manière de réifier l'homme et d'en faire une matière première en s'évitant toute nauséabonde fumée.

~

Sonore silence de la nuit : je suis dans un gong immobile et pourtant vibrant de bruits infinitésimaux.

~

Si je ne rejetais pas en mots l'humeur de l'insomnie, je mourrais empoisonné par ce vacarme. Quête nécessaire des débris. Les petites écuries d'Augias lavées à petits mots.

~

Chants sacrés, résonance admirable et vaine de l'espérance désespérée sous les voûtes.

~

L'homme : l'écho du pied heurtant le prie-Dieu, longtemps se diluant dans le vide et, au bout de la nef, la lumière irisée des vitraux déguisant un jour ordinaire.

~

Je ne suis que cet éclatement retombé, ces débris épars dont je voudrais, qu'aimantés, ils attirent vers eux la limaille d'autres esprits défaits.

~

Un rite quotidien. Enclos verbal. Lieu d'interdit ? Une vacuole de vacarme au sein de la masse cristalline du silence.

1er août

Tout ce que j'ai fait jusqu'à maintenant n'est qu'une indication de ce que je n'ai pas fait, conglomérat éclairant d'échecs.

~

Des abeilles de phosphore dans l'altitude.

2 août

Bouger est devenu un besoin, entretenu par une industrie qui fait s'agiter, pour rien, les foules obtuses, dans une fragmentation criminelle du temps, une alternance d'excitation et d'abattement dont l'intelligence fait les frais. Ils ne prennent plus le temps de s'arrêter pour méditer ou seulement rêver, comme s'ils avaient peur que le sentiment du vide, et l'angoisse qu'il suscite, les rattrape. Ils passent devant les choses sans les voir, souvent les enregistrant, grâce à d'ingénieux appareils, puis reviennent chez eux, épuisés de vacances, et parfois projettent, dans l'ennui d'une soirée, l'ombre enclose de moments qu'ils n'ont pas su vivre et dont ils contemplent la poussière. Leur vie sans épaisseur n'est plus qu'un écran ; non seulement celui qui les sépare de leurs propres sens et d'autrui, mais, plus encore, celui sur lequel ils projettent une vie qui n'est que mirage. Quant à moi, je veux de moins en moins bouger, ou seulement quand un appel amical intense ou une curiosité verticale m'appellera. Le reste du temps, les quelques hectares de nature épineuse et pétrée qui m'entourent, et mon propre voyage quotidien dans les mots, me suffisent. Outre l'alvéole tapissé de livres de ce bureau où j'entretiens mon commerce silencieux avec les ombres.

~

Le village est plein de voix d'enfants qui jouent, sans se soucier de la chaleur, mais ces voix ludiques ne sont pas gênantes, comme pacifiées par la torpeur.

~

Je contiens, comme chacun sans doute, une profondeur cachée, ce lieu où le moindre mot redevient neuf et gorgé d'insolite ; mais cette profondeur comment l'atteindre ?

J'écris, explorateur de moi-même, pour tenter de trouver l'orifice de cette grotte où je m'imagine découvrir – à tort ? – un trésor de gemmes verbales ; j'écris, c'est-à-dire que je cherche – recherche obligatoirement solitaire – ce que certains ont trouvé, en eux, mais que moi, en moi, je n'ai pas encore trouvé et ne trouverai peut-être jamais : tant de mots sassés, jusqu'à ce jour, terrils de poussières mortes, parmi lesquels j'ai cherché des diamants qui n'existent sans doute même pas.

~

Le vent balance mon hamac comme un canoë : je flotte sur un lac invisible à l'écoute de ma berceuse interne.

~

Parfois, lorsque j'entends, plus loin, pleurer un enfant inconnu, une sorte de joie secrète. Le plaisir que j'éprouvais, vers ma dixième année, à effrayer un jeune voisin que, par ailleurs, j'ai initié à la musique. Au fond de chacun de nous un bourreau que l'on réprime, et qui ne demande qu'à renaître. Peut-être les bonnes âmes, qui portent leur cœur de carton sur la main, devraient-elles y réfléchir.

~

Le désir barbare de l'Éros, pétri de l'avilissement de ce que l'on aime ou du désir d'être avili par lui.

~

J'aurais dû naître, aujourd'hui, amputé de mes erreurs d'hier et augmenté du temps, purifié, que j'ai perdu. Souhait, bien entendu, imbécile.

~

Mes voisins, enduits de kitsch comme leur corps est enduit de graisse. Pas un seul détail de leur vie qui ne soit criard et ne choque mon œil. Et pourtant, peut-être sont-ils les meilleures gens du monde, au lieu que tant de gens du monde sont de parfaites crapules ?

Mais quelle est la racine de cette appétence pour le kitsch ? Est-elle du même ordre que celle du collectionneur pour le rare, tout en étant son inverse, puisqu'il s'agit là d'une appétence pour le multiple ? Ou bien s'agit-il de tout autre chose ?

Désir de se détacher de la masse, d'un côté, désir de s'y fondre, de l'autre ; mais n'est-ce pas bien plus compliqué ? Il est des gens attirés, non sans prétention de goût, par le kitsch intermédiaire d'un art vidé de toute substance prospective, kitsch déguisé en art par de faux artistes se prenant pour des vrais et souvent pris pour tels par leurs acheteurs.

Mais qu'est-ce qu'un véritable artiste ? Où doit-on chercher le critère de sa vérité ? Dans le bruit qu'il fait, dans son succès, sûrement pas. Alors où ?

Bien entendu, le kitsch pur a été analysé et l'on sait bien de quoi il s'agit, comment il est le fruit de l'ère industrielle, etc., on sait comment, récupéré, quelquefois avec humour, par l'art le plus coté au hit-parade des élites, il a été présenté comme une parodie. Mais est-il si parodie que cela et ne trouverait-on pas, dans la production de certains artistes momentanément à la mode, sous couvert d'audace, la pire des conventions et la contamination par le kitsch vrai de ce qui voudrait être son contraire ?

Et ces mondains parfumés et brillants, qui pérorent dans les vernissages, ne seraient-ils pas, tout simplement, de lointains cousins de mes adipeux et innocents voisins ?

6 août

Le temps m'a donné la certitude du détail mais non celle de l'ensemble ; et sans doute est-ce pour cela que j'ai choisi d'écrire surtout des fragments. Ou bien y a-t-il une autre raison ?

Je puis comprendre ceux qui, parfois, recourent à la drogue pour se donner une assurance qu'ils n'ont pas. L'absence de confiance en moi, certains jours, est telle, que mon cerveau ressemble à une émeraude concassée dont je chercherais à recoller les morceaux aperçus par les trous de ma boîte crânienne.

8 août

Je ne retrouve à peu près jamais mon livre dans la critique de tel ou tel. J'y suis toujours plus ou moins trahi, c'est-à-dire simplifié, caricaturé, comme si, avant même de me lire, le critique avait déjà une idée toute faite de moi, je ne sais trop à partir de quels critères, puisque je suis un auteur à peu près inconnu. Il est vrai que, dans un tout petit milieu, on m'a fait une réputation de pessimiste invétéré et, la paresse aidant...

~

Le temps tisse mon linceul et je voudrais le retenir ce temps inexorable ! Avant une épreuve, comme j'aimerais sauter plusieurs jours ou semaines pour me retrouver sur l'autre rive de la peur !

9 août

L'insomnie est une planche à clous sur laquelle on n'a pas choisi de s'allonger.

~

Quel étrange mutisme du cerveau ce soir, cette agate, dure et bariolée, d'où, lorsque je la presse, ne sort aucun jus. La frapper contre un mur ; mais la frapper ne peut que la faire éclater – j'entends ses éclats s'éparpiller à mes pieds – et la calebasse de mon crâne ne contient plus que du vent.

~

Le soir chaque jour plus précoce. Je palpe déjà l'hiver dans ce bleu de l'avant nuit et les feuilles agitées de la glycine à travers les vitres.

~

Le nourrisson crie, le visage ridé, avec une rage de vieillard aphasique. Les femmes parlent, là-bas, au bout de la véranda, tenues à distance par mon écriture. Écrire, c'est exclure, dit quelque part Cioran, dans ses cahiers. Disons écrire c'est se séparer, se ceindre d'un mur virtuel, fait de bruissements, devenir *sacer*.

~

J'ai, tout au long de ma vie, été fasciné par le misérable et mystérieux désordre des tiroirs, maelström de rebut provoqué par ma main curieuse et dans lequel je m'imaginais trouver quelque trésor. Y a-t-il là un rapport avec ma fascination pour le fragment, pour ces riens verbaux que j'accumule, rassemblant ces bouts de phrases, comme mon père à peu près n'importe quoi, sous prétexte qu'un jour ça « pouvait servir », ce qui n'était pas faux ? Mais moi, à quoi servent mes phrases, sinon à me donner un plaisir momentané dans lequel je m'étonne toujours qu'un autre puisse trouver son compte ?

~

Je palpe du regard le silence de mon bureau. C'est le soir et, soudain, ce mot résonne étrange, au moment même où je l'écris, comme s'il appartenait à une langue étrangère. Soir. Je répète plusieurs fois le mot et j'ai la sensation de sentir son doux relief sous mes doigts.

~

Penser ? Sans doute. Mais pour l'instant sentir, et, sentant l'imperceptible mutation des saisons, comprendre Bashô et les autres, capables de fixer le fugace de l'instant dans la fulguration du haïku lisible entre deux battements de cils.

~

Apaisé, oui, apaisé par le glissement des mots les plus simples, comme par la fuite du sable tiède entre les doigts, le soir, sur la plage déserte, face au ressac calme dont les reflets, teintés par l'ultime lumière, ont une onctuosité d'huile.

~

Ressac
reflets huilés
par le dernier soleil

~

Je marche, dans mon bureau, le long d'une plage imaginaire infinie sur laquelle j'avance depuis que je suis né, j'avance sans avancer, sur cette frange lissée, entre sable et eau, seul lieu capable de dissoudre mon angoisse vespérale.

11 août

Hôpital : l'enfer de l'avenue. Moteurs. Sirènes des pompiers et des ambulances. Vacarme blessant pour moi, habitué au silence. Devant ma fenêtre, un magnolia dont la brise agite à peine l'extrémité des branches aux feuilles vernissées brillantes de reflets. Pur instant, le brouhaha de la circulation s'apaise, quelques secondes, mais alors, à travers la cloison, j'entends le poste de télévision de la chambre voisine. Modernité et sérénité ne peuvent-elles jamais rimer ?

14 août

Vide intense dans ma tête. L'angoisse du corps recouvre tout et justifie la paresse, le laisser aller, l'à quoi bon. Les livres qui résistent tombent de mes mains, trop forts pour moi. Le seul acte de volonté dont je suis capable : écrire ces notes.

~

Rêves, ou plutôt cauchemars, nombreux, et dont je ne me souviens à peu près plus, à l'exception d'un grand fleuve fangeux dans lequel je me baignais peut-être, puis que je regardais, depuis un enchevêtrement de poutrelles d'acier – structure d'un pont détruit ? – toute poisseuses d'une infecte vase.

Plus tard, je découvris une seringue piquée, je ne sais plus où dans mon corps.

~

Malgré leur côté sordide, leur lumière d'orage, la plupart du temps les dérives oniriques me fascinent : j'y trouve, paradoxalement – et même si l'on me dit que les rêves sont souvent un patchwork fait de haillons de la vie diurne – une impression de jamais vu, d'aventure, que rarement le réel me donne. Parfois, je voudrais rester de l'autre côté, dans cette liberté chaotique et totale, dans cette lumière d'enfer froid, et puis j'imagine ma terreur si jamais je ne pouvais plus revenir de là-bas.

~

Cette perpétuelle déchirure entre mes désirs érémitiques, mon appétence pour la pureté, et l'attirance – phénomène banal qui signifie l'homme, mais que certains ne peuvent admettre – pour la débauche chaotique, une république des glandes où toutes formes de lois ayant disparu, le désir pourrait s'exprimer avec tous ses débordements. Ni plus ni moins sans doute que l'univers des romans de Sade, ce qui expliquerait ma fascination/répulsion pour cet écrivain monstrueusement sans concessions et dont l'admiration que lui portent certains, grands jongleurs de la chèvre et du chou dont toute la carrière n'est, si je puis dire, que concession perpétuelle, variations pour girouettes, est des plus grotesques.

~

Bander malgré tout au réveil, avec une sonde passée dans la verge et immobilisé sur un lit par une perfusion : prodigieuse force des automatismes de l'instinct.

~

Bonheur de la convalescence qui, malgré l'angoisse de la rechute, me débarrasse de toutes les obligations du quotidien et me fait une enceinte de ma fragilité, me permettant, sans qu'on m'accuse d'égoïsme, de me consacrer entièrement à mon écoute.

~

Rater, réussir sa vie, qu'est-ce que cela veut dire ?
Ma vie est ce qu'elle est, ou plutôt a été ce qu'elle a été. Pourquoi me lamenter ? C'est une vie, voilà tout, ni plus ni moins fameuse que tant d'autres, grise, oui, et d'où émergent quelques pages pas trop mauvaises, me semble-t-il. Ce pourrait être mieux, certes, mais ce pourrait être pire, même si, malgré ce que j'achève d'écrire, ma part d'idiotie me sera toujours insupportable.

~

L'approche de la nuit, difficile lorsque je suis bien portant, m'est peu supportable lorsque je suis malade : antichambre de la mort, sensation de secours impossibles, palpation du néant, partout, au-delà des volets clos.
Et le dimanche, ou les jours fériés, c'est encore pire.

~

« Je n'apprécie un livre que par le trouble, le poison qu'il verse en moi. » (Cioran)
À rapprocher des définitions de Kafka ou du terrible de Rilke.
Pour moi, un livre n'est pas un lieu où je cherche à oublier mes malaises, mais, au contraire, à me retrouver dans le malaise de

l'auteur. Fraternité de ceux, dotés de cette qualité si mal reconnue, la lucidité. Face au monde et à soi-même.

~

Il y a, chez moi, et chez bien d'autres écrivains sans doute, de la fourmi : je creuse et j'accumule des mots, comme elles des graines, dans mon activité fébrile, entêtée, qui, aux yeux des autres, doit paraître parfaitement dérisoire et absurde.

~

Je ne pense pas, je capte.

~

Fatigue, une géographie de douleurs, la mappemonde du corps où se dessinent archipels et continents de malaises.

~

Quand on est malade, on s'habitue tellement au fonctionnement anormal, que le retour à la normale angoisse, dont on sait la fragilité.

15 août

Applaudir m'est difficile. À la fin d'une musique, en particulier, j'aimerais que l'on entende, sur le silence, le souvenir des sons, que l'on ne crève pas cette bulle d'enchantement qu'ils ont construit autour de nous, ce moment de dépassement de notre médiocrité. Et puis je me demande toujours si ceux qui applaudissent obéissent à leur enthousiasme ou à une simple coutume. Parfois, j'ai l'impression qu'ils en rajoutent, que, du coin de l'œil, ils jaugent l'enthousiasme des autres, soit pour les dépasser, soit par crainte de se tromper en en faisant trop. À moins que ce soit une manière de rompre un trop fort enchantement ? Quoi qu'il en soit, je n'ai jamais connu la spontanéité de l'applaudissement ; et si j'applaudis, en général avec discrétion, c'est tout juste pour passer inaperçu en faisant comme tout le monde, mais, lorsque, par exemple, à la fin du *Wozzeck* d'Alban Berg, la musique s'éteint, comme s'apaisent contre les berges les ondes suscitées par la chute d'un corps, je voudrais qu'un long silence suive cette fin et que l'on sorte, recueilli, comme d'un temple, de la salle de concert.

~

Livre de bord à usage personnel ce journal ? Pourquoi faut-il que toujours se profile l'idée qu'il pourra devenir un livre jeté en pâture à un autrui que, par ailleurs, je fuis ?

Quelle manie me pousse à ramasser les scories de mon quotidien et à les transformer en écriture ?

Voilà des années que je tente de comprendre et je ne comprends pas.

Bien autre chose que la vanité. La hantise de la mort et la conscience de ma fragilité n'expliquent pas tout.

Surtout lorsque, de plus en plus, je sais qu'un livre, de nos jours, ne pèse pas lourd, et que je me demande, sincère, ce qu'un autre pourra trouver dans cette ronde autour de mon nombril.

Néanmoins j'écris, ce qui ne devrait être destiné qu'à moi, sans penser une minute que cela n'est destiné qu'à moi ; j'écris, avec plaisir, tentant de transformer mon vide en plénitude, par moments exalté, fasciné, par le mouvement étrange de cette main traçant ces gribouillis dans la nuit, sur le papier jauni d'un vieux cahier ; j'écris, tirant, pas à un paradoxe près, un sentiment de puissance de cet acte que je sais dérisoire et qui pourtant m'apparaît comme le plus grave qui soit.

~

L'imagination est une faiblesse, tout comme savoir lire les notices des médicaments : les brutes analphabètes, dénuées de questions, sont de parfaits malades. Elles subissent ce qui leur arrive et évitent un dialogue avec qui les soigne et peut, en toute impunité, exercer sur elles son pouvoir.

~

La maladie recompose admirablement les hiérarchies.

~

La vraie richesse : les besoins naturels. Que l'un d'eux soit le moins du monde troublé et vous viendrez m'en dire des nouvelles.

~

Et quoi, tout cela ne vole pas haut, où avez-vous donc mis les considérations métaphysiques ?

Ah, mon ami, c'est vrai : je n'ai parlé que du physique, de la viande plus ou moins avariée que nous sommes tous, oui, oui, quand je serais bien tranquille, à la campagne, sain de corps et d'esprit, alors nous parlerons tout notre soûl de métaphysique, c'est l'apanage des riches et la vertu des chaises longues.

~

Les feuilles de la treille, agitées par le vent sur la placette, ont des grâces d'ours.

~

Je ne suis pas de ceux qui parlent de leur compositeur préféré, qui s'écrient : Ah Mozart ! Ah Bach ! Ah Beethoven ! Ah le jazz ! Ah ceci, ah cela ! Non, pour moi le territoire de la musique est immense et la pire goualante de caniveau peut être, elle aussi, maîtresse de mes pleurs.

16 août

La mémoire est un feu mal consumé où, parmi la cendre, on trouve, rares, quelques objets encore intacts.

~

Ce tableau, face à mon lit, de celui qui fut mon ami et, à partir de cette surface, des images consumées traînées par le vent et que je ne puis rattraper.

~

Il faut être très présomptueux pour se dire philosophe, accepter d'être désigné comme philosophe, et prétendre penser pour les autres.

~

Chaque fois que je le peux, je remplace une médisance sur telle ou telle étoile filante contemporaine, par la citation d'un auteur que j'aime. Ce qui ne veut pas dire que toutes les citations masquent des médisances tues.

~

Sous le ciel couvert et la bruine, à peine cette étrange lueur jaune, ou lueur qui me parait telle, simple présence du soleil derrière la couche mince et uniforme des nuages.

~

Ce que je cherche ici, dans ce journal, en notant des phénomènes atmosphériques banals, c'est à trouver l'expression la plus simple et la plus précise possible. Désir d'une écriture au scalpel que je suis loin d'atteindre je le sais, mais vers laquelle je m'efforce.

~

La lueur jaune du ciel a disparu et c'est de nouveau le gris qui domine sur lequel passe, très haut, un martinet solitaire.

~

Le martinet solitaire
passe très haut
sous les nuages

~

Malgré la chaleur moite, je sens l'été qui meurt et, déjà là, l'automne et son odeur, dans ma mémoire, de feuilles mortes brûlées.

~

Chaque fois que commence à se poser la bruine et que monte du sol l'odeur de la poussière humectée, c'est toute mon enfance à Vanves qui monte de ma mémoire, et avec quelle nostalgie, cet autre monde d'avant l'horreur, là-bas, de l'autre côté d'une guerre plus large que le plus large des océans.

17 août

Même si je ne suis pas tout à fait sincère, lorsque je dis à tel ou tel du bien de son travail, mon jugement troublé par mon amitié me poussant à exagérer les qualités et à diminuer les défauts – et cela n'a rien à voir avec l'hypocrisie –, n'empêche que, lorsque ce même ami, ou un autre, trouve des qualités à un manuscrit que j'ai eu la faiblesse de lui soumettre, je suis ému en même temps que gêné par des louanges dont je sais qu'elles sont faussées pour lui comme elles le sont pour moi. En fait, je ne suis pas ému par ce demi mensonge – ou mensonge entier – mais par l'idée qu'il pourrait être vrai et que je correspondrais vraiment à la flatteuse image de moi-même que l'on me tend. Cette situation, où je suis partagé entre la lucidité et le souhait, je m'y vois, dédoublé, comme sur un théâtre.

~

Retour à la féodalité, sous prétexte de nationalisme. Complots de chefs mafieux déguisés en héros de l'indépendance. Retour à la barbarie, au morcellement du monde en haines contiguës, avec la bénédiction des sectarismes religieux. Le poids de l'imbécillité chaque matin sur mes épaules. Le crétinisme à l'échelle planétaire.

18 août

Je suis souvent, trop souvent, un histrion au bord du gouffre.

~

Seul l'écrit, pourtant si dérisoire, a quelque valeur, le reste, la conversation, n'est qu'un moulin à poussière.

~

Ce sentiment de fragilité, tremblement de tout l'être, comme la présence d'un fatum au fond de chaque cellule, l'épée que l'on ne peut oublier, suspendue sur chaque instant, l'amulette sans effet de ces quelques mots.

~

Douloureux et penché au bord d'un abîme nocturne dans l'attente d'une voix.

~

Peut-être que toute pensée discursive, argumentée, n'est qu'un masque bavard du Chaos, ce champ de ruines intérieur, reste d'un cataclysme muet, à travers lequel nous avançons, hagards, ramassant çà et là des tessons d'une harmonie – fut-elle imaginaire – brisée ?

~

Mon esprit n'est qu'un conglomérat d'images disparates, comme si j'étais le résultat de quelque catastrophe ancienne ; et sans doute est-ce pour cela que je suis fasciné par les ruines silencieuses et désertes, trop souvent salies par un tourisme importun. La catastrophe, ce craquement, très loin dans le temps, suivi du chant incohérent d'un aède aveugle improvisant des cauchemars, d'une voix éraillée, assis sur un tas de gravats.

~

Je n'ai pas cessé d'inexister.

~

Après avoir écrit ces quelques mots, étaler son corps sous les draps, avec le sentiment du devoir accompli.

19 août

Ce père, d'une camarade de ma fille, hier, dont je fais la connaissance dans la rue, et qui, gouailleur, nous catalogue, V. et moi, dans la catégorie des écologistes sectaires (son geste des deux mains agitées d'avant en arrière à la hauteur des yeux, comme pour figurer des œillères), parce que nous n'avons plus de télévision. Je n'ai pas réagi – lâchement ? – à quoi bon ?

~

Parce qu'on n'admet pas, sans conditions, le progrès, on passe pour un passéiste : peser le pour et le contre, c'est-à-dire penser, est considéré comme une tare.

~

On voudrait
accroître la densité des mots

les rendre aussi durs
et pesants
que l'ébène
mais on ne peut pas :
nous ne savons pas ignorer le temps
et la hâte nous fait user
d'un verbe tendre et putrescible

~

Forêt désensablée
ce lointain vocable
où le vent recommence
à faire entendre son passage

~

Je feuillette
le dictionnaire buissonneux
et même forêt vierge
lianes de sens tendues d'arbre en arbre
où j'aimerais inventer
des chemins inconnus
mais où je me perds

~

Ma fatigue
s'incurve dans le ventre du hamac
comme le corps d'un indien mort
dédié au bec des rapaces

~

Heureux ceux qui ne sentent pas se perdre quelques parcelles de leur corps, à chaque instant, fuir, sans remède, le sable de leur chair, devenir gris leur sang, se forer de cavernes leurs viscères, se déhancher les vers dans l'intime de leur cadavre !

~

Quoi que je fasse vient toujours un moment où je dois abandonner la prose pour écrire, toute ponctuation oubliée, selon un certain rythme qui ménage des blancs dans la page. Ce n'est pas un acte volontaire – et j'aurai garde d'appeler cela poésie –, plutôt une sorte d'inattendue nécessité se muant en plaisir de ne plus commander aux mots, mais – et tant pis pour les épaules haussées – d'être commandé par eux.

21 août

Je ne rêve plus, ou du moins je ne me souviens plus de mes rêves, ce qui revient au même. Immense claquement des vantaux d'ivoire et de corne. Je sais bien qu'ils se rouvriront, mais je ne puis m'empêcher de me répéter : « Et si c'était pour toujours ? ».

~

Est-ce que le fait de n'être plus en exode et d'avoir retrouvé une terre mythique où ils ne se maintiennent que grâce à l'appui de la plus grande puissance hégémonique du monde, ne perdra pas plus sûrement le peuple juif que la plus terrible des Shoa ? Est-ce que leur génie n'est pas menacé de mort par cette situation ? Et la diaspora, cette façon de maintenir son identité dans le poudroiement, n'était-elle pas, avec son côté expansif, l'inverse du sectarisme et du nationalisme en train de s'installer en Israël, et aussi redoutable dans ce pays qu'il l'est dans tous les autres où ce triste phénomène existe ? Les Israéliens qui ont adhéré au sionisme n'ont-ils pas signé leur arrêt de mort et la terre promise par Dieu, mais obtenue par les manigances des hommes, ne va-t-elle pas devenir leur tombeau ?

Les lignes précédentes, si elles sont lues, ne manqueront pas de faire grincer plus d'une dent. On les taxera d'antisémitisme. Or c'est exactement du contraire qu'il s'agit. Je hais toutes les formes de nationalisme en général et les revendications indépendantistes des ethnies, de toutes les ethnies, m'ont toujours paru douteuses, même si je pense qu'il faut que les singularités linguistiques et autres soient conservées pour que le monde ne tombe pas dans une uniformité qui, de plus en plus, a les caractéristiques de l'*American way of life*. Mais ces singularités n'ont de sens que si elles sont prêtes à s'admettre les unes les autres, ce qui est une évidence semble-t-il pas aussi évidente que cela.

22 août

Le dimanche s'achève. Je hais le dimanche, cette immense chambre où, si je criais, personne ne m'entendrait.

~

Après les nuits d'insomnie, je me sens épuisé, mais au moins j'ai récolté quelques mots et lu quelques pages, au lieu qu'après le sommeil, surtout si je n'ai retenu aucun rêve, j'ai l'impression d'avoir gaspillé mon temps.

23 août

Parfois, assez souvent, mais par chance pas tout le temps, il me semble revivre, sensation de cauchemar, une vie que j'ai déjà vécue et que je suis condamné à revivre, sans fin revivre, jusqu'à la fin des temps. C'est peut-être cela l'enfer ?

~

Seul, aujourd'hui. Heureux d'être seul, et en même temps peureux, hanté par l'idée de l'urgence, parce que personne n'est là pour me porter secours.

~

Ce matin, à la radio, le sieur Attali, très imbu de lui-même, prétendait que l'on écrivait pour faire don de son livre à autrui, soit un acte de générosité. Quelle blague ! Je n'ai jamais écrit, en premier lieu, que pour moi-même, et en second lieu, lorsque je publiais, pour moi-même encore, et rien de plus, soit que je cherche un écho, pour me sentir moins seul, soit que, au contraire, j'interpose mes livres, comme une enceinte protectrice, entre les autres et un moi qui se méfie du contact direct. Mais qui parle de don, de partage ? Écrire, c'est être seul, dans l'instant où l'on écrit, puis c'est provoquer la réaction, c'est-à-dire souvent l'hostilité, du lecteur, car tout livre digne de ce nom n'est pas destiné à endormir mais à piquer. Si l'écrivain fait don de son livre, il le fait comme l'abeille de son dard. Ce qui ne l'empêche pas d'être heureux lorsqu'un lecteur, paradoxe, a su jouir de sa piqûre.

25 août

Je crois qu'avant d'appartenir à tel ou tel territoire, on appartient à tel ou tel climat, et aux habitudes qu'il engendre. Et les climats, que je sache, ne respectent pas les frontières.

~

Jamais les odeurs du souterrain n'ont été aussi fortes.

~

La sécheresse m'émeut, la terre pulvérulente, la roche inexorablement décapée émergeant des broussailles vernissées et piquantes. Mon pied est habitué à sentir rouler les cailloux délités. Mon oreille ne se fatigue pas de la crécelle des cigales et mon corps de la chaleur qui le libère du vêtement. Le catharisme était, bien sûr, une pensée, une religion, mais quelle part le paysage a-t-il pris dans sa genèse ?

~

Le seul dieu véritable, maître de la sagesse, est le vide.

~

Je suis seul au centre de mon erreur trémulante, comme le pois dans le grelot.

~

Sans doute les images de la guerre, si souvent vues et revues, ont-elles imprimé en moi, pour le restant de ma vie, l'idée de la fragilité. Pulvérulence des capitales incendiées. Fenêtres ouvertes sur le vide. Lance-flammes. Et ce lent affalement des immeubles dans un nuage, comme un homme qui tombe.

~

À partir d'un certain âge, l'usure du corps et du cerveau, est dissociée : dans un boîtier usé la montre fonctionne encore à la perfection. Pour combien de temps ?

~

Perpétuelle autocensure du quotidien. Que de concessions ! Que de défaites microscopiques !

~

Livre de bord. L'équipage dort. Le bateau est encalminé dans les eaux nocturnes – sargasses –, je vais éteindre la lampe.

26 août

La correction des épreuves d'un livre est vraiment une épreuve : tous mes défauts me sautent au visage, j'ai honte, et peu s'en faut que je ne demande à l'éditeur de tout laisser tomber ; puis, mon propre doute se retournant en ma faveur me fait penser qu'après tout il est possible que je me trompe, et, les yeux fermés, je jette les dés.

27 août

Je palpe, à chaque instant, la matière dure du néant, ce mur dont je me rapproche et contre lequel je vais m'écraser en exsudant ma pourriture.

~

L'autosuggestion de la foi, son côté aberrant, fou, cette capacité qu'a un homme sensé, intelligent, voire génial, de basculer dans le mirage et de dépenser une énergie énorme à construire des temples, marmonner des prières, ergoter sur le sexe des anges, etc., intervenir dans la politique, créer des interdits, contaminer l'histoire… Le désir de Dieu ne sera jamais éradiqué : supporter sans effroi l'absurdité de la condition humaine n'est pas à la portée du plus grand nombre. Une chose est de se dire incroyant, une autre de l'être.

~

Pour l'état, le citoyen parfait est le fonctionnaire qui meurt le jour de son départ à la retraite.

28 août

Je lis dans le hamac de mon jardin. Soudain, une musique sale, dégoulinante, infâme – je voudrais l'étouffer sous des milliers d'adjectifs, moi qui n'aime pas les adjectifs – explose : ma jeune voisine, fenêtre ouverte, vient d'allumer sa chaîne (on ne saurait mieux dire), sans se préoccuper du repos des voisins.

La technique ne servira-t-elle bientôt plus qu'à multiplier l'indélicatesse ? Comme si ces objets qui abolissent l'effort, qui dépassent les possibilités de nos sens, abolissaient en même temps le respect de ces lois élémentaires, non écrites d'ailleurs, mais jusqu'à ce jour transmises de génération en génération, qui maintenaient la violence quotidienne dans des limites acceptables.

Technique et sentiment de l'impunité vont de pair. Non seulement à l'échelle des individus, mais aussi à l'échelle des nations. D'où l'aisance avec laquelle les grandes puissances, aveuglément confiantes en leurs instruments, lâchent des bombes sur des peuples invisibles et inaudibles, alors qu'elles s'indignent de massacres perpétrés avec les bons vieux couteaux.

Le jour où l'humanité a inventé le moyen de tuer à distance, sans voir le visage de l'ennemi, sans éprouver la densité de son corps, elle a reculé sur l'échelle de l'éthique. Entre le cou tranché à la hache et l'injection létale telle qu'elle se pratique dans l'usine à tuer des prisons américaines, une irrésistible dégradation, présentée comme un progrès, s'est produite. De nos jours, la victime perd sa qualité d'homme pour devenir une abstraction – le condamné aseptisé, sorte de cobaye expérimental – en même temps qu'un objet, voire une matière première, comme ces victimes de la Shoa qui marquent l'entrée du massacre dans l'ère du rendement et de la productivité, ces piliers d'un système devenu universel.

Un temps, j'ai cru que le progrès était ce que l'homme en faisait. Or, je n'en suis plus aussi sûr. Le progrès contient un insidieux germe de paranoïa qui, au fil du temps, devient de moins en moins maîtrisable. Un jour, l'homme ne le maîtrisant plus, ou plutôt ne se maîtrisant plus, se prendra pour un dieu, et ce sera la fin. Il sera à lui-même son propre jugement dernier, sans avoir besoin de recourir à quelque texte sacré que ce soit.

29 août

La vulgarité c'est l'absence d'exigences. L'*homo vulgaris* descend toujours les pentes et ne les remonte jamais. Sa nature est de s'enfoncer toujours plus dans la tourbe, de s'y vautrer en jouissant des tiédeurs de l'éphémère : dans tout succès, cherchez l'ordure plus ou moins cachée.

~

Je rêve de bois après la pluie, de silence, d'odeurs végétales, de brume, de croassements de corbeaux, incorrigible romantique.

~

Je suis arrivé à ce moment de ma vie où le corps n'est plus qu'une pelote de traîtrises : entre deux trahisons, il ne me laisse plus le temps de l'oublier.

1er septembre

Une sorte de hachoir géant découpait une danseuse en morceaux.

~

À présent, je fais mon bilan de poussière.

Peut-on expliquer l'ennui, ce sentiment que tout est inutile et que la vie se traîne, pour rien, dans la terreur masquée de la mort ? Continu, l'ennui serait mortel. C'est pourquoi je m'agite, marcheur sans but, pour m'agiter, et, m'agitant, faire semblant d'oublier l'ennui.

~

Vivre en société c'est faire semblant.

~

La guerre infinie au-delà du silence ; et puis il y a, parfois, cette exaltation devant le miracle des mots, germination du vide.

~

Lorsque, autour de moi, tout se remplit du vacarme grinçant des marionnettes ataxiques au bout de leurs fils, chacune avec le visage de chair d'un personnage connu, je me demande si je ne deviens pas fou. Je me sens comme un roi de jeu de cartes, exilé et fier de l'être, Dieu sait pourquoi, sur une île de carton.

~

Ici, la fragmentation d'un esprit qui ne procède que par sauts. Mais n'est-ce pas le propre de tout esprit qu'une longue hypocrisie – l'histoire de l'humanité ne serait-elle qu'un mensonge étiré ? – a masqué de logique. Tout écrit articulé n'est-il qu'étouffement de l'éclair, la rhétorique un garrot ?

~

Ma liberté, si ce mot a un sens, est la brisure. Ne suis-je condamné, ici, dans ce chaos, à ne recevoir, en réponse à mes messages, que l'écho de ma propre voix ? Eh bien, tant pis ! Je fais déjà trop de concessions dans le quotidien pour continuer à en faire ici. Dos tourné à la grimace, je m'éloigne du monde. Mon chemin est un labyrinthe d'acier sans retour, un univers aux sonorités de gong frappé dans lequel je m'avance vers le néant définitif, cette nef sans limites et sans dieux, même pas le noir absolu, même pas le rien, ce lieu sans lieu où les mots n'existent plus.

~

Les gens sensés, ces fous dangereux, courent les rues sans camisole de force.

~

Cette ville, au bout de la route, compendium de bêtises et de crispations, puis lâcher de ballons à visages humains qui explosent dans le soleil, étoilant de sang les façades.

~

La meilleure façon de ressembler bêtement aux autres c'est de ne pas s'écouter. Tu t'écoutes trop, me disait ma mère, en pointant son index vers le morne couloir de la norme.

~

Se relire, est-ce diluer l'exaltation et faire le dos rond ? Est-ce découvrir que l'oracle n'était sans doute qu'imposture ?

4 septembre

Une fois qu'on s'est bien persuadé que tout a déjà été dit et qu'on ne saurait rien apporter d'original au monde, de deux choses l'une, ou bien on cesse à jamais d'écrire, ou bien on ne se censure plus. Bien entendu, la deuxième solution, qui nous laisse la possibilité de céder à notre graphomanie, est en général celle que l'on choisit. De toute façon, ce n'est pas grave : on ne répète jamais exactement ce qu'a dit l'autre : l'originalité n'est qu'une infime variation dans la façon de formuler de l'éculé.

~

Cioran dit pis que pendre des bavards, et il a tort : tant qu'un homme bavarde, il ne frappe pas.

5 septembre

Hier soir, un ami me disait, vieille antienne, que si je voulais changer le monde il fallait que je m'engage – ce mot bien usé à la connotation militaire –, que j'adhère à un parti (j'ai eu cette faiblesse, autrefois, j'ai subi la loi du groupe et des petits chefs, sans parler de la terrible notion de ligne, merci !) – à une association, que sais-je, et parce que je refusais ces vieilleries, ces pousse-à-ne-pas-penser, il m'a regardé avec condescendance. Ah si chacun acceptait de se remettre, seul, en question, si chacun s'interrogeait, au lieu de chercher des réponses toutes faites, comme trop souvent je l'ai fait, alors peut-être, oui, sait-on jamais, le monde changerait, oui, si, si, si, ridicule susurrement d'un espoir auquel, hélas, je ne crois plus.

~

Le matin, quand j'ouvre les volets, l'air est déjà plus frais, le jour se lève à peine. Bientôt on vendangera et, le long de la route qui conduit à la cave coopérative, on trouvera des grappes écrasées, tombées des pastières. L'air sentira le moût, à l'entour des caves. Déjà, les lointains ont des transparences d'hiver. Sur le mur, le chat roux s'étire, se retourne, puis se recouche. Demain, Lucy entre au lycée, non sans émotion, et, malgré que j'en ai, je sens le regret de mon adolescence, qui pourtant ne fut guère joyeuse, me poindre ; mais, lorsque je veux me souvenir, mon passé se voile et se dévoile, imprécis, fragmentaire, comme un paysage estompé par des brumes que le vent dilacère.

~

A 97 ans, ma mère s'accroche à la vie avec une vivacité qui m'étonne. Chaque jour, elle lit la page nécrologique et compare son âge à celui des défunts. Tout à l'heure, au téléphone, elle m'a dit, sur un ton de victoire : « Ce matin j'en ai vu une qui était morte à cent sept ans, dix de plus que moi ! » Ce qui signifiait : « J'ai encore dix ans d'espoir devant moi ». Et moi, qui ai trente ans de moins qu'elle, j'ai l'impression d'être parvenu dans une gare désaffectée où l'herbe pousse entre des rails qui ne conduisent plus nulle part.

~

Peut-être que tout ce que j'écris ici est banal, oubliable, mais c'est le feu de brindilles qui me donne un peu de chaleur. Sans lui, sans cette présence des mots, sans ce geste et la jouissance menue qu'il engendre, je ne serais plus qu'un fauve râpé en cage, ou plutôt un singe.

~

La maladie nous rapproche-t-elle de la lucidité, ou le contraire ?

~

Je ne ricane pas de tout, mais je ne crois à peu près plus en rien. Et pourtant je suis encore capable d'émotion devant telle ou telle œuvre, donc je crois en sa valeur, je lui accorde une importance, elle me paraît grave, et non pure apparence comme tout le reste ?

L'art serait-il mon dernier refuge, lui qu'on fait entrer un peu plus chaque jour dans le domaine de la marchandise ? Non pas lieu de triomphe, d'affirmation, de paraître, mais de précarité, prière aveugle adressée au vide, à peine une étincelle au cœur du néant, infime présence poignante au milieu du rien ?

Ce ne sont pas tant les vivants qui m'accompagnent, que les morts, dont l'œuvre provoque en moi une émotion pas seulement esthétique, mais plus que cela, difficile à qualifier, sensation que des fils ténus m'unissent à cette œuvre qui se laisse remplir de mon malaise pour me transcender.

~

L'imagination c'est l'enfer. Qui est capable de construire un scénario catastrophe à partir de la moindre douleur est un damné. Son inquiète cénesthésie est une conteuse hors pair. Heureuses brutes pour qui la douleur n'engendre aucune image !

6 *septembre*

Je devrais mettre une muselière lorsque je vais dans une réunion. Combien d'âneries ai-je pu dire, depuis que je suis au monde ! Deux vies ne suffiraient pas à les effacer. Ce qui me console, c'est que les gens ne les ont pas retenues, rien de ce que je dis n'étant inoubliable, mais les cicatrices de honte qu'elles m'ont laissées, après coup, ne se sont pas effacées, elles cumulent leurs effets et me défigurent à mes propres yeux. Si je renaissais, à coup sûr ma première étude serait le silence ; mais je ne renaîtrai pas, et ce lest de honte ne se dissoudra qu'avec mon dernier souffle. Amen.

~

Ceci, qui fut écrit, il y a quelque soixante ans, et qui va comme un gant à l'époque actuelle : « *Je dirai de l'époque où nous sommes que trop de gens y sont à l'aise dans la bassesse : non seulement ils n'y souffrent pas, ils y prospèrent. Ils n'étouffent pas dans cet air lourd, où vacille et charbonne la lumière : ils en respirent les miasmes avec appétit ; il y a là, pour eux, comme on dit, à boire et à manger.* » (Suarès).

~

Quand je fais l'aumône, je paie ma honte.

7 *septembre*

L'ascétisme n'est peut-être qu'une sorte de lâcheté : la peur, ou la lassitude, d'affronter les malaises consécutifs aux plaisirs.

~

La hargne contre la psychanalyse – laquelle n'est pas sans défauts et produit quelques charlatans –, de ceux, vaniteux, qui ne peuvent supporter de n'être pas maîtres de tous leurs actes. Il faut beaucoup d'humilité pour accepter en soi la présence de l'inconscient, la tache aveugle – ou la tâche aveugle – du ça.

~

La majorité est pleine de suffisance, masque de sa tremblante incertitude, et ne peut admettre que le génie ne soit pas absolument maître de ses trouvailles. Tournant le dos à l'illuminé, elle lui préfère, et de loin, le tâcheron, triomphe du bon élève sur le cancre doué. Toute l'éducation, et particulièrement la moderne, qui chasse peu à peu le poétique au profit du pratique, n'a pas d'autre attitude. Trop de professeurs, je ne dis pas tous, dont beaucoup se disent hommes de progrès – on ne dit plus guère progressiste –, sont des pourvoyeurs d'une pensée petite bourgeoise et mondialiste à la fois, bardés qu'ils sont de gadgets technologiques et victimes, plus ou moins consentantes, responsables de la perversité d'un système qui nous détruit.

~

L'enfer, triomphe de la brûlure, invention de dyspeptique.

~

Je n'accroche plus, ici ou là, que des rêves aussi plats, aussi nuls que mon quotidien. Toutefois, comme je crois à l'ironie de l'inconscient, qui nous remet sans cesse à notre place, je ne désespère pas, à peine écrits ces mots, d'être entraîné dans un beau délire onirique.

~

Le mal est fait : le mot surréaliste, employé à contresens, est devenu, grâce aux médias, un tic de l'époque. Mais on peut compter sur la puissance de l'éphémère actuel pour le remplacer bientôt par un autre.

~

Un ami m'envoie à lire un manuscrit, sans se souvenir qu'il me l'avait déjà envoyé, il y a cinq ans. Alors, j'avais jugé ce texte par une note pédante qui me fait rougir lorsque je la relis. Aujourd'hui, ce petit livre me paraît plus intéressant et je vérifie la fragilité de mon jugement. Surtout, je constate, non sans bonheur, que j'ai dégringolé de plusieurs échelons sur l'échelle de ma suffisance. Mais impossible de retrouver la raison exacte du ton sot et stéréotypé de ma note. Sans doute étais-je plus optimiste qu'aujourd'hui.

~

L'innocence enfantine quelle blague ! Les enfants, comme les hommes – merci La Fontaine – sont cruels, pervers, égoïstes, lâches, vaniteux, obsédés et j'en passe. Mettons qu'ils possèdent aussi quelques qualités, à commencer par celle d'avoir la peau lisse et de nous faire croire que nous possédons sur eux quelque supériorité. Quel merveilleux sentiment de puissance, en effet, ne donne pas à l'adulte, ce grand enfant, l'impunité dont il jouit face à une créature encore inerme ! Et sans doute est-ce pour cela qu'il aime tellement ces petits êtres qui ne tarderont pas, une fois grand, toujours aussi puérils, mais un peu plus forts et ridés, à lui rendre coup pour coup. Que quelques individus échappent en partie – seulement en partie – à ce portrait, je veux bien, mais, dans l'ensemble, je crois la description ci-dessus exacte. Quant à dire que le vieillard retombe en enfance, c'est une absurdité, puisque cette enfance il ne l'a jamais quittée.

~

Amer, moi ? Que non ! Lucide, sans plus, et insomniaque aussi.

~

La bienséance est une épice inversée qui affadit tout ce qu'elle touche.

~

Trois mois sans écriture, je veux dire sans un vrai projet, l'engagement au long cours dans un livre. Ici, je ne fais que survivre du rebut de mon quotidien. Cette glane dans les poubelles de mon esprit.

8 septembre

Que sais-je des autres ? À peu près rien. Pas plus qu'ils ne savent de moi. Pourquoi en parlerais-je, sauf dans les rares cas où, parce que je les perçois comme ils ne sont peut-être pas, je les trouve intéressants ? L'égotiste est celui qui sait combien il est impossible de se mettre à la place de quiconque, et qui préfère explorer son modeste domaine, plutôt que de s'épandre, souvent par fictions interposées, à la surface de foules dont on ne saisit que l'apparence. Exprimer son moi, en extraire le suc noir sur une page, est terrible. C'est l'acte le plus asocial qui soit, et il faut l'assumer de son vivant, avec toutes ses conséquences. C'est pourquoi ceux qui demandent que leur journal intime soit publié cinquante ans après leur mort, comme Roger Martin du Gard et quelques autres, me paraissent non seulement lâches – lâcheté qu'ils déguisent en délicatesse – mais, plus encore, prétentieux, puisqu'ils ont la vaniteuse naïveté de croire que dans un demi-siècle (demi-siècle !) on s'intéressera encore à leurs ragots.

9 septembre

Je n'aime pas ceux qui divinisent un artiste, un seul, couvrant tous les autres de son ombre. Je n'aime aucune forme de totalitarisme et je crois à la diversité, la mienne et celle des autres.

~

Ce journal est une discipline, à tous le sens du terme et je me l'impose pour tenir encore à peu près debout.

~

Je ne voyage à peu près plus, je sors peu, l'orbe de mes promenades se rétrécit, j'aime de moins en moins les mets compliqués, j'ai supprimé la télévision, je ne garde la radio que pour les émissions musicales, je porte des vêtements jusqu'à un point d'usure extrême et je les aime d'être ainsi usés, etc. Mon seul luxe est la propreté. Quel dommage que je n'appartienne pas à quelque religion, une fois mort on ferait peut-être de moi un saint !

~

Le cri du coq a le don de déclencher en moi une bizarre nostalgie qui me ramène quelque soixante ans en arrière. Est-ce parce que ma tante avait une basse-cour et que ce cri signifiait vacances, été, chaleur transparente aux sons, comme si les sons, dans l'air chaud, gagnaient un relief que le froid émoussait ? Comment expliquer une sensation ?

Mais il y a plus que cela dans l'émotion que j'éprouve, il y a comme l'abolition d'un demi-siècle d'histoire, comme si, les horreurs de la guerre oubliées, je me retrouvais dans une époque sans doute terrible, historiquement – la guerre d'Espagne battait son plein –, mais où, enfant, j'avais un sentiment de lenteur, de permanence, inverse de la perception dilacérée du monde que j'ai aujourd'hui. Le chant du coq signifiait non seulement quiétude et chaleur, mais aussi la campagne, une société encore rurale, et, à travers ce cri répétitif, j'entends paradoxalement le silence matinal bousculé par les jurons patois que lançaient les laboureurs à des bœufs jugés trop lents à tirer la charrue ou pour les encourager à franchir un obstacle – le soleil faisait ressortir leurs jarrets tendus –, ces bœufs que je voyais dans les champs – il faisait encore frais – le long de la route que nous suivions, à vélo, mon grand-père et moi, quand nous allions chercher du lait dans une ferme dont je serais bien en peine de me souvenir, tant ma mémoire est en lambeaux, quelle apparence elle avait.

10 septembre

J'ai été, cette année, assommé par des maux physiques, moi qui, jusque-là, en avais été protégé. Dans cette épreuve, pas des plus graves sans doute, mais dont je suis sorti diminué, j'ai laissé cette part de jeunesse que j'avais su conserver en dépit de mes angoisses. Aujourd'hui, je me sens inquiet dans ma chair, sans avenir.

J'écris cela à deux heures du matin, après avoir forcé mon corps plombé par l'à quoi bon à s'asseoir dans le lit pour dresser un constat aussi dénué de pitié que celui, dressé par un huissier, des nippes et meubles délabrés de qui ne peut plus payer ses dettes. C'est l'image qui me vient à l'esprit, celle d'un fonctionnaire chargé par la société d'expulser les non rentables, rouages usés qu'on ne répare plus.

Lassitude. Je pense, je ne sais pourquoi, à l'enterrement de mon grand-père et à tous ceux que j'ai accompagné, comme on dit, au cimetière : parents, amis, simples connaissances. Cette nuit, nous ne sommes pas nombreux à nous souvenir de ces morts, et peut-être suis-je même le seul, ce qui n'a aucune importance.

Une mouche tourne autour de moi, attirée par la lumière de la lampe. Silence parfait, dans la mesure où le silence aujourd'hui peut l'être, et moi, au cœur du noyau de la nuit comme un ver de malaise s'agitant pour rien.

Il me semble palper le néant, ou sinon le néant, par nature impalpable, son idée ; mais le mot néant, avec sa sonorité de citerne tarie dans laquelle on crie, comme enfant je criais dans les puits pour entendre l'étrange sonorité qu'y prenait ma voix, est venu sous ma plume, en même temps que les vers de Valéry :

> *Amère, sombre et sonore citerne*
> *Qui sonne en l'âme un creux toujours futur !*

Je suis couché dans un vieux lit bateau que m'a donné L. Il a plus de cent ans et sans doute des gens y sont morts.

Je ne trouve pas dans ce que j'écris l'exaltation que me donne parfois l'écriture, et pourtant, à l'écrire, mon esprit s'apaise. Ces mots ne sont rien d'autre que les résidus nocifs de mon insomnie, une manière d'urée mentale, et je les regarde avec la même reconnaissance que le malade les déjections qui prouvent que son corps fonctionne encore, ce corps, instrument essentiel pour filtrer le mental et lui donner forme et texture.

Je ne suis que cette chair qui se défait en humeurs et ma pensée est la vapeur, plus ou moins odorante, qui monte de ma lente décomposition. Cadavre déjà. Cadavre depuis toujours, autour duquel la mouche tourbillonne. Ni âme ni au-delà.

À présent, plus calme, je vais pouvoir descendre dans la fosse du sommeil. La mouche s'est posée quelque part, sur les murs bleus de ma chambre qui me rappellent une ville du Maroc. Bientôt il sera trois heures.

~

La mort est un escalier qui s'enfonce vers la noirceur d'où monte une odeur de germe.

~

Je me tiens sur le seuil
et j'attends que la porte se referme
pour descendre dans la touffeur des racines
descendre
sentir fondre ma chair de plomb
devenir un souffle puis
dormir à l'infini

~

Je me suis assis sur la pente d'un coteau calcaire, parmi les cades et les pins. Dans le vallon, plus bas, il y a des vignes au plein de leur maturation. Leurs feuilles sont d'un vert gras uniforme qui bientôt virera à des jaunes divers. La vendange est imminente. Le vent souffle dans les pins avec un murmure de ressac lointain. Dans le ciel, des flocons nuageux se forment, venus de la mer. Pleuvra-t-il demain ?

Pour une fois, je n'écris pas en différé, mais assis sur le siège rocheux que j'ai choisi sur la déclivité de la colline. J'ai sorti un petit carnet de ma veste chinoise râpée, déchirée, un stylo, et j'écris sur les étroites pages dont l'air soulève les coins. Un avion passe, très haut, invisible à cause de la brume qui encrasse la lumière comme au plein de l'été.

À mes pieds, il y a des milliers d'éclats de calcaire dont pas un ne ressemble à son voisin. Image d'une prodigieuse, même si modeste, diversité. Une mouche, agaçante, tourne autour de ma tête. Je sue comme au plus fort de l'été.

À ma gauche, un cade chargé de ses grappes de fruits ronds, de la taille d'un gros pois, verts aux reflets bleutés et précieux, comme si on les avait délicatement enduits de sulfate. Tout à l'heure, j'en ai mis un dans ma poche pour mieux l'observer une fois revenu à la maison. Lorsqu'on les déchire, ils laissent sur la peau une odeur balsamique.

La grosse mouche s'est posée sur le bas de mon pantalon : qu'elle y reste ; mais la mouche a des fébrilités d'humain, elle s'envole de nouveau, puis se repose, comme si elle cherchait une meilleure place pour dormir, si toutefois les mouches dorment.

Le vent fraîchit, la cime des pins s'agite, la chaleur s'allège, l'odeur des cades et des pins s'affine, des geais multiplient soudain leurs cris disgracieux dans un petit bois, à ma droite...

Pourquoi ai-je fait cette banale description, au lieu de m'oublier dans le silence ? Sans doute pour fixer un moment de grâce modeste et m'en souvenir en me relisant.

J'ai oublié mon corps quelques instants, très peu, j'ai feint d'oublier le temps, les dates, le raccourcissement des jours et cette quasi imperceptible transformation de la lumière qui nous annonce l'hiver, j'ai feint, mais, à peine levé – les geais se sont égayés, dans toutes les directions, en criant – la lassitude a redonné au temps toute sa pesanteur et, mon éphémère joie diluée, je suis revenu chez moi en sentant décliner la lumière dans la moindre fibre de mon corps.

11 septembre

Cioran, dans ses Cahiers, où il se montre tour à tour brillant, profond, stupide, mesquin, rancunier, juste et plus souvent injuste, bref tout un homme, écrit : « Visite au Louvre. J'y ai regardé les Rembrandt, puis ai passé à toute vitesse devant les peintres français du XVIIe, XVIIIe, et de l'ère napoléonienne. La peinture, tout comme la poésie, ne commence en France qu'avec la seconde moitié du dernier siècle. »

Bel exemple d'aveuglement hargneux plus que d'inculture. Rayés d'un trait de plume, jugez du peu : Poussin, Lorrain, La Tour, Chardin, Watteau, pour ne parler que des plus grands.

Chez Cioran, on trouve une haine anti-française plus ou moins affichée, doublée d'une anglophilie, dont je ne suis pas parvenu à trouver la raison, comme s'il réglait un vieux compte, mais lequel ?

Les raisons pour lesquelles nous ne voyons pas, nous n'entendons pas, tel ou tel artiste, n'ont souvent rien à faire avec l'esthétique. C'est ailleurs, dans la profondeur ignorée, que goûts et dégoûts prennent naissance, et il serait intéressant, un jour, de décrire le labyrinthique itinéraire de telle répulsion ou admiration. Si j'analyse mes attirances ou rejets successifs, dans le domaine artistique, je découvre des raisons peu louables, dont j'ai honte – mode, influence amicale, terrorisme intellectuel, autosuggestion, que sais-je –, auxquelles tout de même j'ai à peu près fini par échapper, au fil du temps, non sans hésitations, faiblesses, remises en question, pour atteindre ce territoire où, tout esprit partisan à peu près rejeté, j'essaie de me laisser aller, sans à priori, à une émotion que le temps décantera et dont l'intelligence, plus tard, prendra le relais, en toute liberté, dans la mesure où l'on peut accoler ces deux mots, créant mes propres hiérarchies et faisant fi de celles de l'histoire.

12 septembre

L'écrivain est bien moins l'homme du direct que du différé. Il a besoin de synthétiser sa vision avant d'en extraire des mots qui prennent le pas sur la vision directe et recréent une vision plus convaincante que la vision réelle. À vouloir rester trop prêt de son modèle, on s'essouffle, on perd le rythme de son écriture, l'embarrassant de visuel – on ne décrit pas ce que l'on a vu mais on l'écrit – pour avoir oublié que l'écrit est toujours le produit d'une décantation, un dépôt, la lie d'une sensation.

~

Joué la sonate K. 330 de Mozart, avec une émotion que je ressens rarement. J'avais l'impression de l'interpréter devant quelques amis étonnés de mon talent. Sans doute pour compenser mon incapacité à jouer correctement devant qui que ce soit, ou quasi, condamné, depuis mon enfance, à trébucher dès que des yeux réels se fixent sur moi, alors que je suis plein d'aisance lorsqu'ils sont imaginaires. Cela dit, une fois terminée la sonate, j'étais ému et heureux, j'avais oublié la laideur du monde, je venais d'entrouvrir, un instant bien court, cette minuscule poche d'incorruptibilité – bien qu'affreux, je préfère ce mot à pureté – que certains hommes – tous ? – ceux qu'on qualifie de génie, mais pas seulement, cachent en eux. Poche à larmes dotées du pouvoir d'effacer, le temps de l'œuvre et jusqu'à la disparition de ses ondes, les sanies du monde.

~

Entendu une émission sur l'huile d'olive. Avec quelle langue précise, voluptueuse, ce goûteur d'huile parlait des variétés produites autour de la Méditerranée et de cet arbre que l'on dit immortel. L'appauvrissement de la langue n'aurait-il pas quelque rapport avec la disparition de la ruralité ? Simple question, peut-être stupide, qui me traverse l'esprit. Pourtant tout se tient : la langue est à la fois ce qui sert à goûter et à parler ; et la cuisine est la subtile syntaxe des aliments. Les cuisiniers, comme les artistes, ont un style. L'élocution négligée et accélérée d'aujourd'hui, et pas seulement dans les milieux incultes, ne va-t-elle pas de pair avec la barbarie de la bouffe rapide ? Sacrifice du goût et de la saveur de la langue au pied de la vitesse.

~

Mon ami Diogène, vieille connaissance au coin de la rue. Serait-il possible, s'il vivait aujourd'hui, qu'il acceptât de passer à la télévision ? Sauf à s'y masturber tranquillement, bien entendu.

14 septembre

Qu'ai-je été toute ma vie ?
Une ombre qui cherchait à se donner une consistance.

16 septembre

J'ai beau me méfier de la mémoire, de son côté mensonger, je ne puis empêcher les souvenirs de remonter, surtout le soir, lorsque la nuit vient. Ils s'imposent, même repoussés, et, si heureux soient-ils, ils m'attristent, me faisant mesurer l'énormité du temps qui me sépare de l'époque où ils étaient mon présent.

Ce soir, je pense à mes parents, à notre appartement de Vanves avant la guerre, à cette banlieue quasiment provinciale, avec ses pavillons, ses horizons maraîchers et ses champignonnières, étranges hypogées profanes dont les ouvertures d'aération, au ras du sol, ou presque – du moins est-ce ainsi que le souvenir flou me les fait revoir – m'intriguaient.

Je pense au couloir que je trouvais long à mon échelle d'enfant, bien que notre appartement fût modeste, où je me lançais, à toute vitesse, sur mon tricycle, avec une habileté et une témérité que ma mère devait me rappeler plusieurs fois par la suite.

Je pense aux moineaux qui venaient picorer les miettes que mon père posait sur l'appui de la fenêtre de la cuisine.

Je pense aux manifestations de 1936, aux drapeaux rouges agités sous nos fenêtres, aux uniformes sombres des gardes mobiles à cheval.

Je pense aux cris des paons, le soir, dans le parc Falret autour duquel, depuis, on a, je crois, construit des immeubles.

Je pense à mon école, toute neuve, à la sirène qui marquait la fin des heures et aux fleurs d'acacias qui jonchaient le bitume de la cour.

Je pense que, pour la première fois, j'ai vu jouer là, dans une séance récréative, *Charlot soldat*, et que ce film comique, auquel sans doute je superposais les récits de guerre de mon père, m'effraya plus qu'il ne me fit rire.

Je pense à la Tour Eiffel que je voyais de ma chambre, dans les lointains lumineusement brumeux les jours de beau temps, mais cela c'était dans une autre maison, plus tard, un pavillon comme on dit, où la guerre nous a surpris, un jour de septembre 39, et que nous avons abandonné, ma mère, mon frère et moi, alors que mon père rejoignait son affectation, pour revenir dans ma maison natale et ne plus quitter le midi.

Si je me laissais aller, je pourrais ainsi dévider toute ma vie, mais je préfère arrêter là une évocation intime qui, au lieu de me refermer sur moi-même, me ramène à des problèmes plus vastes, me fait me heurter aux terribles changements de l'histoire, à cette évolution de la société si difficile à assumer lorsque, comme moi, on atteint un âge où chaque jour nous murmure son jamais plus.

En repensant à mes parents – le crâne chauve de mon père auquel je m'agrippais lorsqu'il me portait sur ses épaules, ravi et apeuré – il me semble sentir encore la chaleur de sa peau et humer l'odeur de bureau qu'il rapportait, accrochée à ses vêtements – c'est à un mode de vie disparu que je pense, mode de vie contemporain des écrivains que j'ai le plus aimé, qui créaient dans un Paris encore prestigieux, dans une langue encore respectée, au sein d'une population avec laquelle celle d'aujourd'hui n'a plus grand chose à voir.

Mes parents n'avaient ni voiture, ni téléphone, ni réfrigérateur, ni télévision bien sûr puisqu'elle n'existait pas encore, ni ces innombrables robots électriques aujourd'hui courants dans les cuisines les plus simples. Mes parents n'étaient pas pauvres, mais ils étaient modestes, à tous les sens du mot, évitant de se créer des besoins inutiles. Ils correspondaient régulièrement avec leur famille et la boîte aux lettres recevait son content de plis à la suscription calligraphiée – selon les principes de l'écriture formée de pleins et de déliés, écriture qui respirait et rappelait le corps qui l'avait tracée – auxquels mes parents répondaient, longuement, petite chronique au jour le jour, dans une langue, bien qu'ils n'aient obtenu que des diplômes élémentaires, que bien des agités actuels bardés de titres seraient incapables d'égaler, libérés qu'ils se disent, téléphone portable en bandoulière, de ces vieilleries qui font perdre du temps.

Comme il était long pour moi ce temps, mais sans ennui, alors qu'aujourd'hui je le sens toujours plus s'accélérer, mais dans le vide d'un ennui fébrile...

L'encre de la nuit a maintenant coulé le long des vitres, je ne vois plus rien dehors. Le jardin n'est plus qu'un trou noir. Et je suis triste, je n'y peux rien, triste d'une tristesse gluante, pétrie de ma haine pour ce regret du passé que je n'ai pas pu m'empêcher d'éprouver.

17 septembre

L'art est paradoxal : c'est un autisme partagé.

~

Comme j'ai parlé cette nuit ! Ah j'étais brillant ! Devant qui ai-je parlé ? Devant des fantômes.

~

Le filtre commercial – la rentabilité – remplaçant de plus en plus celui du goût et de la curiosité, nous livre une vision de plus en plus étroite des littératures étrangères. Ils sont de moins en moins nombreux les éditeurs à l'affût des écrivains secrets, difficiles, et l'on peut penser qu'un jour – bientôt, déjà – le sel de la terre sera enterré si profond qu'on ne pourra plus en trouver le goût.

18 septembre

Je crois avoir écrit quelques livres drôles, d'une drôlerie plutôt grinçante, et je me demande si aujourd'hui je serais capable de retrouver leur ton. Ou du moins je me demande si j'arriverais à les mener jusqu'au bout, à suivre des personnages au fil des mois, dans un voyage dont je connais sans doute l'issue, mais non les étapes, mes fictions ayant, à peu près toujours, un début et une fin séparés par un grand blanc – le blanc des *terrae incognitae* de la médiévale cartographie – sur lequel s'inscrivait une errance dont l'itinéraire se construisait de nuit en nuit.

À présent, je doute de connaître cette euphorie de conquistador. Mes caravelles sont ensablées. Je ne suis plus qu'un naufragé du temps qui survit et à chaque jour suffit sa peine, à savoir les quelques lignes ahanantes que je trace dans ce journal, monotone promenade quotidienne le long des côtes dénudées, battues de solitude et de silence, de l'île déserte qu'il constitue.

Cela dit, je ne puis rien prévoir de l'avenir, et sans doute les quelques mots que j'achève de tracer contiennent-ils une pincée d'espoir : je ne sais pas si demain… Demain ? Demain ne contient-il que la morne répétition d'aujourd'hui dans un corps où l'érosion imperturbable a continué sa besogne, ou bien…

~

L'avenir est une sensation d'infinitude que l'on porte en soi, la certitude que l'on s'inscrit, en un perpétuel renouvellement, avec sa part d'inépuisables surprises, dans un devenir qui nous gardera, toujours aussi espérant, jusqu'à une mort que l'on sait imparable – et encore y a-t-il tous les leurres des religions pour nous faire croire qu'elle n'est pas si imparable que cela – mais qui pourtant ne trouble pas la sensation d'éternité que nous portons en nous, cette force qui nous fait aller de l'avant et qui est l'espoir en quelque chose, une utopie, une œuvre, une postérité, que sais-je. Même dans mes moments de désarroi, je me suis surpris, soudain, à voir voltiger autour de moi le fantasme d'un projet.

~

Sperme rentré
retour amont
vers la première innocence
mais le flot sec
bloque la barque
il n'y a de l'enfance
que sa caricature
le chauve crâne des galets
et les rides de la poussière
ou les craquelures de la boue
et ce regard en coulisse
vers les appâts de Suzanne

~

Il est des femmes qui portent leur sexe sur le visage, et on leur en sait gré. En elles s'aspirent tous nos désirs déshabillés de sentiments et ce besoin d'avilissement qui fendille tous les masques. La bestialité, dévoreuse d'hypocrisie, a parfois des fraîcheurs de hallier.

19 septembre

La pluie. Le mot se déploie dans ma tête avec ses luisances aiguës. L'eau torsadée claque sur le ciment de la ruelle en pente. Je me sens bien, protégé de tout désir de départ, dans cette claustration humide. Je pense aux arbres de la colline et je sens, en moi, l'eau qui s'infiltre dans les fentes du calcaire jusqu'à des grottes inconnues.

~

Pour moi, la vulgarité c'est, d'un ton impérieux, aligner des truismes en parlant du nez ou avec un cheveu sur la langue, les yeux fixés sur la ligne bleue de ses convictions et les oreilles lutées aux objections de l'autre.

~

Peuples de troubadours, si loin, qui furent maîtres de leur langue, obscurs ou clairs, sur une terre osseuse et tendue, face à un azur parfois terrible comme un deuil.

~

La nuit en plein jour
il suffit de fermer les volets
d'allumer la lampe
et le temps s'arrête
ou donne l'illusion de s'arrêter
et sans distraction
je peux regarder mon vide.

~

Le papier est jaune sous la lumière jaune
un silence pailleté flotte dans l'air
le bureau s'enfonce dans les grands fonds
d'où le regard des hommes est banni
et où seule cligne la cécité lumineuse
des gluantes créatures des abysses
qui habitent ce moment d'absence.

~

Rien n'est plus difficile que de forer sa propre muraille, de saper son quant à soi pour se glisser sous son apparence. Y suis-je seulement parvenu une fois dans ce journal ?

~

Un ru de bonheur sinue soudain dans la prairie de ma fatigue. À peine un filet d'eau que la première angoisse absorbera.

~

Vivre, hélas, c'est se gaspiller. Je regarde derrière moi les trop nombreuses années où je n'ai pas su m'attendre, pressé par l'inconfiance de me fuir dans l'image que je désirais proposer aux autres dont le regard me transfixait. Tant de pages non écrites pour avaler du vent et n'être qu'un dérisoire kaléidoscope de reflets. Tant de filons de silence abandonnés. Aujourd'hui, je tente de rester au plus près de mes absences, aussi loin que possible des bavardages, pour me pencher sur cette citerne où je recueille une infime partie de mes orages.

~

Au vrai, je suis un homme chanceux, de pouvoir exprimer mon incomplétude et ma peur ; mais le constat de cette chance ne me comble ni ne m'apaise.

~

Le fragment se nourrit de fragments : le branle de la pensée entraîne ces débris qui se poussent l'un l'autre et parfois s'accumulent. Une ligne pousse une ligne sur la page, selon une logique intérieure, il suffit de savoir attendre. À celui qui lit de trouver une continuité sous l'apparente discontinuité.

21 septembre

Et si je n'étais pas moi ?
Si je n'étais qu'un personnage d'emprunt ?
Et si cette chair souffrante n'était qu'une illusion ?
Et ma vie ?
Et tout ce qui m'entoure ?
Et ce cahier sur lequel j'écris ?
Et cette nuit qui se replie mille fois sur moi pour m'étouffer ?
Descente, ou plutôt chute, d'un mineur solitaire dans un puits sans fond.
La peur.
Peur de quoi ?
D'être là, de ne pas y être.
Demain, quand tu ouvriras les volets, demain la terre sera déserte. Tu descendras dans la rue. Tu entreras dans les maisons. Tu n'y trouveras aucun cadavre. L'autre se sera volatilisé et tu seras

le maître désespéré d'un monde d'illusions, et tu ne palperas que des apparences.

Éteins la lampe.

Rendors-toi, si tu peux.

Éteins.

~

Journal : errance saharienne d'une perte.

Le voyageur disparaît parmi les mirages.

~

D'avoir écrit des mots me donne une sensation de bien-être : soudain je me palpe.

~

Chaque fois que j'écris : je ne me fais pas d'illusions, je mens.

~

Il est impossible d'expliquer à autrui pourquoi on aime un auteur, ou quoi que ce soit : osmose secrète que nous ne comprenons pas bien nous-mêmes. Quelle est la part de moi, perdue, quel désir, que je retrouve en l'œuvre et qui m'émeut si fort ? Mais est-ce bien de cela qu'il s'agit ? Inexplicable, oui.

~

Je relis Kafka. *Le Château.* Quoi de plus étonnant, en matière d'érotisme, que la rencontre de Frieda et de l'arpenteur dans l'auberge des Messieurs ? Ce petit pied de femme posé sur la poitrine de l'homme allongé sous le comptoir pendant qu'elle ment, puis ce rut nocturne, suggéré, parmi les flaques de bière. Ce dos tourné sans prudence au pouvoir. Quasiment rien et tout y est : on sent, on palpe, on entend, comme si l'écriture de Kafka nous rendait hyperesthésiques.

~

D'un moment de ma vie que je ne parviens pas à bien situer dans le temps, je ne puis dire s'il s'agit d'un rêve ou de la réalité. Périodiquement, je revois un chemin, une maison étrange, qui tient de la grotte, où habite une femme que j'ai réellement bien connue et dont, à un autre moment, j'ai partagé la vie. Mais cette maison, ce chemin, où étaient-ils, dans quel village, près de quelle ville, je n'en sais rien, et sans doute mourrai-je sans trouver de solution à cette énigme. En attendant, chaque fois que ce vrai/faux souvenir me vient à l'esprit, je me demande s'il n'est pas le fruit d'une anomalie de mon cerveau, conséquence d'une faille dans la paroi qui sépare mon monde onirique de mon monde réel, faille qui expliquerait la sensation, de plus en plus fréquente, par moments effrayante, que je suis le personnage d'un rêve et que le monde, autour de moi, malgré sa dureté, n'est qu'une image virtuelle flottant dans l'infini.

~

Si un journal ne recueille pas ces terreurs infimes de son auteur, à quoi sert-il ?

Journal sismographe sans fin captant des microséismes peut-être annonciateurs du séisme définitif, comme celui qu'a subi G., ce jeune vieillard de même pas soixante ans que je rencontre dans la rue, lui autrefois si disert, et qui me regarde, d'un air hébété, sans avoir l'air de me reconnaître.

~

Vivre, à partir d'un certain âge, et pour certains depuis leur naissance, c'est se sentir mourir un peu plus chaque jour à l'ombre sibylline du hasard. Toutes les actions des hommes ne servent qu'à masquer ce malaise, à détourner la tête pour ne pas voir en face le regard de Méduse de l'absurde.

23 septembre

Il n'y a pas si longtemps encore, je savais inventer des fictions, mises en scène de mes fantasmes et de mes idées. Aujourd'hui, je n'en suis plus capable. À jamais, ou pour un temps ? Je ne suis pas devin. Si encore je savais vivre au jour le jour, passer des heures à regarder les nuages par la fenêtre, me promener sans penser dans la campagne, tout à l'observation, ou m'asseoir sur un banc, à la sortie du village, pour attendre la nuit sans angoisses ; mais impossible : le besoin d'écrire, et plus encore le besoin de maîtriser mon écriture, dans la mesure où je la maîtrise, est le plus fort.

C'est un besoin tout raidi d'impitoyable. Je sens en moi, à l'égard de la langue, un je-ne-sais-quoi de tendu qui m'empêche d'affronter les épines de mes anciens livres et fait tomber de mes mains, avec des haut-le-corps, l'œil et l'oreille – je lis toujours avec ces deux organes – agacés par les adjectifs fossilisés, les livres qu'il m'arrive de feuilleter dans ces librairies de la ville proche qui ressemblent plus à des supermarchés où l'on vend des marchandises éphémères, qu'à ce lieu émouvant où l'on fouille pour trouver en l'autre un creux à notre mesure.

Comme ils sont bêtes ces livres empilés au cordeau, avec leur bande souvent enrichie de quelque niaise photo d'un auteur prenant la pose ! Cela m'est arrivé une fois, il y a longtemps, l'éditeur ayant repoussé ma demande de ne pas voir mon visage figurer sur la couverture, et j'ai encore honte de ne pas avoir insisté, de m'être soumis, sans doute par peur – comme les autres – que mon livre ne paraisse pas. Pourquoi sommes-nous si lâches ? Pour un Pessoa, un Kafka, un Walser et quelques autres, combien d'écrivains, et non des moindres, ont-ils sacrifié leur dignité au succès, aux honneurs, à l'argent, bref à la gloriole ? Au point que ce mot, écrivain, j'en viens à le haïr et ne supporte pas qu'on m'en affuble, furieux lorsque je reçois une lettre dont la suscription signale cette occupation dont je ne parle guère autour de moi, et même pas du tout, parce que je ne l'assimile pas à un métier, mais plutôt à une tare satanique dont il me serait impossible de me débarrasser.

Ce soir, comme tant d'autres soirs, le sifflement de mes oreilles, accentué par le calme, insupportable si je me mettais à l'écouter vraiment, usine à folie, j'écris depuis le centre de la terre, façon de parler, mineur d'un gisement de cendres, mais, à l'inverse de Job, je n'invective aucun Dieu parce qu'il m'aurait condamné à ce travail forcé. Et pourtant, comme lui, je pourrais dire :

> *« Mes frères ont été décevants comme un torrent,*
> *comme le lit des ruisseaux passagers [...]*
> *Et ma vie s'effrite comme un bois vermoulu,*
> *ou comme un vêtement dévoré par la teigne ! »*

24 septembre

Ah, mes mots restent à la surface !
Dites-moi comment percer cette écorce qui paralyse tout.

~

Un serf-roi, le sort de tout créateur. Avec, bien sûr, une proportion plus ou moins grande de l'un ou de l'autre.

~

La musique sérielle a mauvaise presse. À presque quatre-vingt-dix ans, elle dérange plus que jamais. C'est que, inverse de la musique d'ameublement, elle nécessite une écoute. On imagine mal Schönberg, Berg ou Webern dans un supermarché, même si aujourd'hui tout est possible, la société marchande étant capable de tout phagocyter. Il y a, dans cette musique, une tension, une difficulté à s'installer, qui la rend de moins en moins abordable dans un monde où plaisir et facilité, armes très efficaces pour décerveler, commodes décors potemkiniens pour cacher la misère, sont prônés par de joyeux philosophes et intellectuels qui ont depuis longtemps jeté leur bonnet par-dessus les moulins plutôt que de les attaquer de face, comme l'ingénieux hidalgo. En général, la novation artistique s'affadit, au fil du temps, on s'habitue à ses trouvailles, mais il semble que dans le cas de la musique sérielle ce soit le contraire. Certes on la joue dans les concerts, on l'enregistre, mais il serait sans doute assez amusant de savoir combien d'adeptes elle a véritablement. N'empêche que l'École de Vienne a sans doute donné les œuvres parmi les plus hautes de ce vingtième siècle.

25 septembre

Avantage des livres de fragments : on peut les ouvrir à n'importe quelle page. Ce matin, j'ai sorti de ma bibliothèque les Aphorismes de Kafka, et j'en ai lu quelques-uns avec cet étonnement que provoque toujours en moi la lecture de cet écrivain dont quelques lignes suffisent, plus qu'avec tout autre, à me séparer du banal, sans qu'il n'use jamais de ces artifices insolites qu'utilisent d'autres écrivains. Tout ce qu'il écrit, et de la façon la moins affectée qui soit, devient singulier, aux divers sens du mot, à un degré inégalé. Il y a, autour de chaque texte de Kafka, une aura d'étrangeté que l'on ne trouve chez aucun autre, du moins à ma connaissance. Mais il faut mériter K. On ne peut le lire n'importe quand, n'importe comment. Je crois même, au risque de me faire houspiller, que tout le monde ne peut pas le lire. Est nécessaire, pour cela, une capacité de détachement, de dérision, d'humour, et, en même temps, une sorte de tendresse, d'absence de vanité, dont la plupart, je crois, ne sont pas capables. Mais n'y a-t-il pas, dans mon jugement, une sorte de jalousie amoureuse, comme si je voulais que Kafka n'eût écrit que pour moi ?

~

Il sent l'odeur du temps qui le ravage, mélange d'urine et de champignons parasites, tumeurs accrochées aux troncs des sous-bois.

27 septembre

Mon sentiment du néant est de plus en plus profond. Au point que je regarde, comme de bizarres animaux, ceux qui peuvent croire en quoi que ce soit. Au fil de ma vie, je me suis décanté de toutes mes croyances. Dieu s'est effrité comme une statue de plâtre et, à sa place, n'est resté qu'un tas de poussières sales que le vent de l'absurde n'a pas tardé à éparpiller.

Sans doute aurais-je pu le remplacer par ma propre personne et croire en moi, en mon œuvre (je ne puis écrire ce mot sans rougir de dérision), ou je ne sais quoi, mais non : ma vie n'est que descente vers le néant, et autour de moi les autres descendent avec moi dont beaucoup, trop, se jouent, hélas, des comédies pitoyables.

Que de nostalgie – cette lèpre – chez les uns et les autres, et aussi parfois chez moi-même, surtout quand me surprend, de loin en loin, ce vertige d'irréalité, cette vacillation de la raison qui me fait, une seconde, me demander si j'existe vraiment aujourd'hui, alors que j'existais hier, dans cette enfance remémorée, recréée, mensonge, refuge et piège auquel il m'arrive de me laisser prendre. Je m'imagine qu'en ce temps-là persistait en moi un sentiment d'infini que j'ai perdu. Je possédais un futur que je pouvais remplir à volonté d'illusions, puisque je n'avais encore rien tenté. Aujourd'hui, quelle illusion pourrais-je avoir, sauf à partager cette illusion désespérée, lamentable, de ceux qui se sont inventé une vie après la mort ?

Au fil des jours, je me sens devenir un vide dont le temps a peu à peu dessiné les contours ; et ce vide je le remplis de personnages variables pour donner le change à ma famille – imprudemment et hasardeusement fondée, eu égard à mon caractère ou à mon manque de caractère, puis assumée, tant bien que mal –, à mes connaissances – je préfère ce mot, moins ambigu que le mot ami –, etc.

D'une telle situation, je devrais tirer une sorte de sagesse, une capacité de décollement de tout, ou de cynisme majuscule. Eh bien non ! Pourquoi ? Je me préoccupe de publier mes livres, je souffre de telle faute que j'ai laissé passer dans des épreuves, d'une coquille de l'imprimeur, alors que mes livres, peu lus, sont destinés à moisir chez des bouquinistes ou à subir le pilon. Je souffre d'un refus d'éditeur, de mille autres vétilles, et m'en veux d'en souffrir. Et j'allume ma lampe au milieu de la nuit, comme à présent, pour écrire ces notes dont plus tard je me demanderai pourquoi je les ai écrites tout en les recopiant avec soin.

Pauvre type me dit une voix intérieure. Toute la production artistique ne serait-elle que le fruit d'une insigne faiblesse ? Et comme l'homme, cet imbécile génial, sait habiller la moindre action de bons et nobles sentiments ! J'ai envie de rire, mais au lieu de rire je hausse les épaules puis je courbe le dos. Ou bien je me réfugie dans la fatigue, mais dans une fatigue qui, avec l'âge, devient douloureuse, angoissante, et donc perd sa vertu de délassement.

Hier, j'ai travaillé au jardin, à la demande de V., transporté des pierres trouvées à la décharge, repeint la porte d'entrée. Immunisé par l'effort contre la tristesse, mais triste dans les pauses de sentir mon corps affaibli. En repeignant la porte, chaque coup de pinceau avait la vertu de m'effacer. J'étais tout entier dans mon geste régulier et dans la matière onctueuse que j'étalais. J'ai envié mes amis peintres et leur rapport direct avec une matière pondérable, alors que moi je ne travaille que dans le virtuel. D'aucuns me parleront de l'odeur de l'encre, du poids du stylo dans la main, de la couleur du papier, que sais-je, mais tout cela est bien misérable à côté des odeurs de l'atelier, de ces pots ou tubes accumulés – pour ne parler que des peintres –, de ces toiles appuyées aux murs, de tout ce bricolage qui manque tellement à l'écrivain…

Demain, c'est-à-dire dans quelques heures, vers cinq heures et demie, je me lèverai, empereur d'un village encore silencieux, je préparerai le déjeuner pour tous – rituel apaisant, comme tout rituel domestique – je déjeunerai avant eux – j'ai besoin de ce moment de solitude –, puis j'irai acheter, à l'épicerie – il fera nuit et je serai le premier client – le stupide quotidien local, puis je ferai les lits, viderai les corbeilles à papier et corbeilles hygiéniques, irai porter, de temps à autre, verre et papier dans les affreux conteneurs posés près du lavoir – une ou deux femmes arabes y viennent encore rincer leur lessive – puis enfin je rentrerai dans mon bureau, parcourrai le journal, ferai les mots croisés, et viendra le moment d'engranger ces notes dans l'ordinateur, c'est-à-dire de regarder en face ma médiocrité momentanément pérennisée dans ces mots dont j'use, comme on fait du jardinage, pour m'aider à rester debout.

Comment un tel homme, moi, pourrait-il désormais participer – ah je vais perdre là mes ultimes sympathies ! – à quelque cause collective ? Comment pourrait-il accepter l'aveuglante simplification des slogans qui réduisent à de bêtes formules les questions les plus subtiles ? Je peux avoir encore des sympathies pour les vaincus, mais j'ai perdu cet aveuglement humanitaire, ou démagogique, doublé d'un relent de christianisme, qui me faisait foncer autrefois, bille en tête (mais avec aussi au fond, peut-être, un pas très catholique sentiment de supériorité), pour soutenir les causes de tous les paumés de la terre (pas les damnés, non, c'est trop beau d'être citoyen de l'enfer), ceux qui sont descendus si bas qu'ils finissent par ressembler à leurs bourreaux, épaves dépouillées de leur dernière once de dignité, plus râleuses que revendicatrices, écrasés-écraseurs, racistes obtus et j'en passe, dont la violence dérisoire et abjecte engendre plus le dégoût et le désespoir que la pitié, même si l'on sait qu'un bon nombre ont été conduits là plus qu'ils ne s'y sont conduits.

Ce que je viens d'écrire n'est pas flatteur pour moi. Je n'ai rien d'un Pierre et Térésa médiatique. Surtout je tiens, ici, à me décaper de tous mes mensonges avantageux. Du moins je m'y efforce. Et puis assez du masque de la charité qui en fin de compte établit la misère, plus qu'elle ne la supprime, faisant des institutions caritatives une soupape commode pour ce système triomphant qui gaspille le monde.

Allons : il y a plus d'une heure que j'écris. Il est temps que j'éteigne la lampe et tente de dormir, en espérant que quelque rêve pas trop désagréable servira de mine à des phrases moins plates et sans doute excessives, même si elles m'aident à me situer, que celles que j'achève de tracer.

~

Un livre est un sas : il isole, en même temps qu'il permet le passage entre deux milieux, auteur-lecteur, d'atmosphères différentes et donc, paradoxalement, incompatibles. En fait, un livre est une machine bien plus compliquée qu'un sas. N'y passe de l'auteur au lecteur, que ce qui existe déjà, mais à l'état amorphe, chez le lecteur.

~

Mes livres : une communication isolante entre moi et le monde. Je leur demande d'occuper ma place et me trouve toujours très gêné lorsqu'on me demande d'en parler. Je le répète ici, car je l'ai déjà écrit ailleurs, un écrivain devrait complètement disparaître derrière ses livres et refuser toute clownerie médiatique.

29 septembre

D'où viennent ces larmes en moi, lorsque soudain j'entre dans telle page où K. Mansfield me parle de la mort de son frère, moi qui n'ai pas connu pareille expérience ? D'où vient cette douceur douloureuse, cette communion à distance avec la fragile néo-zélandaise ? À moins que je ne lui superpose l'amie disparue à qui appartenait ce livre, il y a quasiment un demi-siècle, livre que j'ai pris hier, au hasard, dans ma bibliothèque ? Cette amie, je l'ai sans doute aimée, sans vouloir le reconnaître, elle si ferme déjà dans son écriture alors que moi je balbutiais, et à qui, cette nuit, je dédie ces lignes, harassé par le temps et les cadavres qu'il laisse derrière lui.

~

La nuit, parfois, a de coupantes aspérités minérales.

~

Comme mon stylo va, calme, cette nuit, formant régulièrement les lettres, dans la bénédiction de l'inexorable !

~

Écrire a été le plus beau cadeau que j'aie jamais reçu, mais quel cadeau empoisonné !

~

Je solidifie le vide dans mes mots : vitrification des déchets de mes moments perdus. Je vois des blocs irréguliers d'un noir d'encre, murmure pétrifié.

~

Lente et minuscule jouissance nocturne. Édification d'une Tour de Babel miniature, monument inachevable de ma confusion.

2 octobre

Les autres. Oui, étrangement je les aime dans ces moments de connivence où nous nous retrouvons entre nous, je veux dire entre ceux qui ont les mêmes exigences. Comportement de *happy few* si l'on veut, défaite pour qui a cru à ces lendemains chanteurs où qualité et quantité devaient aller de pair. Quelle naïveté alors, et même quel aveuglement, dans le désir – lâche ? – de ne pas voir la réalité de l'abject ! Ces quelques autres, oui, je les aime, et pourtant, au moment même où je m'élance vers eux, gonflé du bonheur d'une possible communication, le doute sourd, au fin fond, sapant les bases de ma sentimentalité.

Hier je lisais, en public – petit public agréable et intelligent – dans une de ces minuscules villes françaises où se passent des choses que la capitale ignore, et, au fur et à mesure que je lisais, alors même que ma propre lecture m'émouvait, en même temps que je haïssais cet émoi que trahissait le tremblement de ma voix, je doutais de mon texte, de sa qualité, je le jugeais, au cœur même d'une émotion détestée, sans doute parce que remontait de très loin, de mon enfance, cette dépréciation de moi-même qui m'a toujours accompagné. Il me semblait voir les failles de mon texte – je dis il me semblait parce que ces failles, qui sait inexistantes, le désir de me rabaisser me les faisait sans doute imaginer – et une vacillation vaguement douloureuse commençait en moi son mouvement de balance. Puis je l'ai oublié, ou j'ai cru l'oublier ce trouble, réchauffé et gêné à la fois par les manifestations d'intérêt qui m'entouraient, alors même que, dédoublé, je ricanais de cet intérêt. Plus tard, quand je suis revenu dans ma chambre d'hôtel à la lumière de cauchemar, je n'ai pas pu dormir et j'ai appelé à mon secours l'un de ces tranquillisants dont je m'étais promis de ne plus les utiliser. Et le sommeil, artificiellement obtenu, m'a enfin effacé.

J'écris cela en gare de Marseille, dans le train, me disant que vraiment je n'ai rien d'un mondain, malgré l'aisance paradoxale que je montre en public, au dire de tous, et que moi j'appelle histrionisme. S'ils savaient quelle faille se cache derrière cette apparente aisance, quelle absence de certitude ! J'ai hâte, demain, de me retrouver chez moi, et lorsque je serai chez moi un ennui vertigineux, je veux dire qui me donne réellement des vertiges, me fera sans doute regretter l'endroit d'où j'arrive. Pourtant, hier, il y a eu, il me semble qu'il y a eu, ce moment de coïncidence momentanée avec des hommes et des femmes qui ont choisi, comme moi, de ne pas se laisser prendre au paraître. Et, après tout, cette sensation de communication avec autrui, qui n'est peut-être qu'une illusion, qui est certainement une illusion, a pesé de son poids, à ne pas négliger, dans la poursuite du vivre.

3 octobre

Hier, table ronde autour de la correspondance. Six auteurs qui s'ignorent, en rang devant des micros, pour vanter leur marchandise. L'amitié que je porte à un éditeur en train de mourir, je veux dire son entreprise, m'a fait tomber là dans le genre de traquenard que je fuis comme la peste. J'avais l'impression d'être un singe face à ce public de consommateurs (la manifestation avait lieu dans un café) ; mais comme d'habitude, en pareil cas, j'ai pris mes distances avec moi-même et la conjoncture, et, comme les autres, j'ai pu faire mon numéro (bon dieu comme le plus simple mot porte sa charge de résonances !). Tout cela, bien sûr, n'a pas grand-chose à voir avec une activité que je n'ose plus appeler littérature, tant ce mot recouvre de bimbeloteries pour lesquelles je me sens fort peu d'attirance.

~

Dans le programme de cette manifestation littéraire, au demeurant très bien organisée, je trouve l'abominable mot packaging. Loin de moi, séduit par l'idée du provignement chère aux auteurs de La Pléiade, la moindre réaction petitement nationaliste quant à la langue : je sais que les langues ont toujours plus ou moins communiqué et se sont mutuellement emprunté bien des mots ; mais j'ai le goût de l'euphonie et l'horreur des modes comme des invasions ; et quand une seule langue impose ses mots et qu'il n'y a plus d'échange, n'est-ce pas un cas d'invasion, en ce domaine comme en tant d'autres ? Pourquoi, puisque l'équivalent français de packaging, affreusement prononcé par trois quarts des français, existe – emballage – prononçable par tous, ne pas l'utiliser ? Passe qu'un supermarché, préoccupé de *positiver*, se laisse aller à la veulerie langagière, mais le programme d'une manifestation littéraire ! Mœurs de marchands jusque dans le domaine de l'esprit.

~

Hier soir, je me suis hâté d'arriver le premier au restaurant, pour manger seul, et j'ai eu le bonheur de voir venir mes confrères de plume alors que j'en étais au dessert.

~

On est toujours trop mou. Je suis toujours trop mou, trop complaisant à l'égard de la veulerie mondaine, mais il faut vivre, oui, je ne suis pas un héros, alors je compose un peu, seulement un peu, pour ne pas me couper de tout, et ensuite, la honte dans l'âme, je remâche ma lâcheté.

~

Cette vedette à la table à côté, cette excellente comédienne, soudain dépouillée de l'aura de l'écran, s'est réduite en jolie petite bonne femme ordinaire aux grands yeux cernés, jeune femme lasse comme on en croise tant dans la rue. Touchante d'être devenue ordinaire.

~

Être désespéré, se sentir séparé, plonger dans un égotisme de plus en plus profond, n'implique pas que l'on vive en ermite et sans vie sociale, mais qu'on joue cette vie, sans cesse coupé en deux, spectateur de soi-même en train de tenir son rôle sur la scène virtuelle du théâtre de la confusion.

~

Quand la parole n'advient plus, c'est comme si je sentais l'aura d'une catastrophe.

~

Serais-je capable de rater le train parce que me saisiraient les premières douleurs du poème ?

~

Pourquoi les chambres d'hôtel sont-elles en général si laides ? Le goût moyen, c'est-à-dire l'absence de goût, est-il plus rentable ?

Pourquoi la beauté, qui ne coûte pas cher, en tout cas pas plus cher que la laideur, est-elle à ce point bannie de ces lieux ?

Est-ce que, irrémédiablement, elle est la propriété d'une élite – mot que je n'aime pas ?

4 octobre

Parfois, le monde semble s'arrêter et alors je sens littéralement sous mes doigts les écailles de l'absurde. Ceux que j'aime le plus s'agitent pour rien devant moi, comme moi je ne m'agite pour rien devant eux. Nous travaillons les uns et les autres à bâtir nos mirages. Nous sommes des sculpteurs de vent. Mais avec quel sérieux nous élevons nos éphémères défis au temps ! Ne tenant debout que grâce à ces béquilles de nuages.

~

Pauvre homme, absurde parcelle de conscience inutile, lançant ses vaisseaux toujours plus loin vers l'infini, pour constater qu'il est seul dans son cachot planétaire, attendant une mort sans résurrection.

~

Sensation simultanée du vertigineux et du dérisoire. Comment le faire comprendre ?

~

Comme certains sont illuminés par la foi, j'ai été illuminé – façon de parler – par la certitude de l'absurdité de notre condition. Le gong du néant a marqué l'entrée de l'humanité dans le début d'une agonie sans apocalypse, je veux dire sans révélation. L'abondance des gesticulations religieuses et leur accompagnement de cruautés fait penser, vue de haut, à la cour d'un asile où l'on a lâché les fous les plus dangereux qui dessinent sur les murs leurs fresques sanglantes avant de briser l'un contre l'autre leur crâne rempli de poussière.

5 octobre

Bernard Buffet, dont je déteste la peinture, s'est donné la mort parce que, atteint de la maladie de Parkinson, il ne pouvait plus se livrer à la pratique quotidienne de son art, c'est-à-dire à sa manie, à ce besoin vital de faire trace, de maculer un certain espace, comme le fresquiste sa *giornata*, qui est bien plus à la racine de toute création que le désir de dire quoi que ce soit. Entre le tag répétitif, souvent pur stéréotype, qui s'étale sur toute surface vierge, et l'œuvre du plus grand peintre, au moins dans sa cause, il y a moins de différence qu'on ne le croit : le tagueur anonyme, comme le génie, éprouve un besoin pulsionnel de remplir le vide intolérable qui renvoie au néant ; et comme ce vide ne cesse de se renouveler, ce que j'ai appelé ailleurs le syndrome des Danaïdes, le besoin de le remplir est chaque jour aussi vif. Ce qui est triste, dans le suicide de Bernard Buffet, c'est qu'il n'ait pas supporté de ne plus pouvoir reproduire le stéréotype qu'était devenue – ou plutôt qu'avait toujours été – sa peinture, à peu près invariable depuis sa vingtième année, c'est qu'il n'ait pas cherché à tirer de son tremblement terrible – mais peut-être l'a-t-il fait et on nous le cache – l'occasion d'une remise en question totale de son travail, peut-être, à deux pas de la mort, l'occasion d'une nouvelle naissance.

~

À beaucoup on aimerait administrer une bonne leçon de néant. Peu d'hommes en effet, et moi-même, en qui ne subsiste un peu de bave divine. La trace luisante de la limace religieuse strie l'intérieur de la plupart des cerveaux prêts à croire n'importe quelle faribole. Cette propension à la foi, qu'on retrouve chez des militants bien terrestres, explique sans doute l'aisance avec laquelle la foule gobe n'importe quoi, jusqu'à admettre la loi de fer d'interdits mutilants au nom de je ne sais quel bonheur d'au-delà.

~

Il est des romanciers dont le principal talent n'est pas de créer des personnages mais de se composer un personnage.

~

Les ténèbres sont à ma porte.

~

Un jour, un éditeur m'a refusé un manuscrit en me reprochant mes clins d'yeux culturels. Ce Monsieur ne semblait pas comprendre que, d'un bout à l'autre de l'histoire, les livres se nourrissent les uns des autres, échangeant leurs héros ou leurs situations, se parodiant, s'imitant, si bien que la littérature n'est pas, au moins pour une bonne part, une usine à anecdotes divertissantes pour foules gavées de hamburgers et de soleil, mais un univers limbique où le temps s'abolit puisque, de siècle en siècle, de millénaire à millénaire même, de civilisation à civilisation, une osmose se produit d'auteur à auteur. Cervantès, en les parodiant, s'inspire des romans de chevalerie, comme Scarron renvoie à Virgile en le travestissant, et Virgile à Homère par le truchement d'Énée, et Joyce au même Homère avec son Ulysse irlandais, tout comme Fénelon fait revivre Télémaque, fils du précédent, ou que Thomas Mann, s'inspirant de la bible, écrit l'épais *Joseph et ses frères*. La liste est longue de ces échanges à travers le temps, de cette autofécondation de la littérature par elle-même. Quant à moi qui, à mon échelle, aie écrit plusieurs livres où se croisent des héros venus d'autres livres, rien ne m'est plus agréable que de trouver soudain, au cœur d'un texte, une référence plus ou moins dissimulée à tel autre texte, comme si le livre que je suis en train de lire était un palimpseste dont j'explore les strates. Voilà, sans doute, ce que j'aurais pu expliquer à cet éditeur, mais vaut-il la peine de répondre à des propos aussi stupides, révélation du niveau auquel l'esprit marchand veut faire descendre la culture, et d'ailleurs y parvient ?

8 octobre

Et si le pouvoir n'était, folie, qu'une image mentale dans la tête des gens ?

~

Désarroi. Celui du chevalier ôtant son armure et comptant ses bleus après l'attaque des moulins.

9 octobre

Ce matin, dans la nuit, en marchant dans les rues du village, sous un ciel presque trop pur, ce qui donnait un je ne sais quoi d'artificiel aux étoiles, mais j'aimais cette transparence presque excessive de l'air, le chant soudain d'un coq, bonheur, sous la voûte résonante de ma mémoire, pour moi qui ne suis l'apôtre de personne.

~

Pourquoi n'ai-je pas su m'organiser une liberté relative ?

Pourquoi ai-je fondé – fondé ? – une famille, et même deux ?

Pourquoi me suis-je créé des liens plus ou moins amicaux, avec cette part d'illusion que contient le mot amitié ?

Pourquoi n'ai-je pas vécu, comme j'en ai toujours rêvé, dans une maison solitaire, au milieu de la nature, avec quasiment rien ?

Pourquoi n'ai-je pas été une sorte de Thoreau sans la moindre trace de divin ?

Mais pourquoi, sous mon goût affiché de la pauvreté, ai-je des bouffées de désir de luxe ? Lequel de ces deux moi est le vrai, et même n'y a-t-il pas, dans un recoin de ce que j'appelle moi, faute de mieux, un troisième larron qui n'a rien de commun avec les deux autres ?

11 octobre

J'ai vu la mer verticale, au bas de la pente du Mont Saint Clair, dressée comme le mur d'un souvenir vivant contre lequel se heurte le présent mort. Dans ce souvenir, cette mer se mêle à celle du poète qui repose, un peu plus bas, dans le cimetière qu'il a célébré avant d'y gésir ; et elle se mêle aussi à la mer du héros qui erra sur ces flots couleur de moût, au gré de l'humeur des dieux, pour retrouver enfin, après un dernier sang versé, son lit d'olivier, son chien et son épouse ; et encore à la mer de ce manchot de la gauche, on ne peut plus sensé, qui connut pirates et captivité barbaresque avant d'accoucher de ce chevalier auquel je me suis parfois identifié ; et ainsi de suite. La Méditerranée, salie par les foules, je ne la vois plus que de loin, hormis certains jours d'automne où j'aime marcher sur le sable froid, le long des festons de détritus, rebut des tempêtes d'équinoxe. Cette mer, aujourd'hui, n'est plus pour moi qu'une mer bordée de cités fantômes où passent, silencieuses, les ombres de lointains philosophes et, sous la lune, les voiles latines de barques de pêcheurs qui n'existent plus. Est-ce que je ne vis plus qu'un rêve ? Est-ce que je ne suis plus déjà là ? Mon corps est là, si j'en crois les réactions des autres, mais mon esprit n'y est plus guère. Chaque jour me fait un peu plus le citoyen d'un monde échafaudé de mots et de rythmes avec lesquels, presque à mon insu, je me construis un labyrinthe de nuages dans lequel je tente, ce verbe contenant sa part d'un possible échec, d'oublier un temps qui ne m'oublie pas.

~

Pourquoi, dans ce journal, enregistrerais-je mon quotidien extérieur qui n'est que répétition des mêmes événements ? Pourquoi enregistrerais-je le bégaiement de l'histoire et des hommes qui s'inventent une fatalité ? Les événements, lorsque je me laisse aller – faiblesse – à m'y intéresser, me salissent de leur absurdité, de cette sanie de papier monnaie qui désormais imprègne tout. J'ai été, ou du moins m'efforçais-je d'être, jusqu'à il n'y a pas si longtemps, très préoccupé du devenir du monde, mais l'écœurement a fini par étouffer mon intérêt, je suis vaincu, oui, laissé sur le bord, analysant encore, vieille habitude, mais pour rien, sentant physiquement mon impuissance sous la forme de cette fatigue qui fait tomber, le long de mes cuisses, mes poings désassemblés. J'abandonne, pour jouir des arpents de plus en plus étroits de nature qu'on me laisse. Je survis dans la modestie des sensations les plus humbles, des objets les plus dérisoires ; et si j'ai un désir, ce n'est pas le désir de la richesse mais du dépouillement. À mon âge, aujourd'hui, quels projets pourrais-je faire qui irait dans le sens de mes goûts ? Mon seul désir, au fond, c'est de ne plus avoir de désirs, de renoncer complètement à ces appâts de la vanité – auxquels il m'arrive encore de me laisser prendre –, ce qui n'est pas renoncer à vivre, comme le croient les imbéciles, mais vivre dans l'essentiel. Et pas le moindre relent de religiosité dans ce que je viens d'écrire. Le vide infini est ce vers quoi je me tourne pour, paradoxalement, respirer et trouver le sentiment d'être complètement là, pas tout à fait un caillou encore, mais le plus près possible, purgé des impuretés d'un supposé péché originel, d'un jugement à venir et d'un au-delà peuplé d'anges, de houris ou de démons.

~

Cioran, qui trop souvent m'horripile, entre deux superbes aphorismes, n'arrête pas de remâcher son Dieu perdu. Combien de fois écrit-il ce mot ? Et comme il le cherche, au fond, dans ses lectures mystiques et ailleurs. Plus agaçants que ces rocs de la foi bien campés sur leurs certitudes.

~

J'ai dit, tout à l'heure, que mon intérêt pour la mascarade humaine était mort. Ce n'est pas tout à fait vrai. D'abord, parce que cette mascarade est encore capable de m'irriter, ensuite parce que, n'ayant pas eu le courage de couper tous les ponts, mon quotidien sans cesse m'y ramène et, à l'occasion, m'y fait jouer ma partie. Il se peut, dans la suite de ce journal, comme cela s'est produit en son début, que l'on trouve des remarques tristes ou indignées, voire joyeuses (tout arrive !), sur tel ou tel évènement, et cela semblera contredire ce que je viens d'écrire et qui est plus ce que je souhaite que ce qui se passe réellement. C'est qu'il est difficile, eu égard au lest social que je porte – famille, occupations dont je ne sais pas me défaire – et que m'a légué mon passé, de couper complètement avec ce que l'on a, très progressivement, par remises en question successives, et non sur quelque coup de tête, refusé d'être. On change du jour au lendemain – au moins moi qui manque de l'homogénéité des héros – et, bien sûr, j'ai, j'aurais mes moments de faiblesse. Je mourrai, j'en suis sûr, sans être parvenu à l'érémitique idéal que j'ai souhaité, mais, comme chacun, j'ai besoin de me raconter des histoires dont je ne suis dupe, si j'en suis dupe, qu'un très court moment. À défaut de convictions –, j'ai déjà dit combien ce mot me faisait horreur –, j'ai des fantasmes, rien de plus.

~

Un ami me disait, avant-hier, qu'il aimait les journaux dont l'auteur racontait les anecdotes de son quotidien et je ne le contredirai pas pour lui imposer ma conception d'un journal où l'anecdote est réduite a presque rien. À vrai dire, d'ailleurs, je ne conçois pas telle ou telle manière d'écrire un journal, je subis plutôt la façon dont j'écris le mien, où l'autre rentre peu, ce qui me met dans la position, n'étant en rien exceptionnel, de n'intéresser à peu près personne.

12 octobre

Quand je sors d'une lecture comme *Le livre de l'intranquillité*, livre que j'ouvre souvent, je me demande comment j'ose encore écrire, ou tout au moins publier. Bien sûr, je n'ai pas le ridicule de chercher à rivaliser avec Pessoa, sachant m'estimer à ma presque juste mesure – presque, parce que si lucide que je sois, il m'est impossible de m'estimer avec un total détachement –, mais j'éprouve, chaque jour un peu plus, un irrépressible besoin d'écrire qui se mue en discipline et qui se pervertit du vouloir publier, donc sortir d'un anonymat que par ailleurs je prône et prétend conserver à toute force. Il y a là une contradiction dont je ne parviens pas à m'échapper. Je pourrais dire :

je publie pour communiquer, or je ne crois pas à la communication et pense que l'écrivain est, par essence, un solitaire s'entourant de l'enceinte de son écriture, laquelle, bien qu'elle le signale de loin, est signe de retranchement ; pour gagner de l'argent ; mais il n'en est rien, mes livres ne rentrant pas dans la logique du marché, ne s'adressant qu'à un nombre plutôt réduit de lecteurs et donc se vendant au compte-gouttes, sans que j'aie jamais fait le moindre effort pour leur ajouter quelque afféterie commerciale ; pour passer à la postérité ; mais la postérité a du plomb dans l'aile et je ne suis pas assez illusionné pour croire que mes livres puissent me survivre longtemps ?

Alors quoi ?

Voici la tache aveugle de mon raisonnement, cet étroit espace blindé de résistances contre lequel ma réflexion se brise. Jusqu'où me faudrait-il descendre pour trouver la véritable raison de ce désir de publication que satisfait pleinement un tirage de cinquante exemplaires, que satisfait même beaucoup plus un tirage soigné de cinquante exemplaires que des milliers fabriqués comme des paquets de lessive. Car, pour moi, le plaisir de voir mon texte devenir livre est de l'ordre du palpatoire – vue, toucher, et même odeur –, du pondérable. Le livre est, dans sa totalité, objet d'art, beau fruit dont la luisance de la peau laisse prévoir les saveurs intérieures. Papier, typographie, possible intervention d'un artiste, me rendent mon texte plus cher, et peu importe qu'il n'ait que quelques lecteurs. Je ne suis pas triste d'avoir été méconnu, et donc peu lu, mais que, trois fois sur quatre, mes livres aient été matériellement médiocres. N'en déplaise aux adeptes du tout électronique, et au risque de passer pour un fossile, un livre est l'union d'une matière et d'une pensée où la matière n'est pas moins noble que la pensée. C'est, ce devrait être, si la littérature n'était pas devenue, comme les mouchoirs, jetable – et qui sait si le livre de poche, noble dans son intention de mettre la culture à la portée de tous, n'a pas insidieusement influencé, en tant que support, en tant qu'objet pensé, à l'origine, comme jetable, donc totalement éphémère et oubliable, le regard que le lecteur porte au texte, ce texte, et l'idée de durée, de transmission, liée à la littérature, finissant par s'imprégner de la vulgarité (ah, le mot vulgarisation, il faudrait en faire sept fois le tour !) du matériau qui le multiplie ? –, un lieu de rencontre entre un imprimeur, amoureux de son art, un peintre, et l'écrivain, s'enrichissant les uns les autres, s'éclairant mutuellement, pour aboutir à ce qu'on appelle aujourd'hui un tirage de tête, que je traduis par tirage pensé, auquel j'ai rarement eu droit même si, pour moi, il représente la seule forme de livre valable.

Vision élitiste, mais où est ma faute ? En tout, je ne puis admettre que l'exigence, et il est sûr que les livres empilés, à la durée de vie d'un insecte, qu'il m'arrive de feuilleter dans des librairies, sont à peine, pour moi, des livres. Évidemment, la plupart de ces textes ne méritent pas mieux que leur minable support déguisé de jaquettes criardes, puisqu'ils sont destinés, peu ou prou, au pilon, et que leurs auteurs ne sentent pas, à l'égard de leur langue, le respect qu'elle exige, en même temps que le goût de l'invention, respect n'ayant rien à voir avec l'académisme, la langue étant cette divinité variable et multiple pour laquelle aucun décor, fut-il le plus baroque, n'est assez beau.

Parvenu à ce point de mon raisonnement, je n'ai toujours pas expliqué pourquoi, en dépit de mon amour pour la littérature et du faible talent que je m'attribue, j'ose publier.

Oui, pourquoi ?

13 octobre

La pluie tombe
tiède
comme une tisane de sommeil
~

Il bruine ; et je fais mon trou dans la grisaille immobile comme dans un tas de paille tiède. Désir de paresse et d'abandon en ce début d'après-midi. Mais pas tout à fait, puisque j'écris ces mots qui tentent de combler mon désir d'écriture et demandent un effort, le refus d'un abandon total, au moins quant à l'esprit, car mon corps, lui, se laisse aller, détendu, débarrassée de l'attirance aveuglante du ciel qui, les jours de beau temps, c'est-à-dire à peu près tous les jours, le tire violemment au-dehors. Immobilité et silence autour de moi, à l'exception du quasi imperceptible égouttement des toits. Sensation paradoxale de plénitude dans ce quotidien gris purgé des fébrilités ordinaires et de l'appel immensément bleu du ciel poli par le soleil et le vent.

14 octobre

Que mes premiers livres maigres aient, loin de toute psychologie, décrit des êtres gris, puis que j'en sois venu à la révolte contre la société et l'écriture académique, pour en arriver à la dérision, à travers des personnages empruntés à la littérature, et finir dans un égotisme de plus en plus profond qui ressemble parfois à une sorte d'autisme mental, quoi de plus normal ? Quel être un peu lucide, au vu de l'évolution d'un monde où le débat n'est plus qu'un simulacre, où l'économie devient une tyrannie écrasante qui lamine l'intelligence bien plus subtilement que les pires dictateurs, c'est-à-dire en ayant l'air, s'appuyant sur la manie de la statistique et en quantifiant les produits intellectuels comme des voitures ou des boîtes de conserve, de l'exalter, peut échapper à un sentiment d'impuissance en voyant l'horizon aussi totalement bouché ? Que reste-t-il à faire quand on a la sensation de vivre parmi les sourds et que nos protestations contre un consensus ravageur ne sont pas entendues ? Que reste-t-il à faire sinon, et malgré de rares échanges avec d'autres effarés comme nous, se replier sur soi et tenter, au sein de la confusion généralisée, de ne pas avoir avec nous-mêmes ce trompeur rapport de surface qu'ont la plupart ? D'où ce journal, cette quotidienne errance verbale en rond, les mains derrière le dos, attentif à l'infime mais incapable de ne pas entendre ces désespérants cataclysmes contre lesquels je ne puis rien. D'où cette révolte de catacombes, dont je me demande si j'en sortirai un jour.

~

Je sens, au haut de mon corps, ma tête inutilement lourde de pensées.

On m'a dit, ce matin, que venait de naître le six milliardième habitant de la planète. Donc, depuis que je suis né, presque quatre milliards se sont ainsi ajoutés à ceux qui étaient déjà là quand je suis venu au monde, et il est des gens pour saluer cette naissance comme un exploit.

Parfois, il m'arrive d'imaginer un matin où les hommes se réveilleraient incapables d'engendrer ; et je dresse la statue d'une divinité bréhaigne, et je lui rends hommage sur un autel virtuel, si odieux que cela paraisse.

Un jour, peut-être, le flûtiste de Hamelin se réveillera pour mener vers l'océan les foules hébétées, aussi grégaires que des lemmings.

~

C'est une chose étrange que les visages ratatinés de héros. Ce musée de cire du quotidien. Comme si un maléfice avait, le long des rues, paralysé les foules. Comme si la foule n'était plus qu'un silencieux chaos de mannequins aux yeux fixés par la terreur.

Quelle odeur de taxidermie partout : les chiens écrasés ne perdent que des entrailles de paille, l'air à un goût vinaigré, et j'avance à travers cette folie sans cris, libre de mourir dans cet asile aux enceintes incommensurables.

~

C'est assez étonnant de constater qu'à chaque bout du stylo se tient un homme différent : il y a celui qui écrit, en dessinant les mots, et puis il y a celui que dessinent les mots, et celui-là a un autre visage, comme si la folie cachée de celui qui écrit soudain s'inscrivait sur cette face d'habitude si banale. Pour être plus précis, je ne me reconnais pas toujours dans le reflet que me renvoie le miroir de la page : je est vraiment devenu un autre, ce solitaire, cet homme absolument séparé que je ne suis pas, comme si l'écriture m'avait ravi tous mes masques, à moins, au contraire, qu'elle en ait ajouté un nouveau à ceux que je porte déjà.

~

A ce moment, dit-il, sa raison se déchira, de haut en bas, comme le voile du Temple.

~

Je crois que ce doit être au moment de mourir que, ultime ironie, on sent vraiment ce que l'on voulait faire.

~

Privilège de Kafka, de Pessoa, l'inachevé.

15 octobre

Le diarisme est-il une pratique de paresseux, d'écrivain stérile, ou de qui désire, ne supportant pas les lois des genres – le propre du journal étant de ne pas avoir d'autre loi que de suivre le calendrier (ou de faire semblant de le suivre, qu'on y pense) – une totale liberté, ou les trois raisons à la fois ?

Si j'examine mon cas, je réponds aux trois qualités ou défauts requis : je suis paresseux, sans imagination, mais l'écriture m'est un besoin dictatorial et comme, depuis des mois, je suis incapable d'échafauder une fiction, de construire un ensemble poétique cohérent, je ramasse au jour le jour les brisements de ce que je n'ose appeler une pensée.

Peut-être est-ce là une situation extrême et momentanée,

puisque, en général, les journaux sont tenus par des écrivains qui ont, par ailleurs, une activité normale, ce journal n'étant pour eux qu'une chambre secrète, un lieu retiré où l'air est plus pur, mais peu importe : paresse, stérilité, liberté, à quoi j'ajoute graphomanie, sont bien là qui, à n'importe quel moment de la journée, et plus encore de la nuit, m'obligent à avoir, sur moi ou à côté de moi, de quoi écrire sinon tout ce qui éclos en moi – sensations ou pensées – du moins une bonne partie, sous une forme non pas que je choisis, mais qui s'impose.

~

Pourquoi
avant de partir
voudrais-je avoir quelque certitude sur moi
comme si je devais
être éternel ?

Un jour
j'ai rencontré le néant
et j'ai cru l'affronter
mais peut-on affronter
L'absence absolue ?

Pourtant je connais
l'absolu du sommeil chimique
mais dans un tel sommeil on peut voir se lever
au bout d'un labyrinthe de ténèbres
l'aube balbutiante d'un nouveau jour

Mais ce néant
auquel je suis à jamais destiné
rien ne peut le qualifier
il est ce mot solitaire
qu'aucun espoir n'adjective
Et pourtant moi
avant de partir
je voudrais avoir quelques certitudes
sur ce moi écrivant destiné à se dissoudre
dans l'absence absolue de vocabulaire

~

Ne pas chercher à se séduire, c'est bien de cela qu'il s'agit.

~

Après tout, il se pourrait bien que ce journal fût un faux, pure invention, fiction se parant des plumes de la vérité, qui pourrait me prouver le contraire ? Pourtant je suis sûr qu'une vérité, à mon insu, et voudrais-je même mentir, suinte de ces pages.

~

Pour nous-mêmes sommes-nous une fiction de nous-mêmes ?

16 octobre

Il est toujours gênant de ne pas être totalement inconnu. Si petit que soit le village que l'on habite, il est encore trop peuplé et le mensonge de la bienséance nous guette à chaque coin de rue, et le moindre parcours se tisse de sourires plus ou moins hypocrites. Apprendre à être seul, unique leçon à donner dès la petite enfance, dans l'horreur du penser-foule que l'on déguise du terme de sociabilité.

17 octobre

Rêve délabré. Un train, tout aussi délabré, arrêté, pour on ne sait combien de temps et pour on ne sait quelle raison, dans une ville inconnue. Je suis une ruelle défoncée, sordide, et demande le nom de la ville à deux femmes qui bredouillent un nom, dans le genre de Montélimar...

20 octobre

Il y a des écrivains qui s'exposent ; mais ce verbe a une quantité de sens.

~

A lire les journaux, on se rend compte combien le pouvoir de la presse est aux mains de médiocres. C'est pourquoi, ne voulant pas me salir, j'ai à peu près cessé de fréquenter la presse, pris de nausées mentales chaque fois que, par hasard, un journal me tombe sous la main. Ah, ces tas de fumier journalistiques et hebdomadaires dans les salles d'attente des médecins !

~

Ce matin, à la radio, un journaliste, commentant la mort de

Nathalie Sarraute, si précise et modeste lorsqu'on l'interrogeait, disait qu'elle avait marqué une transition entre classicisme et surréalisme. Quelle audace dans le raccourci !

21 octobre

J'ai gaspillé l'écriture à tous vents. Je n'ai pris ni pose ni pause ; mais je ne le regrette pas : j'ai brûlé par les deux bouts mon absence.

22 octobre

Ces héros de la zone grise qui traversent la vie avec des certitudes de robots, sans goût ni odorat pour sentir l'amertume du mensonge sur leur langue et la puanteur calcinée du vent.

~

Si j'étais accroché à l'actualité, je pourrais longuement parler de Papon, Tiberi et autres, mais comme dit quelque part René Char : je ne plaisante pas avec les porcs.

27 octobre

J'admire ceux qui tiennent leur journal. Moi, je ne tiens rien. Il s'en est fallu de peu, cette semaine, que j'abandonne ces cahiers. Cette nuit, j'allume – pourquoi ? – pour noter ces raclures. Quoi que je fasse, à présent, je suis comme un coureur qui a depuis longtemps franchi la ligne d'arrivée mais qui continue à courir dans la solitude et le silence, loin des vociférations du stade, pour rien, pris dans l'automatisme du mouvement de ses jambes, tandis que son souffle devient de plus en plus court.

~

Ma gentillesse n'est que l'oubli momentané du total non-sens de cette vie et des relations sociales qu'elle implique. Je suis un grand artiste spontané du masque. Masque rieur et plaisantin que la dérision pose à peu près automatiquement, donc malgré moi, sur mon visage pour que la vie en société reste possible. Mais l'intérieur du masque est hérissé de pointes qui s'enfoncent dans mon vrai visage chaque fois que je me surprends à me renier.

~

Je n'ai pu aimer des femmes que dans l'oubli de mon image.

~

L'insomnie serait presque un privilège, sans la fatigue qui la suit. Elle donne un sentiment de puissance et de liberté : je vis pendant que les autres sont morts.

~

Je téléphone au directeur d'une revue, à propos d'un texte envoyé. Il me répond que le texte est accepté, qu'il le trouve bon. Je n'en crois rien. Je subodore je ne sais quel mensonge pour ne pas me dire en face ma nullité. En même temps – pour la deuxième fois aujourd'hui je souligne ma duplicité – son appréciation me fait plaisir puis, le temps passant, je hausse les épaules : toute ma vie aura été, à mon propre égard, un haussement d'épaules. Y compris pour ces lignes derrière lesquelles, déjà, se glisse la dérision.

~

L'un de mes amis m'apparaît comme un bloc, sûr de lui, et même content de lui : j'attends la fêlure.

~

L'autodestruction de l'humanité, n'en déplaise aux optimistes, est en train de devenir irréversible. L'homme a réussi à construire sa propre fatalité. Le fatum n'est qu'humain. Comme ce Dieu horrible qu'il a fait à son image.

~

Trouver l'écriture la plus décapée possible, tout en lui gardant son nerf, but de ce journal. Impitoyable pour soi afin de se donner le plaisir sauvage de l'être pour les autres, tapineurs de tous les milieux et particulièrement le littéraire. Toutefois, ne pas refuser, au nom d'un a priori – les a priori sont des sources de sectarismes, donc d'émasculation – le méandre, la métaphore, l'errance dans la forêt vierge verbale, quand le désir, ou la nécessité, s'en font sentir.

~

Il avançait dans un couloir de plus en plus étroit, coupé de loin en loin par des portes ; il avançait, et, au fur et à mesure qu'il avançait, il fermait les portes à clef derrière lui ; puis il jetait la clef dehors, par les meurtrières percées trop haut dans les murs pour qu'il pût voir l'extérieur.

28 octobre

L'homme de la nuit et l'homme du jour ne sont pas les mêmes. Au point qu'en recopiant ce que j'ai griffonné pendant la nuit, je me demande qui des deux est le menteur. Mais il n'y a pas de menteur.

Seulement ce que Stevenson avait exprimé, magistralement sans doute, dans son *Dr Jekyll et Mr Hyde*.

~

Derrière mon apparence aimable tout se durcit. Le mot amour gît parmi les ordures comme les yeux arrachés d'un baigneur de celluloïd. Et tant d'autres mots salis, calcinés, délavés, embrenés, tels qu'ils séduisent certains intellects de strass des comités de lecture. (Hier, m'ennuyant d'attendre le client, dans la bibliothèque du village dont je m'occupe, j'ai secoué un prix Goncourt et il en est tombé quantité de clichés, comme des moucherons morts).

~

Les plis du silence, comme les rides variables laissées, au versant des dunes, par le vent.

29 octobre

Ma génération est-elle une des dernières capables de cette connivence amoureuse avec le livre pluriséculaire dont notre époque marque peut-être la fin ? Un jour les librairies ne seront-elles plus que des CDthèques où les doigts ne rencontreront que la matière lisse du plastique, privés de feuilleter, ce mot dans lequel reste un quelque chose de végétal, les livres, pour y humer l'odeur plus ou moins alléchante d'une écriture, comme on hume le parfum d'un plat en passant devant la cuisine ? Si je fais tellement allusion aux sens, pour parler du livre, c'est que ce livre, support de pensées, mais aussi boîte où les sensations se transmuent en mots, comme dans un athanor le plomb en or, est une œuvre collective qui sollicite tous les sens. L'aspect, d'abord, rebutant ou attirant, austère ou clinquant, harmonieux de proportion ou disharmonieux, l'odeur ensuite, qui évolue avec le temps, depuis celle de la sortie des presses, encore toute grasse d'encre, jusqu'à celle (tantôt caramélisée, tantôt souterraine, de grotte ou de cave, etc.) des volumes usés, poussiéreux ou humides, piqués de taches, tels qu'on les trouve dans les greniers ou au fond de remises obscures, tels que je les ai trouvés, tout au long de ma vie, orpailleur du livre, chaque fois que je suis tombé sur une décharge livresque – et sans doute est-ce pourquoi je préfère fréquenter les bouquinistes, gardiens de chefs-d'œuvre oubliés, plutôt que les libraires chez qui je ne trouve plus qu'une provende industrielle –, la sensation tactile (mollesse des papiers humides, feutrés par l'usage au coin des pages, ou sécheresse d'élytres, épaisseur, minceur, et autres multiples sensations qui nous font aussi lire avec la pulpe des doigts), et tout cela avant même d'avoir vraiment pénétré dans l'ouvrage proprement dit – avant de l'ouvrir on palpe un livre entrouvert – où nous attend le bonheur typographique, cette harmonie cherchée entre la nature d'un texte et la police, elle-même œuvre perpétuant le nom de son créateur à travers le temps, qui va le soutenir dans le combat à mener contre notre paresse, comme les épices et l'ornement d'un plat nous mettent en appétit… Ainsi, de bout en bout, le livre sollicite tous nos sens et l'auteur entraîne avec lui ces artisans de haut vol que sont le maquettiste, le typographe, le relieur, l'imprimeur, parfois l'artiste qui se joint à l'équipe et ainsi de suite, justifiant l'adjectif collectif employé plus haut pour qualifier cette cathédrale de poche qu'est le livre.

Qui lirait ces lignes me trouverait grandiloquent je le sais, ou dirait que j'enfonce des portes ouvertes, c'est possible ; mais devant l'évolution, ou plutôt l'involution, de plus en plus rapide du livre et de son contenu, je me sens triste et dépassé. Je ne suis pas un ermite ennemi de l'informatique, dont je pense qu'elle est une véritable révolution, qu'elle aurait pu, ou pourrait nous donner plus de liberté (toutefois, il faudra bien mesurer, un jour, l'effet psychologique de cette perte de l'attente, entre un désir et sa satisfaction) qui en donne d'ailleurs à qui sait la maîtriser, mais je trouve ridicules ces snobs toujours peureux de perdre une guerre qui ne jurent que par le cédérom ou le livre électronique – extraordinaires inventions – et parlent de la mort du livre, c'est-à-dire de la mort d'une certaine posture, physique et mentale, de l'homme, par rapport au temps, au silence et aux sens. Mais comme je ne veux pas paraître plus pessimiste que je ne le suis – et certes je le suis – je me dis que le livre, dans la transformation que subit aujourd'hui son industrie, va peut-être trouver une nouvelle liberté : il deviendra le produit rare d'une coterie exigeante et souterraine – et tant pis si mes mots sonnent élitistes – où l'on tournera le dos à la quantité pour se tourner vers la qualité et où les écrivains parleront de leur écriture avant de parler de leurs tirages. Pour ma part, j'ai déjà choisi mon camp, celui des vaincus évidemment (mais vaincus par rapport à qui et à quoi ?), et je préfère, dans l'amitié et la confiance, voir mes textes édités à petits nombre d'exemplaires de longue vie, fût-ce à l'ombre d'un hangar d'où l'on ne les évacue pas vers quelque solution finale, plutôt que de travailler dans l'éphémère massif.

~

Moiteur d'automne. Sur la colline, au-dessus du village, la fumée d'un feu de feuilles est rabattue par la brise, mais moi je ne sens aucun souffle : le paysage a l'immobilité feutrée des jours de brume. Le ciel est couvert d'une couche translucide et uniforme de nuages derrière lesquels on devine la présence du soleil. Sensation d'éphémère éternité. Comme si depuis des siècles je marchais dans la même seconde, comme si en moi se répétaient des gestes millénaires ; et les voitures, plus loin sur la route, ont beau me rappeler l'aujourd'hui, je fais semblant de croire en une possible permanence et de prolonger ce clin d'œil de bonheur, même si, au fond de moi, tout me répète que je glisse sans recours sur la pente d'un froid définitif.

~

Là où il n'y a pas écriture singulière, il ne peut y avoir de pensée intéressante. Un philosophe sans style n'est pas un vrai philosophe. La pensée ne peut être vivante que de la belle adéquation des mots qui l'expriment. Je ne sais d'ailleurs laquelle, de la pensée et de l'écriture, doit primer. L'idéal me paraît être, entre les deux, part égale ; mais l'idéal peut-il se trouver ? Nietzsche, Pascal, Héraclite et d'autres, sont-ils plus poètes que philosophes et n'ai-je retenu de leurs discours que le rythme au détriment des idées ? Au fond, je suis en train d'essayer de justifier mon incapacité à l'abstraction qui m'a rendu difficile la lecture des philosophes, hormis ceux capables d'inventer ces formules fulgurantes qui me séduisaient plus par l'agencement des mots que par le sens qu'ils portaient. Mais je corrige aussitôt ce que je viens d'écrire et dont je sens le côté simpliste. En fait, ces formules, que je lisais comme des poèmes – je pense à certains fragments d'Héraclite – s'imprimaient en moi et, au fil du temps, me faisaient revenir vers le livre où je les avais trouvées, me le faisaient rouvrir, relire en entier parfois, et donc me poussaient à une réflexion qui est bien le propre de la philosophie, au lieu que l'écriture enchifrenée de tel autre me pressait de refermer à jamais un livre que je ne trouverais plus le courage de rouvrir. Ce qui tendrait à prouver que là où il n'y a pas écriture singulière, il ne peut y avoir de pensée excitante.

~

Les gens qui ont des convictions de fer confinent, pour moi, au crétinisme.

30 octobre

Le prix Goncourt, promotion, à quelques exceptions près, du roman de plage, à quelques exceptions près tout de même, combine entre grands éditeurs, est un des outils de la transformation du livre en marchandise pour le plus grand bien de l'abrutissement généralisé. Si, d'un point de vue culturel, son apport est à peu près nul, voire même négatif, dans la mesure où, allant dans le sens de la paresse du public, il concentre l'attention sur seulement quelques ouvrages qui font de l'ombre aux autres, il est, d'un point de vue marchand, une machine bien rodée. Néanmoins, le corps professoral a accepté, depuis quelques années, d'instaurer un Goncourt des Lycéens, préparant ces adolescents à devenir de parfaits consommateurs bovins de pseudo littérature. Selon je ne sais quels critères, on sélectionne un certain nombre de livres – uniquement des romans – et, comme par hasard, cette sélection, très proche de celle des jurys des grands prix, n'intéresse que les œuvres publiées par quelques grosses – on comprendra que j'évite l'adjectif grand – maisons d'édition. Ainsi, le tour est joué. Par une habile démagogie, on fait croire aux élèves que ce sont vraiment eux qui choisissent, alors que les dés sont déjà pipés. Quant aux professeurs, dont le niveau culturel moyen n'est pas supérieur à celui des autres catégories sociales, ils foncent, bille en tête, dans le panneau, contribuant à renforcer ce grégarisme de la pensée dont les destructions, invisibles à la plupart, sont de plus en plus énormes. Non seulement les libraires, dignes de ce nom, disparaissent les uns après les autres, mais le nombre des lecteurs de qualité diminue et tout est fait, éducation nationale aidant, pour qu'il diminue plus encore. Dans une rencontre avec les enseignants du lycée dont ma fille est l'élève, un professeur de lettres m'a jeté un regard noir parce que j'avais osé prononcer le mot littérature. Et que mon entourage cesse de me taxer de pessimisme : le mal est profond ; tous ceux qui connaissent bien le milieu du livre et qui n'ont pas vendu leur âme aux marchands vous le diront. Ce qui n'empêchera pas le prochain lauréat du Goncourt des Lycéens, proie consentante du système, de sourire aux photographes et d'expliquer aux élèves ébaubis ce que sont les droits d'auteur et les angoisses de l'écritoire.

2 novembre

La mécanisation poussée de l'agriculture et la disparition progressive de la population rurale, réduite, depuis que je suis né, à un pourcentage infime de la population totale, a des répercussions sur la langue – son tempo, la variété de ses accents, nettement érodés par l'envahissement des médias, une partie de son vocabulaire (on ne parlait pas en ville comme à la campagne) – et sur la littérature, qui sans doute rend difficile, ou en tout cas moins familiers, aux adolescents d'aujourd'hui, un bon nombre de romans ou poésies des auteurs de la première moitié de ce siècle, dont beaucoup avaient eu une enfance rurale. Ouvrant hier, par hasard, un livre de Jean Follain (mais combien d'autres que je pourrais citer), je me disais que ses évocations campagnardes, familières à un homme de mon âge, devaient avoir un son bien anachronique pour les jeunes d'aujourd'hui, y compris ceux qui vivent dans les villages ; car la plupart des villages ont perdu ces parfums de bêtes qui vous enveloppaient dès les premiers pas dans les rues bordées d'écuries ou d'étables, ce remugle tiède et juteux des litières, amalgame d'urine, de paille, de bouse ou de crottin, ou encore, dans les villages viticoles, le parfum du sarment et du vin auquel se mêlait, au début de l'automne, celui des premiers feux de bois. À quoi s'ajoute la quasi-disparition des insectes, et particulièrement des mouches, dont on se protégeait par des grillages à mailles très fines placés devant portes et fenêtres, grillages démontés aujourd'hui, et chassée avec eux cette pénombre qu'on accentuait en fermant les volets en clef, l'été, comme si les hommes de notre temps, adeptes des piscines bleues et des grandes baies, avaient pris en horreur l'obscurité et le silence. Je n'écris pas ces lignes par nostalgie, mais seulement pour faire un constat et mieux sentir la déchirure qui existe entre mon passé et l'aujourd'hui, cet aujourd'hui où les enfants du village ne vont plus que rarement dans les garrigues pour s'y inventer des aventures et des dangers, transformant par l'imagination l'espace familier en espace insolite, mais préfèrent rester dans les rues du village, à moins que, assis devant une *play station*, ils divaguent, exactement comme les enfants des villes, dans un espace virtuel. Je ne prétends pas démontrer que la vie d'hier, telle que je l'ai connue dans mon enfance, était meilleure que celle d'aujourd'hui, je suis assez lucide pour analyser les lacunes de ces époques et les progrès, d'ailleurs trop souvent dévoyés, qui ont été faits, mais je veux seulement montrer qu'il y a plus de distance entre un adolescent de l'an 2000 et un poète du début du siècle, qu'entre ce poète et Les Bucoliques de Virgile. Cette importante diminution du contact avec la terre – et les sports extrêmes, randonnées organisées, etc., sont à l'opposé, avec leur revendication de l'extraordinaire, d'un contact quotidien, normal, avec la nature et le tempo qu'il induit dans le vécu – cette transformation des modes de cultures, a non seulement bouleversé les paysages, mais aussi la perception du temps ; et je me demande si la prolifération, chez pas mal de jeunes écrivains, de ces phrases courtes, de cette écriture aux rares méandres, n'est pas, outre le culte de la vitesse et de l'efficacité – mais que signifie ce mot en matière d'expression artistique ? –, la conséquence de cette transformation sociologique sans doute irréversible, en dépit de nombreuses résistances, qui a peu à peu vidé la campagne de ses habitants et de leurs rythmes, transformant les villages en lieux de vacances, ou, lorsqu'ils sont près des villes, en dortoirs que les autos abandonnent, à chaque aube, installant dans les paysages ce bruissement de route auquel ils avaient jusque-là échappé.

~

René Char, ce rocher fragmenté en poèmes.

~

Il faut, pour écrire un livre et lui donner un creux où l'autre pourra se lover, une patience d'oiseau. Brin à brin, jour après jour, le fragile abri salivé se construit sur la branche qu'une rafale de hasard peut briser. Patience, patience, patience : quelque chose peut-être éclora, un chant pour accompagner une aube.

3 novembre

Je prétends désirer la solitude, mais que les quelques amis avec qui je corresponds tardent à me répondre, et je me sens perdu, privé de ce petit souffle d'ailleurs représenté par les lettres. Automatisme sans doute, comme mes rituels matinaux, dont une vraie solitude viendrait vite à bout ; mais en attendant... attendre oui, toujours attendre, mais quoi ? À partir d'un certain âge, il n'y a plus grand chose à attendre, à part ces minuscules bouffées de bonheur, combien de fois accompagnées de je ne sais quelle douce tristesse, qui viennent sur telle odeur, tel son – hier quelque *lieder* de Schubert, le lointain tintement d'une cloche, ou, plus simple encore, un pas inconnu dans la rue –, telle couleur, la délicatesse d'un fruit, d'une herbe, etc. Mais ces infimes émotions je ne les attends pas vraiment : elles viennent quand elles viennent sur un vent de hasard, et, justement, le bonheur détendu qu'elles me donnent est dû à ce que je ne les attendais pas.

~

Lu Jean Follain. J'ai toujours eu une attirance pour son monde de vignettes, de vieilleries, de mémoire passée, comme on le dit d'un ruban, d'immobilité, de tristesse campagnarde et lente : fumées humides et vespérales de petits bourgs comme il n'en existe plus, de classes d'encre et de craie, d'enfants vêtus de sarraus noirs et de nocturnes étables où, dans leur épaisse odeur, les vaches distillent un lait lourd de crème comme on n'en voit plus guère.

~

Que vaut-il mieux ? Un ministre efficace et corrompu, ou un imbécile honnête et catastrophique ? La politique a toujours placé le citoyen devant ce genre de dilemme. À condition que le citoyen pense qu'il peut exister un homme politique honnête et un ministre vraiment efficace.

4 novembre

Petit roman raté en cinq chapitres si l'on veut :

1. J'entreprends ce récit pour essayer de sortir de moi-même, de cet enfermement progressif qui ne peut me conduire qu'à la folie, la folie étant cette sorte de calcaire mental qui se dépose sur les parois de l'esprit et le fossilise. Lorsque la fossilisation est terminée, l'esprit n'a plus de contact avec l'extérieur : il vit dans une coquille nacrée et sonore dont les parois reflètent une virtualité qui a l'apparence de la réalité.

C'est du moins ainsi que le professeur F. m'a expliqué la folie, en me montrant les malades qui prenaient le soleil dans la cour de son asile privé. L'un, accroupi dans un angle, au pied d'un banc sur lequel il aurait normalement dû se tenir assis, ne n'arrêtait pas d'ouvrir et de fermer une boîte d'allumettes dans laquelle il regardait l'un de ces billes qu'on appelle des agates.

« Celui-ci, me dit le professeur F., ne se prend pas pour Dieu, il est Dieu, et l'agate est sa création, une planète dont il ne se fatigue jamais – car la folie est infatigable – d'admirer la beauté. »

Un autre, un peu plus loin, les bras levés, suivait la marche de la lumière sur les murs.

« Celui-là se prend pour une fleur, cet autre pour un gnomon, un autre, que vous ne verrez pas, car il ne sort jamais, couvre d'écriture les murs de sa chambre qui sont devenus un palimpseste évidemment indéchiffrable mais qui, dit-il, est la plus complète autobiographie qu'on ait jamais écrite. Et ainsi de suite… ».

2. « Si vous voulez ne pas devenir fou, vous transformer en une sorte de noix de coco humaine refusant de donner son lait, écrivez donc une fiction, dit le professeur F.

– Un roman ?

– Peu importe comment vous l'appelez, pourvu que vous vous y éloigniez de vous-mêmes derrière une cavalcade de masques.

– En quoi sortirai-je de moi en posant des masques sur mon visage ?

– Ne plus dire je, c'est déjà sortir de soi.

– Pourtant le fou qui se prend pour Napoléon est bien un autre ?

– Pas du tout, vous n'écoutez pas et je suis obligé de vous répéter ce que je disais au chapitre précédent : il ne se prend pas pour Napoléon, il est Napoléon. Il n'est pas une fiction, pour lui, mais une réalité. Dans votre cas ce serait exactement le contraire : vous resteriez conscient de la farce et jouiriez de l'extériorité.

– Je ne sais où, il me semble avoir lu ça (j'espère ne pas l'avoir inventé ?), dans un texte où Kafka dit qu'il a eu le sentiment de faire des progrès le jour où il est passé du je au il. J'ai cru, en lisant cette phrase, que Kafka parlait de littérature, mais peut-être parlait-il de la folie qui le minait ?

– C'est bien possible, dit le professeur F.

– Il devait parler de l'enfermement qui était en train de lui interdire peu à peu toute relation, ou au moins son simulacre, car être fou n'est-ce pas être incapable dissimuler ? Comme Grégoire Samsa transformé en insecte et, malgré tous ses efforts, incapable de dissimuler sa nouvelle nature, privé de toute, ou presque, relation ?

– Peut-être, dit prudemment le professeur F.

– Je crois comprendre maintenant ce qu'il voulait dire, mais…

– Mais ?

– Mais en passant au il, il a successivement et chronologique-ment appelé ses héros : Karl Rosmann, où le K de Kafka se dissimule dans le prénom, puis Joseph K., où le K désigne le nom entier et où le prénom Joseph fait diversion, puis, dans son dernier livre, le héros s'appelle K. tout court, comme si peu à peu Kafka augmentait la part de je cachée dans le il.

   – C'est ingénieux, mais rien ne dit que ce soit vrai.

   – Pensez-vous qu'il faille expliquer toute la littérature ainsi, comme un moyen d'échapper à la folie ?

   – Il y a littérature et littérature.

   – Sans doute, mais qu'est-ce que la folie, ou ce qu'on appelle un peu vite ainsi ?

   – La peur de la réalité, la réalité étant assimilée à l'inexorable, étymologiquement ce qui n'écoute aucune prière.

   – Autrement dit un Dieu sourd ?

   – L'absurde, oui, ce mot qui contient la surdité absolue.

   – Et vous pensez que c'est à cause de cette peur que l'on s'enferme dans son je jusqu'à devenir absolument solipsiste ?

   – Je le crois.

   – Et selon vous la seule manière de s'en sortir est de prendre de temps en temps des pilules de il ?

   – Oui.

   – Ah je n'y avais pas pensé.

   – Tirez-en la conclusion, dit le professeur F. en me raccompagnant aimablement à la porte de son bureau. »

3. Revenu chez moi, j'ai regardé par la fenêtre de ma chambre qui donne sur une rue petite mais animée. Les passants passaient, ce qui est leur rôle, et comme ils me paraissaient loin, à peine séparés de moi par quelques mètres et l'épaisseur d'une vitre ! Ils marchaient, se croisaient, mais rarement semblaient se voir. Qui étaient-ils ? Que faisaient-ils ? Que sentaient-ils ? Que pensaient-ils ?

En fait, ces questions je me les posais comme on se pose des vésicatoires (ce mot m'est subitement venu à l'esprit, sans que j'en connaisse le sens exact, et je m'en voudrais de ne pas l'utiliser, il sonne si étrange), par hygiène, mais en réalité je me moquais bien de ce que faisaient les gens.

Ce qui m'intéressait : savoir pourquoi j'étais là. Que signifiait ma présence au monde ou, plutôt mon absence, car le monde, hors de moi, qu'était-il ? Une illusion. On avait beau essayer de me prouver qu'il était bien réel, j'en doutais, et c'est pourquoi je me recroquevillais de plus en plus en moi. Fallait-il donc, pour les rejoindre, pour sortir de moi-même, que je m'assoie devant ma table et que je fasse semblant, paradoxalement, d'être un autre ?

Je ne sais plus où j'en suis. Je ferme les yeux et je pense à Meyrink, ou plutôt à son Golem. Que ne puis-je construire un double de glaise qui me prouverait que je puis sortir de moi-même ! En lui je m'endormirais parfois, et ne penserais plus à moi, et il irait ici, et il s'arrêterait là, et il parlerait à tel ou tel, et pendant ce temps je m'oublierais, et il mènerait une vie normale, d'un seul bloc (quel rêve !), et je ne serais plus, comme aujourd'hui, partagé en deux JE condamnés à des insomnies, c'est-à-dire ne cessant jamais de se juger l'un l'autre.

Ah, tout cela n'est pas clair, je le sais, passons à autre chose.

4. Le Golem écoutait les cloches au fond de la vallée. À travers les herbes mouillées du matin, il avait gravi la pente d'une presque montagne – dans la vallée des vaches invisibles paissaient dont on entendait les intermittentes sonnailles – et à présent, immobile et debout, il écoutait le tintement liquide qui montait d'en bas, invitant les fidèles à la première messe de l'église d'un village sans nom. Le temps passait. Le temps ne passait pas. Peut-être remontait-il à sa source tandis que lui était désormais arrêté dans une minute éternelle de paix. Au loin, aucun bruit de combat : la seule chose qu'il entendait, c'était le croassement d'un corbeau fatigué dans un champ fraîchement labouré, là-bas, derrière une haie de saules…

5. Tous les rouages rouillés de ma pensée et de mon imagination grincent et se coincent. J'ai réintégré mon moi haï et le professeur F. me regarde, l'air perplexe.

« Vous n'en sortirez jamais, me dit-il.

– Mon cas est donc désespéré, la couche de calcaire trop épaisse, les artères de ma raison à deux doigts d'éclater ?

– Qui peut le savoir ?

– Mais n'êtes-vous pas censé détenir (comme on détient un prisonnier) le savoir ?

– Tout est relatif, dit le professeur F. en haussant les épaules. Je ne suis guère plus solide que vous. Peut-être même, qui sait, le suis-je moins, moi qui me prétends normal, c'est-à-dire peureux devant la folie qui sommeille dans un recoin de ma cervelle.

– Vous dites ça pour me consoler ?

– Non, je dis ça parce que je le pense. »

Nous nous sommes tus. Le soir tombait. Il était d'un vert d'une autre époque, lorsque pour moi toutes les femmes étaient des possibles. Alors, les disques éraillaient la musique ; mais la musique ne nous en paraissait pas moins étonnante. Chaque conduit du corps était encore intact et, lorsque je faisais face au miroir, les tiraillements du temps ne partageaient pas encore mon visage en deux. Quel désespoir dans l'œil droit, quel abattement dans le gauche !

En réalité c'est le matin. J'écris face à ma tasse vide, parmi les miettes, haïssant le stylo avec lequel j'ai tracé les gribouillis qui précèdent et dans lesquels, un moment, j'avais cru trouver une bouffée de délivrance, un commencement, alors qu'il n'était, ce gribouillis inachevé, que le diverticule irrémédiablement bouché du labyrinthe que je suis devenu à moi-même.

Ô qui me donnera une tisane de pavots dans laquelle me dissoudre !

5 novembre

Le jour grisaille. L'indissoluble colle du banal poisse ma peau. La treille de la placette a perdu presque toutes ses feuilles jaunies. Sur les toits, les paraboles tendent leur concavité vers le ciel comme si elles attendaient la manne. Au bas de la fenêtre de mon bureau, le vent agite un rameau de la glycine. La jeune fille à laquelle soudain je pense, en me souvenant de mon très lointain désir, doit être une vieille femme à présent, ou une morte.

~

Cet après-midi, dans la friperie d'Arpaillargues, devant les monceaux de vêtements, un nom m'est brusquement venu à l'esprit : Auschwitz.

~

J'ai froid dans mon souvenir.

~

Parfois, on est plein d'attention pour moi, et comme elles me pèsent ces attentions : suis-je donc si fragile, qu'on me ménage ainsi, *aboli bibelot d'inanité sonore* ?

Je suis étonné qu'on puisse s'intéresser à moi, et triste si on ne s'y intéresse pas.

~

Saison des prix, serpents à plumes sans rien de divin.

6 novembre

Ce journal, s'il se poursuit, et pourquoi ne se poursuivrait-il pas, puisqu'il est à l'image de mon incapacité à organiser ma vie, c'est-à-dire mon écriture, finira par compter des centaines de pages qui, paradoxalement, se nourrissent du vide d'un ennui sans fin, se lestent d'inexistence et tirent forme de l'informe. J'ai tenté, dans ces lignes, de rendre positive ma négativité, de faire œuvre du désœuvrement, de partager – toutefois sans illusion sur ce partage – ce qui m'est singulier, ou que je crois tel, de faire vie de ma non-vie, bref de démontrer qu'aucun désert n'est vide absolu et que, dans le plus dépeuplé des territoires, subsiste toujours une forme de vie, ne serait-ce que la vie limbique de l'inconscient et ce fleuve souterrain dont ce type de journal n'est que la captation des capricieuses résurgences.

~

Cette planète molle
qui gravite dans la nuit
désert centré par un poil solitaire
antre glaireuse du serpent
elle est nous-mêmes survolés
par un impitoyable œil à facettes
guetteur des broussailles intimes
la molle écorce que le moindre acier peut percer
ce lit pour champignon vénéneux
astre promis à la pourriture
portant en son centre l'impact
de l'astéroïde du premier jour

~

L'âge ou la trahison des plis

7 novembre

La nuit feuilletée, puis déchirée, a laissé partout des papillons noirs.

~

Porter barbe m'évite de me raser, donc de me voir tous les jours dans la glace ; mais il faut bien de loin en loin que je raccourcisse mes poils, et alors…

~

J'aime le XVIIIe pointu et acéré, tout en ne se privant pas de pleurer sans vergogne.

~

Le mistral, glacé, souffle. La flûte de mes os joue la chanson du tremblement.

11 novembre

Célébration de la fin du massacre dont mon père fut un des acteurs involontaire et miraculé, écrirais-je si je croyais en autre chose qu'au hasard. Ses carnets de guerre que j'ai, il y a quelques années, copiés, en témoignent. Quand je repense à cette époque, si souvent ressassée par la voix de mon père et de mon oncle, ou les revues lues dans le grenier de ma maison natale, je me dis qu'en matière d'imbécillité, de gaspillage inutile du courage, il est difficile de faire mieux. Pourtant on a fait mieux, et comme on n'arrête pas le progrès, le millénaire qui arrive fera mieux encore, j'en suis sûr, aidé par des médias aussi menteurs qu'alors mais ô combien plus roués.

~

Cette nuit, brusquement, je pense : il faut que tu écrives à ton oncle. Or cet oncle est mort depuis plus de vingt ans. Sans doute cette pensée m'est-elle venue parce que mon oncle, engagé volontaire à dix-huit ans pour suivre son frère, fut lui aussi un rescapé du Grand Massacre.

~

Il y a quelque chose d'incroyablement cauchemardesque et barbare à voir ces vieillards décorés, victimes des grands hâbleurs, les anciens combattants de la deuxième guerre prenant le relais de ceux, quasiment tous morts, de la première, venir s'incliner devant ces hideux monuments tapissés de noms qui renvoient tous à la convulsion de la douleur, comme les acteurs mal grimés d'une mascarade sans humour où l'on récite des formules qui n'ont aucun sens.

12 novembre

Tournant autour de vieux manuscrits, comme une hyène autour d'une charogne, j'en arrache çà et là un morceau moins putride que le reste, et je le mets en réserve dans mon garde-manger. En fait, je tente de me sauver en fouillant mes propres restes. Mais quel déchet, là même où l'enthousiasme me tendait un miroir flatteur !

13 novembre

Proust, dont j'ai relu *La recherche* au début de l'année, n'est pas un mondain, car en tant qu'écrivain il n'est pas de ce monde, pas plus que Pessoa ou Kafka, et ce n'est que son œil hypertrophié qui se promène dans les salons pour, plus tard, transcender la banale et au fond assez vulgaire tragi-comédie de ces salons, en sa langue si singulière, dans l'athanor de liège de sa chambre où fument, comme dans l'antre de l'alchimiste, ces fumigations étouffantes qu'il croie capables de lui rendre son souffle.

~

Ce journal, je m'en rends compte, n'est pas un vrai journal, malgré mes dires, et les dates ne sont là que pour donner le change. Ce journal, au fond, est pétri de refus. Il est le lit d'un oued où, de loin en loin, on trouve une flaque plus ou moins profonde, et puis de nouveau c'est l'aridité, la poussière, la solitude, l'anonymat d'un territoire où les noms propres se sont quasiment tous dilués en un squelette d'initiales. Je me vois toujours marchant seul dans quelque désert ; et lorsqu'il m'arrive de citer un nom, c'est parce que je me force douloureusement à le faire – et rien ne dit que si ce journal était publié je ne les supprimerais pas –, sans doute parce que je crains, ce qui est absurde – mais n'ai-je pas passé ma vie à être absurde ? – que l'on m'accuse de lâcheté.

Pourtant pas une once de lâcheté dans cette attitude, seulement une incapacité viscérale à nommer, cette horreur du NOM, dont j'ai déjà plusieurs fois parlé, comme si je désirais que fussent perdus tous les repères, tout ce qui peut situer, délimiter, avoir un air de familiarité (mais dans familiarité n'y a-t-il pas famille, et ce mot ne serait-il pas le bout de l'oreille d'une explication plus profonde), peut-être parce que je vis dans la nostalgie du premier matin de l'homme, cette aube inaugurale – je veux dire inaugurale pour l'homme – où notre ancêtre plurimillénaire, mais déjà doté d'une vraie pensée – et je sais bien qu'en réalité les choses ne se sont pas passées ainsi –, a ouvert les yeux sur la totale virginité d'un univers encore innommé ?

Mais cette méfiance à l'égard des noms a peut-être une autre raison : le désir de ne rien imposer au possible lecteur – car écrivain, que je le veuille ou non, je désire être lu, ne serait-ce que par quelques-uns –, de laisser assez de généralité à mon écrit, ma coquille, pour qu'il puisse, ce lecteur, Bernard l'ermite maladroit, n'y pas trop sentir ma présence (cette présence que leste les noms très précis de tel ou tel), le livre n'étant, après tout, qu'une caverne depuis longtemps désertée par son habitant et dans laquelle celui qui passe ne désire rien d'autre que de crier, pour entendre l'écho lui répondre par un cri plus élégant et profond que celui qu'il a lancé, la lecture n'étant que la redécouverte de son propre territoire embelli par l'écriture de l'auteur du livre dans lequel, pour un moment, on a pris pension.

J'ai bien conscience que ce qui précède ne donne qu'une très imparfaite explication de mon horreur des noms, laquelle d'ailleurs n'intéresse peut-être personne, hormis un psychanalyste, et sans doute y a-t-il bien d'autres raisons à ce malaise que j'éprouve lorsque j'écris un nom qui rétrécit l'espace. Car qu'est-ce qu'un nom propre ? Une marque singulière, comme le fer indélébile que l'on appose sur la cuisse du bétail, marque d'appartenance à un troupeau, donc à un territoire, c'est-à-dire à une limite, référence à une frontière, à une identité que l'on peut vous demander de justifier sous n'importe quel prétexte, donc marque d'une limitation, d'une loi, d'un clan, d'une communauté, autrement dit d'un espace à la fois protecteur et contraignant, dont on doit respecter us et coutumes, bref, le nom est une barrière pour qui, comme moi, à une attirance prononcée pour des limbes où, solitaire et dépourvu de corps, il pourrait, suprême libération dans un monde sans miroir, ne plus jamais venir à la rencontre d'un moi noué d'inextricables remords.

Au fond, comme je l'ai déjà dit, mais il est bon parfois de se répéter en d'infimes variations – la répétition obsessionnelle n'est-elle pas la racine de toute véritable création ? – le nom propre est le comble de l'ambiguïté, lui qui nous donne existence, nous protège, en même temps qu'il nous désigne, donc nous fragilise dans certaines circonstances, voire nous tue – les juifs pendant la guerre, les immigrés aujourd'hui, etc. –, quand, ridicule, il ne fait pas de nous la risée d'autrui.

Est-ce pour toutes ces raisons que j'ai tant de difficulté à écrire les noms, ou bien existe-t-il une autre raison, bien plus enfouie, qui me les ferait haïr ? Un jour, qui sait, une illumination me fera trouver la réponse. Ici, malgré tant d'explications, je n'ai fait que poser la question.

~

Ce journal est une urne à scories, un perpétuel instant et non un écoulement. Il semble suivre le temps, et donc s'inscrire dans une durée, mais en fait il n'est qu'un cliquetis de défaites successives, un escalier, toujours le même, monté et descendu dans l'automatisme, escalier qui ne conduit nulle part, puisqu'il est le seul reste debout d'une maison écroulée, comme celui que je vis dans Berlin en ruines, il y a un demi-siècle, et dont la volée, comme suspendue, aboutissait à un reste de palier s'ouvrant sur le vide, invite à s'élever de quelques mètres pour mesurer à la fois l'immensité des destructions et l'absurde qu'elles signifiaient, cette signature de l'incorrigible imbécillité humaine dont le crâne épaissi enferme une noix racornie d'intelligence devenue sans goût.

On pouvait en gravir les marches et, au bord du vide, découvrir un cercle de ruines. Ensuite, rien n'empêchait de plonger la tête la première dans le néant, mais je n'ai vu personne le faire, et moi non plus je ne l'ai pas fait, pas plus que je ne le fais aujourd'hui, me contentant de monter et descendre les marches métaphoriques de ce journal qui me semble condamné, jusqu'à ce que j'ai le courage de l'interrompre – ou l'absence de courage – à ne pas avancer mais à offrir à son lecteur, si jamais il s'en trouvait un, une sorte de film mis en boucle où l'on voit repasser les toujours mêmes images.

14 novembre

Cette nuit, j'ai rêvé que mon frère se suicidait en se défenestrant. Il portait une chemise bleu ciel, et un photographe, accroupi au milieu de la chaussée, photographiait son cadavre.

Pourquoi certains rêves s'impriment-ils avec une telle précision dans l'esprit, dix peut-être dans une vie, alors que tant d'autres, par milliers, ne laissent en nous aucune trace ?

15 novembre

Le soir, après le repas, je vais dans mon bureau et je regarde les livres qui le tapissent. Je cherche quelque chose à lire et ne puis plus supporter que les œuvres brèves, poèmes ou aphorismes : sans doute en moi est morte cette naïveté nécessaire à la lecture d'un roman, cette patience et cette attention que demande l'essai.

Mais est-ce exact ?

Peut-être cette attitude ne cache-t-elle que de la fatigue, une étroite fatigue du corps et de l'esprit ? Je n'en sais rien, mais je tourne dans mon bureau, tire un livre, le feuillette, le repose, le choisissant plus pour sa typographie que pour son contenu, et je finis par en prendre un en général déjà lu, dont je relis quelques pages, trop souvent sans y retrouver ce qui me les avait fait aimer, comme si le sens des mots n'était plus que la frêle membrane friable, toute filigranée de nervures mortes, d'une feuille depuis longtemps séchée entre ces pages qui sentent la mort. Non pas la mort du texte ou celle de son auteur, mais la mienne, ou, mieux, celle de ma faculté d'émerveillement.

Mais, là encore, est-ce bien exact ? Ne suis-je pas entraîné par la dramatisation que certains mots produisent dans l'écrit ? Ces mots dont les connotations, à notre insu, se livrent à un travail d'aimantation envers d'autres mots, nous poussant à écrire ce que nous ne voulions pas écrire ?

Soudain, là, sur ce divan où je me suis assis pour écrire, dans le calme de la nuit qui vient, j'ai la sensation de n'être plus maître de ma parole, emporté par la nécessité non tant de dire que d'écrire, écrire, occuper l'espace blanc de la page dont je mesure, avec un plaisir plus physique qu'intellectuel, l'amenuisement.

Mais que signifie cette parole reployée sur elle-même et qui lèche la nuit de ses propres entrailles ? Comme si le mouvement centripète de l'écriture ramenait constamment celle-ci vers elle-même ? J'écris, je me regarde écrire, je ne vois plus rien au-delà de cette écriture et de l'enfermement qu'elle signifie, et je ne suis plus qu'un serpent qui se remords la queue, une toupie prisonnière de sa rotation, un derviche peut-être, enclos dans son extase tournante, ou tout autre image que l'on voudra.

Soudain, une douleur se dessine dans mon dos, une angoisse musculaire qui se déplace, monte le long de la colonne vertébrale, lestant mon écriture d'un peu de réalité, remonte vers la nuque et pousse son inquiétude dans tout mon corps. C'est comme si, une membrane se rompant, j'émergeais dans le tranquille terrible du quotidien. Carnet, stylo, écriture se dépouillent de leur aura : je ne suis plus celui que l'acte d'écrire arrachait à ce qu'on appelle la vie, un écrivain donc, mais un homme vieillissant qui vient d'atterrir, un peu brutalement, avec ses ailes aux plumes roussies, petit Icare qui a pris quelques risques sans parvenir à s'élever au-dessus du banal, et qui, insatiable, malgré les coups, s'enfonce à présent dans son terrier, dans les galeries d'une langue qui emprisonne plus qu'elle ne libère, masque plus qu'elle ne révèle.

Je sais que ce phénomène a déjà été constaté, décrit par les uns ou nié par les autres. Je ne prétends pas, ici, découvrir quoi que ce soit. Je tente seulement de m'expliquer à moi-même ce que tant d'autres ont ressenti, à savoir que l'écriture n'a aucune fin utilitaire, qu'elle n'est, au fond, vecteur d'aucun message – pardon Jean-Paul Sartre – mais seulement tentative d'attestation d'une inexistante existence.

Est-ce que j'existe en dehors de ce geste de faible amplitude qui fait se déplacer mon stylo de gauche à droite, puisque telle est le sens dans lequel je suis né et qui, dès les premières années d'école, a imprimé en moi son mouvement dextrogyre ?

Tout dépend de ce qu'on appelle exister. Pour moi, il n'y a existence que lorsque la coïncidence entre l'acte que l'on accomplit et le désir qui pousse à l'accomplir est parfaite. Or c'est seulement lorsque j'écris, et seulement dans ce cas-là, c'est-à-dire dans ce moment d'enfermement dans les volutes de la voix qui me dicte les mots que j'écris, cette voix que j'ai appelée de toute la force de mon désir, que j'existe. Que cette voix ne réponde pas à mon appel, et alors, même si aux yeux des autres je reste un homme vivant et actif, pour moi je n'existe plus.

Car exister, c'est sortir de, naître, se dresser, se manifester, se montrer, se sentir vivant et il est vrai que, écrivant, je m'extraie du troupeau, je gagne ma singularité, donc je nais, mais, pour que cette naissance ait lieu, pour que je me manifeste en tant qu'unique, je dois accepter, paradoxalement, comme le dit Pessoa, de ne pas vivre, c'est-à-dire de n'accorder qu'une importance secondaire à la vie normale, pour donner la part belle à cette vie limbique constituée par l'écriture.

Dès lors, pour moi, tout écrivain qui inscrit son écriture dans une littérature socialisée – je veux dire inscrite dans des rituels sociaux – n'est pas un écrivain au plein sens du terme, mais autre chose, que je ne méprise pas, à condition qu'on ne continue pas à entretenir, aux yeux du public, la confusion, en accolant le mot écrivain, par pauvreté de vocabulaire, à des activités qui n'ont pas grand-chose de commun, même si elles utilisent les mêmes mots et les mêmes outils.

Pour ne pas paraître trop présomptueux, je laisse volontiers l'étiquette écrivain à ces gens-là et me contenterais d'une autre – graphomane peut-être ? – moins flatteuse, et même, pourquoi pas, pour satisfaire mon masochisme latent, dépréciative.

16 novembre

Quand je me sens mal à l'aise, parce qu'on n'a cessé de trouver mon pessimisme exagéré, ce qui me fait douter de mon intégrité mentale, je lis quelques pages de Leopardi et je suis rasséréné par son impitoyable rigueur.

Hier, corrigeant mes *Carnets des solitudes*, je m'y découvrais parfois une pointe d'optimisme, sans doute parce que, dans l'instant où je rédigeais telle brève note, je m'efforçais d'avoir quelque espoir, ou parce que, faible, j'étais, au fond de moi, intimidé par les remarques de tel ou tel et donc enclin à diluer un peu le noir de ma vision. Pour autant, je ne vais pas corriger ce que j'ai déjà écrit, ne voulant pas me parer de certitudes que je n'ai pas et me donner l'austère apparence de l'invariabilité. Ondoyant et divers, certes, Montaigne a raison, mais, après quelques écarts, retrouvant, hélas, le lit nauséabond de l'absurde sur lequel, avec un courage que je lui envie, navigue, au plus court, Leopardi, sec et impitoyable avec ses formules rasoirs.

~

Ce matin... mais pourquoi raconterais-je ce qui m'est arrivé ce matin ? La seule chose que je veux retenir : ces collines bleutées à l'horizon, ces bois estompés par les brumes matinales sous un ciel juste assez couvert pour qu'il équilibre la terre, vus depuis la voiture, comme un paysage chinois. Dépaysement à vingt kilomètres de chez moi.

18 novembre

L'élite du terrier, obscure, sera peut-être celle qui témoignera que tout n'était pas mort ; mais témoigner pour qui ?

~

Quel bouleversement pourrait renverser cette marche forcée vers le simulacre, cette « potemkinisation » de toute la société, ce politique remplacé par le démagogique, cette réflexion par la formule toute faite, cette jouissance par la fébrilité, etc. ?

~

Onze mois sur douze, gagnant leur vie à exercer un métier que la plupart du temps ils détestent, les gens vivent dans la vacance, puis, le douzième mois, ils se fuient dans les vacances, et, au lieu d'en profiter pour rechercher une certaine plénitude, ils dilapident leurs jours à s'agiter pour s'agiter et se faire encore plus vides qu'ils ne le sont : leur cerveau sec fait un bruit de grelot qui, foule, devient un vacarme tel que l'on ne peut plus s'entendre.

~

Le rêve révolutionnaire d'élévation du niveau de tous aboutit à son contraire : la vulgarité – sous le nom de vulgarisation – généralisée, une sorte de dilution de la culture transformée en produit commercial de série pour des intelligences à l'étiage. A-t-on été naïf de s'attendre à autre chose ? Sans doute. Le triomphe de l'idéologie du marché ne pouvait que créer cette situation. L'intelligence n'étant pas la chose du monde la mieux partagée, je dois admettre, après avoir rêvé, il n'y a pas si longtemps encore, le contraire, que la masse des imbéciles est considérable, imbécile, dans son acception la plus précise, voulant dire faible de réflexion, c'est-à-dire prêt à préférer le slogan à la question, ce que publicistes et politiques (est-ce la même chose ?), ont fort bien compris.

Cela ne veut pas dire qu'il ne faille pas essayer d'élever ce niveau, et sans doute pour quelques individus peut-on y parvenir, mais sans perdre de vue la résistance que représente, dans l'immédiat – car je laisse les plus optimistes rêver d'une conjonction d'intérêts entre intelligence et marché – les intérêts du marché qui s'adresse, dans la hâte (*time is money*) à la masse la plus abrutie, même dans le domaine culturel. À quoi s'ajoute la démagogie du diplôme pour tous, avec l'illusion d'élévation qu'elle amène dans l'esprit du plus grand nombre, démagogie qui, bien sûr, dévalorise un diplôme ne débouchant plus sur rien et ne laissant même pas à ceux qui l'obtiennent le mince résidu culturel qu'on pouvait espérer.

~

« J'étais épouvanté de me trouver au milieu du néant, un néant que j'étais moi-même. Je me sentais comme étouffer en songeant et en sentant que tout n'est que néant, solide néant. » (Leopardi)

~

Il est des moments où je me sens heureux, comme à présent, à une heure de l'après-midi, après un repas solitaire, alors que le silence, sous un ciel qui s'embrume, donne une sensation d'immobilité, comme si le temps et la fébrilité des humains s'étaient vraiment arrêtés.

~

À peine remis à un éditeur mon manuscrit, le doute s'installe, la semi-certitude que ce texte– comme ce journal, comme tout ce que j'ai fait, fais et ferai – est nul. Dans mon esprit, il y a comme une sensation de main qui ne parvient plus à retenir la liasse de feuillets qu'elle tient, et les feuillets tombent, glissent, emportés par le vent, mais à quoi bon les poursuivre, ils sont blancs : tout ce que j'avais écrit s'est effacé.

19 novembre

On a ri, autour de moi, de ma vision noire du monde, de ma tendance à dramatiser, sans doute parce que les rieurs, qui se disaient mes amis, ne voulaient pas voir que derrière cette attitude, dont je riais avec eux lorsqu'ils s'en moquaient, il y avait une réelle souffrance. Ainsi, ai-je pris l'habitude de m'auto-dénigrer, et, à mon propre égard, d'avoir l'attitude de mes amis, c'est-à-dire de douter de mes propres sensations et de me considérer comme un homme insincère non par volonté mais malgré lui, ce qui ne fait qu'augmenter mon désarroi.

~

Je suis étonné, mais je n'ai pas lu tous ses livres, de ne pas trouver, chez Cioran, d'allusions à Leopardi, grand pessimiste s'il en fut, mais à mille coudées au-dessus des ratiocinations du roumain.

Leopardi ne geint pas, il analyse. Son pessimisme, sa façon de regarder en face le néant, ses maux véritables, élèvent sa désillusion personnelle à une généralisation qui nous englobe dans la mesure où elle ne laisse la place à aucune de ces mesquineries singulières, si fréquentes dans les Cahiers d'un Cioran, qui parfois me font penser à une géniale concierge disant du mal de ses locataires.

20 novembre

Le matin, je m'assieds dans mon bureau et je me mets en posture d'écrire, si toutefois quoi que ce soit me passe par la tête.

À ma droite, à travers le rideau, je vois se lever le soleil derrière la maison d'un voisin. Ce matin, il fait froid, malgré le radiateur. Recroquevillé dans une vieille veste, assis devant ma table, j'attends, mais je n'ai rien à dire. Comme si la calotte de mon crâne contenait du ciment à la place de mon cerveau.

Rien. Le soleil, imperceptiblement, franchit le faîte du toit et, tamisé, va poser son rayon sur les étagères de livres placées à ma gauche. En cette saison, il éclaire quelques volumes d'auteurs dont le nom commence par la lettre F : Flaubert, Follain, Foucault, etc., et c'est la raison pour laquelle j'ai tiré le rideau : le jaunissement accéléré des livres, sous l'action de la lumière, m'angoisse. Un livre n'est-il pas un être vivant, et ce jaunissement le signe de son irrémédiable descente vers la mort ?

Il va être neuf heures. Je n'ai pas le courage de lire. Ne me reste plus qu'à aller errer dans la garrigue figée par le froid lumineux. Peut-être, qui sait, le rythme de la marche réveillera-t-il un peu de vie dans la grotte pour l'instant obstruée de mon crâne ? Sinon... sinon je sentirai de nouveau cette angoisse, si bien nommée, de la page blanche, toujours plus aiguë à mesure que les années passent.

~

Mesurer la perte.

Mais quelle perte ?

La perte cachée dans la pensée de l'échec est à jamais immesurable.

J'aurais pu...

Mais qui le dit ?

Moi, aujourd'hui, du fond d'une déception dont je ne peux escalader les parois.

Moi, sans autres instruments de mesure que mon imprécise et variable déception.

Et ce spasme de l'esprit autour du vide, comme une main qui voudrait retenir une ombre.

~

Qu'est-ce qu'une œuvre ?

Le résultat d'une succession de choix plus ou moins hasardeux qui signifient l'assassinat d'au moins deux ou trois œuvres aussi intéressantes, et peut-être plus, que celle qui demeure.

~

De quoi est-on maître ?

De rien.

Entrechats au bord du néant la vie.

Parfois, quand je m'arrête un instant sur les rives du temps et que je regarde mes semblables, je suis abasourdi par un sentiment de vide si intense que je ne comprends pas comment je puis continuer à laisser tourner la mécanique de l'automate. Si je n'étais pas aussi stupide que mes semblables, je briserais le crâne de cette poupée qui a mon visage et je verrais jaillir les ressorts de ma grimace au moment où la nuit écraserait mon cœur comme un fruit blet. Mais je ne fais pas un geste : j'oublie ce que je viens de voir et mon errance circulaire se poursuit.

~

La puissance de la musique, cette capacité d'enfermer, dans deux ou trois sons agencés, si simples d'écriture lorsqu'on regarde la partition, toute la tristesse du monde. Le *Laierman* de Schubert, à la fin du *Voyage d'hiver*. Quelques mesures à peine, que je répète sur mon piano de mes doigts maladroits en accompagnant ma voix cassée, et l'immense connivence de la tristesse avec le musicien me provoque cette joie étrange et violente que je retrouve dans le *Tout n'est que vent et mouture de vent* de l'Ecclésiaste, comme si, brusquement, je venais de déposer le faix de ma vanité de vivant dans la rencontre avec la parole d'un mort.

~

Les gens qui ne sont pas tristes ne savent pas de quelles joies ils se privent.

~

Je sais que je ne suis pas de mon temps. Chassé, je vis avec quelques autres dans des limbes où je hâle ma fausse indifférence. Entre moi et les nouvelles générations il n'y a pas un fossé, mais, pire, une fosse. Cette fosse sans fond où s'est engloutie non seulement l'idée de Dieu mais peut-être aussi l'idée de l'homme. L'homme est mort un jour entre la flamme et la cendre. Il s'est mué en bétail et en marchandise et la terre est devenue une colossale épicerie où se dépose la lie des ragots et où tout est jugé à l'aune de l'apparence.

21 novembre

Neige précoce sur les toits ce matin. Au réveil, une clarté anormale me la fait deviner avant même que je n'ouvre les volets. Le silence, lui aussi, est particulier : silence d'un dimanche encore plus endormi que de coutume.

Neige, promesse d'une journée lente dans le calfeutrement des livres. Comme si, extraite du temps, elle était une minuscule tache encore blanche sur les cartes, où s'est réfugié un fils que Chronos cherche en vain.

~

Chaque jour, je me sens un peu plus anachronique. Par chance, ma solitude m'a entraîné loin des enthousiasmes de mode qui un temps me séduisirent.

Aujourd'hui, j'appartiens à une communauté trop vaste et trop ancienne pour qu'y subsistent des jalousies ou des haines. Je laisse le présent patauger dans ses miasmes et je descends aux Enfers, aussi aisément qu'Énée, pour m'y promener avec mes chères ombres.

Ici, tout est lent. Les horloges sont prohibées. La poste n'existe pas, ni donc ses tabernacles à anxiété. On a expurgé des dictionnaires les mots honneur ou récompense, et les conversations sont muettes.

Une joie taciturne règne partout et l'on marche calmement sur les rives de lacs où le vent n'inscrit aucune ride.

Regardez-les passer ces promeneurs sans matière, regardez-les se traverser l'un l'autre sans ciller, sans quitter la pensée qu'ils hébergent mais qui émane sans avarice, comme un halo, de tout leur corps dénué d'organes, pour se mêler aux autres halos phosphoreux qui planent ici et là autour de passants qui d'ailleurs ne passent pas mais planent, au-dessus du sol, tous confondus en cette brume tiède qui a une odeur ensoleillée de papier ancien.

~

Si les mots ne nous conduisent que là où nous sommes, alors à quoi bon les mots ?

~

Ces romanciers qui, pour la énième fois, agitent les eaux grasses du quotidien, et même les épaississent d'odeurs plus nauséabondes encore, m'ennuient au plus haut point. Leur plume ressemble au groin du porc qu'élevait autrefois ma tante. Seuls me comprendront, de plus en plus rares, ceux qui ont écouté avec attention les clappements liquides de ce savoureux animal – fort bien décrit par Claudel qui lui ressemblait un peu – campé sur ses quatre jambons musculeux, et dont les petits yeux m'ont toujours fait penser au visage des bourreaux.

22 novembre

Petits préceptes de lecture

Seuls comptent les livres qui appellent la relecture.
En lisant un livre, on ne doit pas chercher à s'évader, mais, au contraire, à se retrouver, quand ce n'est pas à se trouver : un livre n'est vraiment intéressant que s'il ne dépayse pas, ne distrait pas, ne se lit pas d'un trait, comme on boit un verre d'eau.

Un livre doit pouvoir être ouvert à n'importe quelle page, sans que l'on se soucie d'un quelconque déroulement. Un livre, romans compris, qui ne résiste pas à cette épreuve, doit être jeté à la corbeille (évidemment j'exagère !). La taille actuelle des corbeilles est donc nettement insuffisante.

Quand on lit, si la lecture est de bonne qualité, on doit souvent quitter des yeux la page et, pour méditer, refermer le livre sur son pouce. Dévorer un livre est préjudiciable à la santé ; mais tout de même bien moins que de dévorer un hamburger. Bien mâcher est un principe de lecture et de diététique élémentaire. Bien cracher aussi.

Pour atteindre la moelle, substantifique, il faut casser l'os, ce qui demande effort et astuce, puis étaler ladite moelle sur une tranche de pain rôti. C'est ainsi que mon père, il y a bien longtemps, me préparait la moelle de bœufs éminemment sains d'esprit, et, écrivant cette banale recette, je le revois, à Castelnau – la lumière venant du parc traversait les vieilles vitres çà et là parsemées de bulles – et je sens dans ma bouche le goût finement gras de cette moelle fondant sur ma langue, comme certains poèmes que je sais par cœur et ne cesse de me répéter sans jamais éprouver de lassitude.
On le voit, cuisine et littérature font bon ménage, mais je ne sais trop dans quel sens il faut entendre le mot cuisine.

~

Gel lumineux. Ce matin je suis allé marcher au lieu-dit Le Clos de Gaillard, espace de garrigue autrefois cultivé puis redevenu sauvage et qui, il y a dix ans, a brûlé. Depuis, les Eaux et Forêts reboisent, réorganisent l'espace, restaurent les capitelles, les murets, pour tenter de retrouver le paysage du siècle passé et l'offrir à la nostalgie des citadins. Pourquoi pas ?

Cet espace, que j'ai parcouru tant de fois avant l'incendie, à travers épines et buissons, je le reconnais à peine, mais il reste beau de lointains montagneux et de chemins blancs qui ondulent entre les pins. À présent, à part quelques chasseurs en semaine, c'est devenu un vaste jardin public avec visiteurs dominicaux. Ce dont témoignaient, en ce matin de presque hiver, bien que l'espace balayé par un vent glacé fût désert, à part moi, les étincelles des débris de vitres éparpillés sur l'aire de stationnement, signature d'une avancée de la lèpre urbaine.

~

Les vivants, si vaniteux, devraient se rendre compte que, la plupart du temps, le souvenir des civilisations disparues nous parvient par les monuments funéraires, voire même par les cadavres.

~

Comment, alors qu'on sait exactement ce qui nous attend (au moins pour ceux qui ne se sont pas forgé une armure de foi – et encore même ceux-là passeront, l'angoisse au ventre, le guichet de la mort –), à savoir le néant, à une heure incertaine mais toujours plus proche, en suivant une route où les souffrances ne manqueront pas, comment peut-on continuer à vivre, à faire des projets, à bâtir une œuvre destinée à l'oubli ?

Mais, précisément, ces projets, cette œuvre ne sont que des leurres qui nous permettent de ne pas avoir toujours les yeux fixés sur le gnomon qui finira bien par nous empaler, et nous avons beau savoir que ce qui nous préoccupe n'est qu'œillère, nous n'en continuons pas moins à tenir bien serrées ces œillères, ou ce bandeau, dans le genre de celui que l'on met au cheval du picador pour qu'il ne voit pas de quel côté vient la mort. Mieux même, ceux qui, comme moi, ne croient qu'au néant, éprouvent une sorte d'exaltation à faire leur numéro au bord du cratère qui les horrifie et les attire, connaissant, à certaines heures, serrés dans les mains d'un froid prémonitoire, cette ivresse de l'absurde qui ressemblerait à la haine envers Dieu, si toutefois l'on y croyait.

~

La suffisance des croyants, odieuse, comme toute suffisance, est extraordinaire. Ils vous réduisent en poudre, du haut de leurs fables, avec un mépris qui chemine bien mal avec leur humilité prétendue. Mais ils vous diront que vous n'avez rien compris, qu'il n'y a pas une once de mépris dans leur attitude, seulement de la souffrance, envers la pauvre âme qui se précipite vers l'enfer.

~

Fonctionnaires du génie, ô oui, assis sur leur cul de plomb, à jauger, au nom de quelle autorité, cette douleur à pointe de plume, prothèse vivante au bout de la main qui tremble, laissant le long du chemin cette trace, comme les boyaux du ver écrasé rampant dans ses derniers réflexes.

~

Strates effacées des morts sans âme sous le trafic des chemins et des villes. Que reste-t-il de tant de souffles, de frayeurs et de cris ?

~

La musique porte parfois en elle la racine de la terreur, ce vertige d'une non parole plus forte que la parole, murmure des abysses du néant.

~

Ces livres que je fais, ou désire faire, pourquoi ?
Pour palper une matière.
Pour sentir un poids dans mes mains.
Pour humer l'odeur du papier.
Pour voir l'œil des caractères.
Pour goûter la saveur amère de l'encre.

23 novembre

Informations matinales. Répétitions décérébrées. Stéréotypes. L'autisme de l'espèce qui tourne en rond sur cette petite planète ridicule dont elle fait un enfer. À force d'être répétitive, purement événementielle, dénuée de la moindre analyse, voire partiale, l'information crée une sorte de torpeur. On entend des mots, mais on ne les écoute plus. Le ton désinvolte des parleurs, où catastrophes et heureux événements sont traités à égalité, arase les différences, si bien que rien ne reste en mémoire et que, ce qui devrait être éveil, participe du Grand Sommeil.

24 novembre

Il n'est pas possible que les gens ne sentent pas les effleurer, la nuit, les lèvres du néant, qu'ils n'entendent pas le froissement de ses ailes de vampire. Les gens mentent. Ont-ils peur à ce point de vivre dans la terreur, qu'ils gardent nez et oreilles bouchés pour ne pas entendre les coups de pelle heurtant une citerne vide, pour ne pas sentir l'odeur vénéneuse qui rampe partout ?

La nuit, quand je m'éveille au seuil d'une nouvelle insomnie, je pense, si l'on peut appeler cela penser, couché en chien de fusil dans l'obscurité, disons que je laisse errer mon esprit, et mon esprit, désormais, ne me ramène plus guère qu'à cela, et j'allume ma lampe pour parler de cela – je ne suis pas un sage – et sentir les pointes du diamant de l'absurde.

Et après ?

Après, oh après avoir tracé ces mots, comme on touche une amulette, j'écoute le silence autour de la maison, ce silence au bout duquel il me semble entendre l'incessante circulation – mais n'est-ce pas le bruissement de ma propre circulation ? – de ceux qui bougent pour bouger et roulent, indéfiniment, sur une autoroute circulaire où, sans fin, ils repassent là où ils sont déjà passés.

Et pourtant, ce silence, si imparfait qu'il soit, est bon, car, pour l'heure, il a le poli d'une plaque d'acier réfléchissante, et je pense à ces miroirs de métal antiques où se sont mirés ces beaux visages du Fayoum dont les chairs, à présent racornies et brunes, ne sont plus, sous les bandelettes, que froide matière cartonnée de momie.

Silence. Les murs bleus et grenus de ma chambre pourraient être ceux d'une chambre lointaine, de l'autre côté de la mer, là où l'on dit que cette couleur chasse les mouches – mais où ai-je pu lire cela ? Pourtant je ne suis pas là-bas, où j'ai laissé un peu de bonheur purulent, quand mon corps était encore halé par la jeunesse, je suis ici, tellement vieux déjà, me semble-t-il, rescapé d'une autre ère, se sentant de plus en plus parler une langue étrangère, bien qu'elle soit la même langue que celle parlée chaque jour autour de moi.

Mais est-ce bien la même langue ? Débit et syntaxe ont évolué. On ne parle plus, on n'écrit plus, aujourd'hui, comme on écrivait et parlait dans ma jeunesse. Peut-être, autrefois, dans la durée d'une vie – les vies il est vrai étaient plus courtes – on ne constatait pas un tel phénomène, mais aujourd'hui tout s'accélère, la lenteur campagnarde n'est plus conservatoire de la langue, et un homme de mots, comme moi, ne peut qu'être sensible à cette évolution et se sentir, par elle, comme exilé dans son passé.

Non, on ne parle plus aujourd'hui comme on parlait alors, et sans doute mon écriture a-t-elle un parfum suranné, une couleur de vieil objet déterré, une cruche peut-être, sonore lorsqu'on heurtait ses flancs comme pour appeler l'eau nocturne des citernes, des puits receleurs de reflets circulaires, trous de fraîcheur anciens où, enfant, penché, je me voyais en silhouette, poussant des cris pour sentir, entre les parois, l'insolite résonance métallique de ma voix.

Parfois, cette langue que j'habite, et qui m'habite, j'ai l'impression qu'elle cahote et va se briser, avec ses liaisons supprimées qui la rendent hoquetante, et ces brutales accentuations que lui font subir les camelots satellitaires. J'assiste, en ouvrant le poste, à l'intrusion de soudards langagiers, et les soudards me repoussent en se moquant, comme on repousse un vieillard plutôt ridicule qui voudrait arrêter le temps, ce temps qui le dépasse et fait de la mort un mal nécessaire, une impitoyable nécessité : à continuer à vivre, on finirait par se sentir un si total étranger que notre différence, devenue intolérable, nous pousserait, par tous les moyens, à mettre fin à notre éternité.

~

Je témoigne de la mort d'un monde et laisse d'autres témoigner de la naissance du nouveau. Je témoigne de rythmes en train de s'étioler pour être remplacés par des rythmes neufs qui valent sans doute les anciens mais auxquels, conscient de ma fatigue, je ne puis plus m'adapter. Je m'éloigne le plus possible des routes nouvelles, moi qui fus si féru de nouveauté, et je m'enfonce dans les taillis comme pour y chercher la trace de très anciens sentiers. Parfois, m'étonnant d'avoir été si curieux des inventions de la modernité, je me demande quelles raisons exactes me poussèrent à tant d'intérêt. Snobisme ? Pourquoi pas. Derrière mes airs modestes, ou en tout cas ma revendication de la modestie, se cachait peut-être la sotte peur de n'être pas à la page. Cela, ou pas cela ? Je suis trop loin à présent de celui que j'étais alors pour pouvoir répondre avec clarté ; mais si je songe au sentiment d'infériorité dont je souffrais pendant mon adolescence, alors je puis comprendre que par peur, par jobardise aussi – et cet aveu n'est pas aisé – j'ai pu non seulement admettre, au point de vue esthétique, et plus encore me faire le défenseur, de ce qu'au fond de moi-même je n'aimais pas, alors que j'affichais de la condescendance pour des artistes qu'aujourd'hui je respecte, ayant pris en horreur les excès dogmatiques et le mot dogme lui-même avec sa coloration autoritaire politico-religieuse.

Me restent pas mal d'admirations pour des héros contradictoires de la modernité qui, dans mon esprit, se mêlent sans conflits à des créateurs plus anciens un moment tenus à l'écart puis de nouveau admis dans mon panthéon personnel. Je n'écris pas cela pour renier quoi que ce soit ou faire une volte-face opportuniste, comme ce fut le cas dans les années quatre-vingt, quand de faux révolutionnaires reniaient avec faconde leurs engagements de jeunesse pour enfiler l'habit de nouvelles modes qu'ils prenaient pour des idées, mais pour me remettre à ma place et, sans complaisance, me dire avec toutes mes faiblesses. Rien à voir là, donc, avec l'abject consensus dont j'ai déjà plusieurs fois parlé – le consensus étant, aujourd'hui, une manière d'éluder les questions –, mais seulement la volonté de lutter contre mes propres a priori et contre l'a priori en général. Ce qui n'est pas facile, car lorsque je relirai ce journal, je ne doute pas que j'y trouverai encore quantité de ces a priori que pourtant je déteste et que je prétends chasser de ma vie.

J'en reste là pour aujourd'hui, conscient que je n'ai fait qu'effleurer ce que je voulais dire – mais le langage n'est-il pas qu'un éternel effleurement, une représentation, en deux dimensions, de pensées qui en ont au moins trois ? – et je rejoins la solitude d'où, parfois, d'une hauteur, je regarde la plaine et ses conglomérats de maisons laides à l'entour des grands carrefours. J'observe, puis je me retourne pour m'enfoncer de nouveau dans le maquis épineux dont la griffure m'est nécessaire. Quand je m'arrêterai, je m'assiérai sur une pierre et je regarderai le vol d'un rapace, fasciné par le subtil travail de ses rémiges palpant l'air.

25 novembre

Un article d'un journal anglais m'apprend que l'anglais, langue dominante, est en train de pâtir de son triomphe. Pour s'adapter partout, se soumettre aux impératifs du commerce, elle se simplifie et perd des nuances. Bien sûr, résumant, je schématise, et je suis sûr que des écrivains, ou d'autres, sauront garder à cette langue un statut où le pragmatisme ne sera pas dominant, mais, en attendant, on peut se demander si les langues en déclin ne sont pas, paradoxe, les seules à garder une subtilité relative, ou, en tout cas, plus de subtilité que la langue dominante, même si elles s'érodent, elles aussi, au contact du terrible esprit pratique qui arase tout. Pure supposition.

Par ailleurs, l'Éducation Nationale, que j'écris bien sûr avec des majuscules, même si elle ne mérite guère cet honneur, est en train de faire le lit de l'anglo-américain en réduisant à la portion congrue, dans les lycées, les autres langues, non seulement celles dites mortes, mais aussi les vivantes qui n'ont pas l'avantage du nombre. L'endroit où, en principe, on devrait lutter pour la conservation des cultures, où l'on devrait encore avoir un certain sens de la gratuité et de la nuance, devient, avec la complicité plus ou moins consciente de certains professeurs fascinés – snobs ? – par ce qu'ils croient être le progrès, l'antichambre d'une mentalité globalitaire où la finalité professionnelle devient si dictatoriale qu'elle assassine la rêverie, l'errance livresque ou autre, et contribue à élever à un niveau sans doute jamais connu dans ce domaine, l'angoisse des adolescents, très tôt, trop tôt, placés devant la nécessité d'un choix, qui est l'inverse même du choix, à l'âge où, précisément, le flottement mental, loin d'être néfaste, est bénéfique.

Je me souviens de mes propres errances, et aussi de mes errements qui, à défaut de me conduire à la fortune ou à la gloire, m'ont permis de conquérir très lentement une manière de liberté (bien relative je le sais), ce qui n'est pas si fréquent, et d'ouvrir ma sensibilité à toutes les formes d'expression. Je sais, évidemment, que le climat politique et intellectuel de ma jeunesse n'avait que peu à voir avec celui d'aujourd'hui, je sais que la structure de la société était différente, qu'alors le mot utopie, devenu aujourd'hui obsolète et dont se moquent ceux-là même qui en furent les plus intransigeants prosélytes, avait encore un sens, bien sûr tout cela je le sais, et je ne tiens pas à revenir en arrière, et ce qui nourrit ma tristesse n'est pas la nostalgie de telle ou telle époque, mais le regret d'une certaine idée de l'homme, homme non pas parfait mais, dans certaines limites, au moins en théorie, perfectible, au lieu qu'il me semble, aujourd'hui, engagé dans un processus d'autodestruction où il se met à croire en des fatalités dont il est paradoxalement l'inventeur.

Quant à moi, j'ai dépassé le temps des grandes indignations ; et même si je suis embarqué sur la nef des fous, j'essaie de me tenir à l'écart, au fond d'une cale obscure si possible, attendant sans hâte un naufrage auquel, eu égard à mon âge, je n'assisterai peut-être pas.

27 novembre

J'avais, ce matin, griffonné une longue réflexion sur l'avant-garde, sa disparition, etc., puis, au moment de recopier mes gribouillis, j'ai pensé que tout cela avait déjà été dit, que je n'avançais aucune idée nouvelle – ce qui ne m'a pas empêché, dans ce journal, de ratiociner ici et là avec une inutilité laborieuse – et que j'avais sans doute plus de talent pour parler d'un brin d'herbe ou d'un caillou que des problèmes d'une actualité qui m'intéresse de moins en moins, même si j'en subis les conséquences, l'idée de pouvoir s'abstraire complètement du monde n'étant plus réalisable en ces temps où le vent lui-même est susceptible de transporter la menace d'un bord à l'autre de la planète, rappelant à l'ermite qu'ailleurs des hommes existent, dont il devra subir, si isolé soit-il, les turpitudes.

Pendant que j'écris, les nuages passent, très lentement, au-dessus du village, percés çà et là de trous aux bords lumineux à travers lesquels on aperçoit des taches changeantes de ciel bleu. Levé depuis cinq heures et demie, j'ai préparé le déjeuner pour tous, fait les lits, vidé les corbeilles à papier, balayé les feuilles mortes du jardin, brûlé celles que j'avais entreposées dans la remise, puis j'ai parcouru le journal, fait les mots croisés, face à mon ordinateur froid, et à présent, à peine au milieu de la matinée, une journée d'ennui s'ouvre devant moi, pendant laquelle il va me falloir beaucoup de volonté pour lire ou m'asseoir devant de vieux manuscrits dans l'espoir de les rendre meilleurs. Du moins, aurais-je eu la satisfaction d'écrire ces quelques lignes qui ne valent pas grand-chose mais sont, pour ma santé mentale, mieux que rien.

29 novembre

Je hais les animaux domestiques, chieurs de coin de borne, compisseurs de trottoirs, hurleurs de lotissements, semeurs de poils et autres ordures en tout genre, égoïstes et quémandeurs, en tout point semblables à leurs maîtres dont le sens civique va pour le moins en diminuant et qui se moquent comme d'une guigne de gêner leurs compatriotes. Ces parasites encombrent nos rues et nos maisons de leur infecte présence servile et déteignent sur leur maître comme leur maître déteint sur eux.

Mais j'aime par-dessus tout les animaux sauvages, indépendants et beaux dans leur vrai milieu, si misérables lorsqu'on les met derrière des grilles, je les aime et déteste par conséquent les chasseurs à qui je conseillerais, renversant la vapeur, c'est à dire cette sacro-sainte tradition au nom de laquelle n'importe quelle turpitude est revendiquée, de chasser non plus à la campagne mais en ville, certains jours déterminés, où ils feraient de somptueux tableaux de chiens hurlants, de chats geignards, de pigeons fienteurs, pour le plus grand bien de la communauté. Qu'on se le dise.

~

Comme il est difficile de rencontrer l'autre, surtout si l'on ne se voit pas souvent : tout un vécu mutuellement inconnu s'interpose qui oblige à jouer un rôle, à manœuvrer, par crainte de provoquer on ne sait quelle fêlure qui pourrait être les prémices d'une rupture définitive.

Il faudrait pouvoir – mais cela on ne s'en aperçoit que très tard, dans mon cas alors même que ma vie est presque achevée – préserver, au prix du pire égoïsme, sa liberté, ne s'engager dans aucune entreprise qui pourrait créer gênes ou liens, n'accepter aucune aide, sous quelle forme que ce soit, ne rendre aucun de ces services qui, tôt ou tard, nous attire la haine de celui à qui nous l'avons rendu, bref, accepter une hautaine solitude et éviter au maximum ces contacts tellement prônés, ici et là, dans la phraséologie démagogico-moderniste de saison.

30 novembre

Quelle prudence il faut avoir lorsqu'on parle ! On ne sait jamais si telle remarque ne risque pas de blesser, d'irriter notre interlocuteur. Parfois on est imprudent, comme moi l'autre jour avec X., à propos des décorations : il venait d'en recevoir une.

~

Je ne suis pas nostalgique de ce qui a été mais de ce qui aurait pu être.

1er décembre

Vieux rêve, qui revient, de la maison perdue parmi les châtaigniers, au bout d'un chemin de terre, loin du bruit et des hommes. Mon increvable romantisme. Le côté Thoreau, que je n'ai jamais été capable d'assumer en trouvant mon étang de Walden. Je me suis contenté de lire ses livres, ce qui n'est déjà pas si mal. Lit-on beaucoup Thoreau aujourd'hui ? Ces manifestants de Seattle sont-ils ses disciples, les témoins d'une vraie prise de conscience du système économique en train de nous asservir, ou bien la simple émergence périodique d'une tendance de l'esprit américain, une vague, très vague imprégnation des conquérants massacreurs par la façon d'être au monde des indiens ?

~

Je pense à New York ce matin, dont P.S. me parlait si bien l'autre jour, dans une lettre écrite de là-bas. Je pense au côté piranésien de certains quartiers gigantesques récents qui soudain, dans mon esprit, m'ont évoqué les constructions monstrueuses et inquiétantes des Prisons de l'artiste vénitien.

J'ai donc ressorti de ma bibliothèque le recueil de ses gravures. Il y avait longtemps que je ne les avais pas regardées et, plus qu'autrefois, sans doute parce que j'ai changé, m'a captivé leur côté fantastique, onirique, cette faculté qu'elles ont de nous mettre en déséquilibre entre cauchemar – certains détails des Carceri font penser à Goya – et réalité. Pourquoi – à moins que je l'ignore – les surréalistes ne se sont-ils pas intéressés à cet artiste, pas plus qu'à Monsu Désiderio, je crois ?

2 décembre

Le bref XXe siècle s'est déjà achevé. Le XXIe commence, avec le triomphe de l'électronique et d'une planétarisation accompagnée – corollaire ? – par la naissance d'une poussière de minuscules pays turbulents dont on ne sait trop quelle ambition les meut. Quant à moi, je me sens perdu, si imprégné encore par le XIXe. Je suis déjà dans les limbes, propriétaire d'une culture et d'une éthique obsolètes…

Le terrible de l'allongement de la vie et de l'accélération de l'histoire, c'est de mettre de plus en plus de gens en porte à faux, vieillards parfois pleins de bonne volonté, mais qui ne peuvent que constater, navrés, la destruction de tout ce qu'ils avaient construit et en quoi ils avaient cru. Était-ce la même chose autrefois (je pense à Chateaubriand qui vit basculer un monde) ? En dépit de l'effort que je fais pour m'adapter à ce temps, je n'y arrive plus. Et pourquoi, triste comédie, jouerais-je les vieillards gambadant ?

C'était bon pour Voltaire (J'ai un pied dans la tombe et l'autre qui fait des gambades, dit-il dans une lettre), à une époque où le monde était encore vaste et ouvert, mais pour nous, étouffant sur une planète verrouillée dont le modèle unique interdit tout vrai débat ?

3 décembre

Un monstrueux besoin d'accumuler des signes.

4 décembre

Samedi. Brume. Un peu de givre sur les toits. Le froid humide de l'air immobile saisit le front dès qu'on sort. Dans les collines, on entend les détonations amorties des chasseurs de l'aube.

5 décembre

J'ai, devant les phénomènes atmosphériques, une attitude de primitif : la terreur sacrée. En dépit des connaissances modernes, les catastrophes ne sont jamais évitées – il semble même que la cupidité des hommes et la démagogie des politiques leur facilite la tâche –, l'orage, la crue, le vent, peuvent frapper partout pour réduire à néant la vanité technologique, et, au bout du compte, les primitifs, qui mettaient des intentions cachées derrière tous les phénomènes, s'inventant des rites de prudence, étaient moins naïfs qu'on voudrait nous le faire croire.

~

La poésie ne se décrète pas : elle s'attend.

~

Étaler des bons sentiments rassurants et montrer de l'optimisme confine aujourd'hui au crime : l'aveuglement, gratuit ou prébendé, est l'assassinat d'une vertu questionnante qui semble en voie d'extinction chez pas mal de mes compatriotes.

6 décembre

Qui a une vision noire du monde finit par se censurer. Un haussement d'épaule intérieur lui fait poser la plume. À quoi bon dénoncer l'absurde, puisque les gens, et avec quels moyens, sont assaillis de messages hypnotiques via les religions, les partis politiques et les hypermarchés ? Autant se taire. Ce que je ne tarderai pas à faire, envahi par une odeur de ruines qui devient étouffante.

~

J'avais, il y a deux ans, écrit une sorte de journal assez étrange baptisé *Le journal des limbes*. Pendant quatre mois, nuit et jour, j'étais resté à l'écoute de ce qui me passait par l'esprit, et cette écoute, au fil du temps, m'enfermait tellement en moi-même, que j'avais mis fin à l'expérience. C'est tout juste si, relisant mon texte, équivalent d'un gros volume, je ne m'étais pas pris pour un génie. J'avais même écrit, pour encadrer ce pathos, une préface et une coda copieuse dans lesquelles j'expliquais à un supposé lecteur la genèse d'une œuvre aussi rare. Hélas, la relisant un an après l'avoir donnée à lire à des amis, et même à un éditeur (quel aveuglement !) sans qu'elle suscitât l'enthousiasme auquel je m'attendais, j'ai mesuré ce qu'est l'aveuglement que je puis avoir de loin en loin sur moi-même. Toutefois, voulant me persuader qu'il devait bien y avoir, dans ce galimatias écrit en quatre mois d'une exaltation que je n'avais encore jamais connue, quelques morceaux acceptables, le crayon en arrêt, je me suis mis à sabrer mon manuscrit, mais, de lecture en lecture, le manuscrit peau de chagrin (c'est le cas de le dire), s'est réduit à si peu de chose, quelques pages à peine, que je l'ai jeté dans le bas de ma bibliothèque, là où gisent déjà pas mal de mes petites vanités. Me reste le désarroi d'avoir pu à ce point me tromper sur moi-même. Me reste le souvenir d'une tentative pour sortir d'une écriture que je maîtrise et trouve trop rassurante, tentative ratée mais que je ne regrette pas d'avoir faite dans la mesure où elle m'a montré mes limites et donné à ma bêtise le coup de pied qu'elle méritait.

7 décembre

Je ris à présent et suis nostalgique des fusées nocturnes que je notais, il y a quelques mois. Aujourd'hui, je ne gambade plus dans ma tête, mais m'y traîne, arpentant un réel morne, ennuyeux, plat et autant d'autres adjectifs du même genre. Pas le moindre élan. Rien. Le « remâchage » d'un vide autour duquel tout l'être se recroqueville dans un spasme.

8 décembre

Il m'est de moins en moins possible de lire un texte rédigé avec une écriture utilitaire. D'où ma difficulté à lire les journaux et tout ce qui ne contient pas une once de préoccupations littéraires. Seule la poésie et la prose littéraire me sont supportables, même si l'auteur ne fait pas partie de ma famille d'esprit.

11 décembre

Depuis toujours, je me heurte à la surface. À cette plaque d'acier que je ne parviens pas à percer. Suis-je donc si léger, si volage ? Tout ce que j'ai écrit n'est-il que confetti ? En ce matin gris, je me pose la question et, comme tant de fois déjà, je me sens traversé d'un grand vent dévastateur.

Une tempête de poussière secoue en moi des maisons vides. Les poutres craquent. Je vois s'envoler des plaques de tôle, guillotines volantes, se disloquer des murs qui paraissaient indestructibles, je vois – image récurrente – s'éparpiller des milliers de feuilles, mes livres n'ont aucun poids et je me retrouve les mains serrées sur le désespoir du vide.

Comment percer cette épaisse calotte sous laquelle doit se trouver une parole lourde et non pas celle, de papier crépon et de strass, qu'il me semble avoir écrite jusque-là ? N'y aurait-il quelque sens, quelque vérité, que dans un enfermement impitoyable en soi-même, celui des fous, ou que l'on dit tels, loin d'une écriture socialisée confinant de plus en plus au divertissement ?

Je ne fais que poser des questions. Je ne fais que parler d'un malaise, mais, aujourd'hui, combien de mes pages résistent-elles à un examen désaveuglé ? Combien sont capables d'avouer une non-concession à la mode ou au jeu ?

J'ai écrit, je ne sais plus où, sans doute dans ce journal, que je ne m'aimais pas ; mais ce n'est pas le terme exact. Disons que je ne parviens pas à me définir, flottement perpétuel entre des images contradictoires de moi-même, et donc je m'irrite. Partant, je suis incapable de vraiment choisir. D'où le côté disparate de mes écrits et aussi de mon écriture, disparate que parfois, dans tel ou tel de mes « Carnets », j'ai tenté de justifier pour me donner un peu de courage et ne pas tomber dans la plus complète déréliction.

Jamais les critiques – ceux qui osent poser cette pancarte sur leur dos – ne seront aussi critiques envers moi que je ne le suis moi-même. Jamais ils ne comprendront la souffrance que me fut, toute ma vie, le reflet de moi que me renvoyaient mes livres. Mais, me dira-t-on, pourquoi continuez-vous à écrire ? Pourquoi continuer à rayer en vain la surface au-dessous de laquelle vous subodorez une profondeur, disons une richesse, dont vous n'avez, d'ailleurs, qu'une vague idée ?

Pourquoi ? Parce que, vraisemblablement, je ne désespère pas, au cœur même de la désespérance, de parvenir un jour à une manière d'illumination au cours de laquelle, enfin, mon écriture et moi coïnciderions au point d'effacer un moment – seulement un moment, n'en demandons pas trop – le doute opiniâtre, dans une sorte d'effusion qui me ferait me sentir non plus séparé mais vraiment fondu dans la totalité, face à un temps qui ne m'épouvanterait plus.

Je m'explique mal, je le sais, parce qu'un malaise n'est jamais facilement cernable, et je souris, écrivant ce qui précède, ironique et conscient de l'imprécision de ma description, voire de sa naïveté. Je sais qu'à mon âge, et après tant de pages écrites, je ne peux plus rien espérer ; mais, de temps à autre, ne faut-il pas, pour survivre, s'inventer des mirages ?

La vérité est que je continue à écrire sans espoir de parvenir à cette adéquation. J'écris pour m'en approcher, mais je ne m'en approche pas plus que le marin du nuage qu'il a pris pour une île. Je ne sais même pas en quoi consisterait, exactement, cet équilibre dont je parle, cette satisfaction totale de mon être de mots, cette paix trouvée à l'intérieur de mes propres signes.

Après tout, peut-être s'agit-il d'une illusion que poursuivent tous les écrivains sans jamais l'atteindre, ou, du moins, sans savoir qu'ils l'atteignent, mourant tous, je parle des moins mauvais, avec ce sentiment d'insatisfaction d'eux-mêmes ? Ce qui expliquerait les géniaux inachèvements de certains ? Quant à ceux qui proclament haut et fort leur génie, je soupçonne leur vanité de n'être que le masque de la peur.

Pourtant, lorsque je lis celui-ci ou celui-là – peu nombreux il est vrai – aussitôt je le reconnais dans la moindre de ses phrases qui me donnent une sensation d'osmose parfaite entre le texte et celui qui l'a écrit, au lieu que je ne me sens jamais vraiment consubstantiel avec mes mots qui ne m'apparaissent que comme un phénomène de surface.

Le regard de l'autre est-il mortel pour l'écriture ? L'écriture ne vaut-elle qu'émise dans le secret ? Ou tout au moins écrite dans un oubli absolu de l'autre ? Loin de toute idée de partage ? Comme celle de Wölfli ou de Jeanne Tripier ? Loin de tout genre ? Ce que les surréalistes, si honnis aujourd'hui, semblaient avoir bien compris. Et pourquoi n'ai-je pas pu atteindre, malgré certains essais, le but que je voulais atteindre ?

Ai-je été paresseux ? Mais la notion de labeur n'est pas la nécessité première pour faire bonne littérature.

Ai-je été peureux, paralysé ? Sans doute.

À quoi donc m'ont servi tant d'heures passées devant ma table, sinon à écrire des livres mort-nés – du moins je les sens ainsi – même si d'aucuns – mais pourquoi les croirais-je ? – me disent qu'ils ne le sont pas...

Assez. Les nuages se sont entrouverts et laissent venir le soleil jusqu'à ma table. Comme j'aurais aimé que mes mots eussent, pour moi, la saveur de cette lumière, sa fugace éternité ! Mais quelle mauvaise fée s'est penchée sur ma naissance pour que mon esprit devienne cette poussière dans laquelle les signes, à peine tracés, s'effacent ; et quelle est cette sorte de malédiction qui me fait sentir, avec tant d'acuité, l'usure de cela même que je tente d'inscrire contre l'usure ?

~

Quand deviendrai-je adulte ? Se poser cette question à soixante-sept ans est plutôt grotesque, mais je me la pose avec sérieux.

Pourquoi souhaiterais-je devenir adulte, c'est-à-dire, pour parler comme Gombrowicz, pourquoi souhaiterais-je être *imprégné de phrases et de grimaces* ?

Pour connaître de temps en temps ce confort que doit offrir le fait de se prendre au sérieux, de marcher d'un grave pas et d'un grave sourcil, comme les courtisans romains de Du Bellay, pour avoir des convictions, que sais-je ?

Évidemment, la plupart des adultes sont ridicules, mais il doit bien y en avoir de pas tout à fait idiots, non ?

Sans doute ce rêve de maturité, maturité qui n'est souvent que le masque de la fossilisation, le fais-je dans mes moments de désarroi : se sentir comme tout le monde, se fondre dans la masse, quel repos ! Et cela, hélas, m'arrive plus qu'à mon tour. Ne serait-ce que pour ne pas me faire remarquer (mon ami, vous ne vous prenez pas pour un pet ! – Eh bon Dieu, pourquoi voudriez-vous que je refuse de sentir ma différence ? – C'est vous qui parlez de votre différence, qui n'est qu'un vœu, car vous êtes banal, banal, ab-so-lu-ment banal, etc. (Petit dialogue entre moi et moi)).

Bref, pourquoi n'ai-je pas su rompre avec le monde (dans le sens pascalien du terme) ?

Justement, parce que je suis un enfant. Parce que je ne suis pas capable de me suffire à moi-même et que j'ai toujours besoin de quelque papa-maman de substitution. D'où mon aisance en public : le petit singe couvé fait son numéro.

12 décembre

Cette femme nue aurait été belle, mais son corps était un empilement de vieux dossiers.

~

Chaque fois que, dans un texte, sauf sous la forme d'un juron, je rencontre le mot Dieu, écrit avec une majuscule qui signifie son unicité, quelque chose se crispe en moi, la haine sourd, et ma lecture s'en trouve troublée. Ce mot, je le ressens comme une infamie et, lorsque je l'écris, c'est avec une sorte de dégoût, comme si je parlais de quelque vieillard lubrique et autoritaire un tantinet flasque et adipeux.

En ce Dieu, haï, qu'est-ce que je rejette vraiment de mon passé, de mon histoire intime ? Car c'est bien de cela qu'il s'agit, et non de l'affirmation d'une position philosophique. Je peux calmement dire : je suis incroyant, et expliquer pourquoi, mais cette crispation spontanée devant le mot Dieu, naît dans un coin, non encore dévoilé, de mon inconscient.

Mon éducation religieuse a été assez légère, mais, imaginatif, angoissé, je l'ai ressentie lourdement à travers la notion de péché mortel, prise au pied de la lettre. Et puis cette éducation n'est pas séparée du contexte familial et, sans doute, derrière ce mot Dieu, se dissimule un règlement de compte avec des parents bien charnels, mais quel règlement de compte ? Et pourquoi ? C'est là que le mystère commence.

~

Dieu est un mot hérissé de pals et creusé de chausse-trapes. Notre esprit est ainsi traversé de paysages suscités par un mot, très proches de ceux du rêve. Le calme du dimanche et le temps couvert sont propices à ces épiphanies verbales.

~

Il existe au moins deux sortes de livres : ceux qui captivent et que l'on dévore, et ceux dont on ne comprend pas tous les termes, obscurs au premier abord – et même parfois aux suivants –, pythiques, mais qui font rebondir à tout instant notre pensée.

Ces livres, qui résistent, comme disait Valéry, entrent dans le champ de ce qu'on a coutume d'appeler, en donnant à ce mot un sens très large et non pas limité à un genre, la poésie. Ils éveillent des chatoiements d'images et d'idées et on les referme, souvent, pour lever les yeux et perdre son regard dans son infini intérieur.

De tels livres parfois nous irritent, à cause de l'obscurité qu'ils nous opposent, mais c'est justement cette obscurité qui nous réveille et nous fait rebondir.

~

Suis-je submergé par ce journal, qui m'interdirait d'écrire par ailleurs ?

~

Malgré sa structure simpliste, soumise à l'éphéméride, le journal est sans doute le genre, si c'en est vraiment un, le plus varié et le plus dangereux pour son auteur puisqu'il le dévoile entièrement autant par ce qu'il dit que parce qu'il ne dit pas. Le choix des éléments qui le composent, l'attention portée ou non à ceci ou à cela, est plus révélatrice du caractère de l'auteur que les aveux qu'il fait, s'il en fait, sur son intimité. L'exhibitionnisme de certains diaristes n'est qu'un masque de leur être véritable. Kafka nous en dit plus sur lui, et sur l'homme en général, avec ses débuts de récits avortés, ses remarques discrètes (discrète mais notées d'une écriture inimitable), au moins dans leur formulation, sur tel ou tel événement, que tant d'autres nous racontant leurs turpitudes plus ou moins mondaines.

13 décembre

Le livre, écrit contre la mort, hâte le chemin vers la mort : il projette sans fin qui l'écrit vers son improbable, mais rêvée, postérité. Écrire est donc bien une descente, dans la souffrance, vers l'enfer, ce lieu où l'on voudrait rencontrer son ombre dans l'au-delà, ce lieu souhaité mais qui n'existe pas, car lorsque viendra le moment de rencontrer notre ombre, elle se dissoudra et tout avec elle : nous ne saurons jamais rien de ce qu'il advient de ce pourquoi nous n'avons pas vécu.

~

Il est assez terrible d'être lu, la plupart du temps, par des gens qui n'ont pas la même conception de l'écriture que la nôtre. Dès lors, ces lecteurs ne lisent pas ce que nous avons écrit mais un simulacre ; et lorsqu'ils nous parlent de notre livre, c'est d'un autre livre dont ils nous parlent, et comme nous voyons, nous-mêmes, un autre livre que celui que nous avons écrit, peut-on dire que la littérature est un marché de dupes, une rencontre d'aveugles qui se font signe sans se voir ?

~

Blasée, ronronnant, telle m'apparaît la société des pays développés, dits démocratiques, avilis par la marchandise et le clinquant, et où le scandale ne fait plus trébucher personne. Jusqu'à quand ?

~

Le petit fait vrai, agaçant, agaçant, scorie de tant de journaux.

~

Mon passé ? Incroyable, lorsque remontent en moi les vieilles images. Impossible que cela fasse partie de mon histoire. Reste d'un film sans titre, fragment trouvé parmi les ruines. Pour moi, le temps perdu est bien perdu, à jamais : je suis prisonnier de la glaciation de l'instant. Hier s'est consumé. Faudra-t-il vivre jusqu'à la mort l'itératif ennui quotidien et, comme Panurge, entendre se répéter, sans joie, de vieilles paroles dégelées ? Enfer glacial. Le pire. Paralysie des ombres, face à face muettes et immobiles dans la gangue transparente d'un glaçon.

~

Si Dieu existait, je lui demanderai, chaque soir, à genoux, de me délivrer de mes viscères.

~

Qu'est-ce que le malaise ? Une fente que l'on élargit, une blessure que l'on irrite, pour y puiser des mots.

~

Le pus du quotidien.

14 décembre

Pour moi, et je me garderai bien de faire de mes défauts, s'ils en sont, un dogme, un livre qui ne vient pas d'un jet est un livre raté. Le livre est un élan qui doit se mener jusqu'au bout, d'un souffle, souffle qui, évidemment, peut durer plusieurs semaines, presque sans retouches, sinon des retouches de détail. Jailli d'un coup, il s'achève aussi promptement, au-delà de tout plan, me proposant sa structure non à la suite d'une réflexion, de tâtonnements, mais, en un éclair, comme un rêve. À trop y revenir, il n'en resterait rien.

~

Pourquoi faut-il qu'un corps nous rappelle sans cesse qu'il existe ? Ai-je connu, dans l'enfance, une époque où je l'oubliais ? Sans doute ; mais cette époque je l'ai oubliée. Comme les autres oublient, qui, hypocrites – ou avec la plus totale sincérité – prétendent se rappeler très précisément leur enfance pour user et abuser de ce souvenir (le vert paradis des amours enfantines, etc.) – mais moi-même n'en ai-je pas usé, sinon abusé ? – au long de récits complaisants qui leur permettent de tourner le dos au *hic et nunc*. Ce que Proust a trouvé, au bout de sa recherche, ce n'est pas le passé réellement perdu mais une réinvention – admirable de servir de miroir à notre propre fiction mémorielle – de ce temps dans une fiction, ce, d'ailleurs, dont il ne se cache pas, fiction qui transforme une singularité, étanche, en une généralisation poreuse à tous. Et sans doute, avec de l'imagination, pourrais-je me réinventer cette époque heureuse (heureuse ? mais n'est-ce pas la doxa qui me dicte cet adjectif ?) où je m'imagine, aujourd'hui, que j'oubliais mon corps.

~

En fin de compte, la plupart des sentiments que les uns et les autres éprouvent sont des copies. On passe sa vie à copier des modèles émotionnels qui ont traversé les âges, œuvres littéraires et traditions aidant. Par nature, l'homme est singe, tout en ayant besoin de rituels dont les éthologues ont bien montré la fonction rassurante. Il aime se donner en spectacle à lui-même, en imitant (d'où l'influence de la famille), et possède une rare porosité qui lui permet d'endosser successivement quantité de personnages contradictoires. Suffit, pour s'en convaincre, de regarder les spectateurs à la sortie des théâtres ou cinémas. Tous, ou presque, ont un peu l'allure du héros de la pièce ou du film auquel ils viennent visuellement de se frotter. Rares ceux qui ne sont pas victimes de ce mimétisme dont les dictateurs savent si bien jouer. Moi-même, je n'ai pas échappé à la contagion autrefois, mais, aujourd'hui – est-ce quelque ukase pathologique qui m'exile dans des limbes ou bien, eu égard à mon âge (mais non, la bêtise ne s'érode pas avec le temps, au contraire !) –, il me semble être à l'abri de cette contagion ? Je me sens, à peu près (soyons franc), indifférent à ce genre de séduction, loin, déjà, sur ce balcon d'où, avant de sauter dans le néant, on regarde, triste et désabusé, le grouillement vermiculaire de ses semblables.

Au fond, qu'est-ce que le crâne ? Un petit théâtre qui ne fait jamais relâche et où nous ne cessons de nous mettre en scène dans telle ou telle situation, de nous écrire des drames, en nous faisant croire que ces drames ne sont pas des fictions mais bien la réalité. Rien de plus. Pour peu que l'on se mette à l'écart, le spectacle est plutôt pitoyable. Oui, vraiment, une histoire pleine de bruit et de fureur, racontée par un idiot et qui ne signifie rien.

~

Il n'est pas nécessaire d'être fou pour se sentir, parfois, l'égal d'un dieu ou, à d'autres moments, réduit à la taille d'un enfant qui découvre, au-dessus de lui, la menace suspendue d'une gifle géante.

16 décembre

« *Celui qui n'est pas méchant, il ne vit pas dans la sérénité, mais dans une sorte particulière d'amertume et d'intransigeance pleine de pudeur.* » (Adorno)

~

Tout œuvre qui ne touche pas le nerf douloureux, ce point où la carie travaille, ne m'intéresse pas.

17 décembre

Mistral violent. Les feuilles tourbillonnent sur la placette sans pouvoir s'échapper. À chaque rafale, elles raclent le ciment en produisant un bruit sec qui me fait penser, spontanément, aux mots élytres et sistres.

Je les regarde. Elles tournent en rond comme des bêtes qui se poursuivent, parfois basculent, glissent, se heurtent au mur, puis s'apaisent, jusqu'à la prochaine rafale.

Ce frottement parcheminé, irrégulier, a exactement l'effet inverse de celui, apaisant, de la pluie : il me donne une sensation de danger imminent. Il est vrai que le vent, visible seulement par ses effets, m'a, à tous les âges, rempli d'angoisse.

Sur un toit, la fumée d'une cheminée ondoie avant de se dissiper : les hommes ont-ils découvert la danse devant le feu ?

~

Vieillard, au moins dans mon corps, je rêve d'avoir été un autre, de ne pas me reconnaître dans le miroir et de contenir une autre histoire. C'est un rêve absurde, mais qui parfois me surprend, le temps d'un battement de cil, quand l'ennui devient trop fort ou que, confronté à la somptueuse écriture d'un autre, je mesure ce que je n'ai pas été. Alors, en moi, dans mon corps aussi bien que dans mon esprit, quelque chose se dessèche, se tord, peut-être le regret, mais je ne sais pas si ce mot convient pour désigner cette tristesse résignée, hivernale, ultime, me dis-je avec une envie de larmes.

J'essaie, au plus près, de décrire une sensation que j'éprouve depuis peu. Non pas amère, mais, je l'ai dit, résignée et en même temps orgueilleuse – parce que je m'y sens enfin lucide sur moi-même –, et non pas infecte de cette trémulante vanité qui caractérise les vieillards.

Ce matin, alors que j'écris, avec à ma droite le rideau illuminé par le soleil glacé du levant, je n'éprouve plus l'angoisse et la colère éprouvées, les jours précédents, à cause des ennuis qui me sont tombés dessus. Je me sens calme tout d'un coup, d'un calme doucement désespéré, sans angoisse, plein d'un désir de promenade, de lectures au coin du feu (ma cheminée malheureusement ne fonctionne pas !), de silence, de mains croisées l'une sur l'autre, encore vivantes, comme elles le seront, inertes et froides, après ma mort, par le soin de mes descendants ou d'une infirmière, puisqu'ainsi le veut la coutume.

Le coup de froid lumineux de ces derniers jours m'enferme – je n'ai pas envie d'aller marcher – alors je lis, je griffonne, je joue le *Voyage d'Hiver* en marmonnant une mélodie que ma voix cassée ne me permet plus de chanter, j'écoute aussi la radio, essentiellement de la musique, ne pouvant guère supporter le son des voix.

Vraiment, je suis devenu un retraité, c'est-à-dire un homme qui a fait retraite, oui, qui a reculé, vaincu, devant l'avancée d'un système qu'il ne parvient pas à admettre…

~

J'ai écrit les mots qui précèdent, après avoir terminé la relecture d'*Un balcon en forêt* de Gracq. Je les ai écrits parce que la beauté de l'écriture de Gracq me donnait envie d'écrire, tout en me remettant à ma place, modeste, parmi les écrivains. Paradoxe des grands manieurs du verbe : ils nous découragent de jamais les approcher – je ne dis même pas de les égaler –, mais en même temps ils nous font aimer l'écriture au point de nous redonner, si nous l'avons perdue, l'envie de nous y adonner.

À vrai dire, en commençant à écrire, j'avais l'intention, ce qui ne m'est pas arrivé depuis longtemps, de me lancer dans un récit dont je ne connaissais pas encore le sujet, lequel se serait imposé au fur et à mesure que me venaient les mots. Malheureusement, je me suis vite interrompu, obligé de constater le tarissement d'une imagination, d'une confiance, qui me permettaient, autrefois, de m'absorber pendant plusieurs mois dans une fiction, alors qu'aujourd'hui mon souffle n'excède guère deux ou trois pages.

À présent, il est cinq heures et demie. La radio, posée à mes pieds, joue *Orpheus* de Stravinsky. J'ai fermé mes volets sur la nuit glacée qui poussait le bleu du ciel vers le noir, et la musique monte vers moi comme si, enfermé dans un caveau, j'entendais venir, du centre de la terre, les échos d'un agréable enfer.

~

J'ai écrit, il y a quelques jours, que tous nos souvenirs étaient recréés. C'est faux. Je me souviens parfaitement (parfaitement, mais non, je devrais dire assez bien, mais j'ai écrit parfaitement par un de ces automatismes d'écriture auxquels trop souvent je me laisse prendre, que je tente de corriger, et qui m'irritent lorsque je les rencontre dans certains livres que l'on me dit bien – mais par rapport à quoi ? – écrits), donc je me souviens malgré tout pas trop mal (toutefois si l'on me permettait de le retrouver, aujourd'hui, avec l'ameublement qu'il avait alors, sans doute ses proportions me paraîtraient-elles changées) de l'appartement que j'habitais avec mes parents, à Vanves, vers la fin des années trente. Je me souviens de la salle à manger, seule pièce qui donnait sur la rue, dite la rue de Paris à cette époque, d'où j'assistais à une manifestation – en 36 sans doute –, mais le souvenir est vague, et dans laquelle, après qu'on l'eut acheté, on avait, à droite en entrant, placé le piano sur lequel, plus tard, je devais acquérir les connaissances fragmentaires qui me permettent encore, chaque jour, de jouer des œuvres pas trop difficiles. C'est là qu'allongé sur le linoléum, je regardais les photos de *Paris Soir* et entendais, à la radio, les chansons de Tino Rossi.

Quand j'ai parlé de souvenirs recréés, sans doute n'ai-je pensé qu'à la façon dont nous percevions les êtres humains – oui, comment percevions-nous ces personnages du quotidien dont le souvenir nous parvient aujourd'hui déformé par nos remords à leur égard (nos irréparables attitudes, puisqu'ils sont morts) ? – et non de notre perception des aîtres (toutes ces choses dont certaines sont encore près de nous, ces lieux, et que nous pouvons nous réapproprier chaque jour) qui, me semblent-ils, hormis dans leurs proportions, subissent moins de distorsions que les êtres.

~

Écrire un journal c'est se poser des questions que d'autres se sont déjà posées mais auxquelles nous voulons répondre à notre manière, aussi tâtonnante soit-elle. Un journal est donc, avant tout, un tâtonnement, c'est-à-dire une esquisse perpétuelle, où ce que je dis aujourd'hui peut très bien contredire ce que j'ai dit hier. Au fond, un journal c'est une sorte de palimpseste déployé dont on donne à voir les différentes strates.

~

À présent, oui, je m'éloigne, je m'éloigne, et vois diminuer la côte, diminuer puis disparaître, marin solitaire sur l'océan qui clapote d'une rive à l'autre de mon crâne.

~

Dans la campagne, il suffit d'un déplacement de quelques dizaines de mètres, de part et d'autre d'un itinéraire familier, pour entrer dans l'insolite. Les surprises, plus qu'ailleurs, y sont inépuisables, et l'on comprend que certains y aient placés des dieux, des fées et leurs sortilèges.

19 décembre

V. a été littéralement aspirée par la lecture de Proust, comme je le fus moi-même à dix-neuf ans, quand j'ai lu *La Recherche* dans la première édition, en quinze volumes, trouvée dans la bibliothèque de mon futur beau-père. Une fois sa lecture commencée, elle n'a pu échapper au livre et l'a non pas dévoré mais dégusté jusqu'à la dernière ligne, le poursuivant avec la correspondance et diverses études sur l'écrivain.

Sans doute est-il impossible de lire Proust, de prétendre vraiment le lire, si l'on n'est pas ainsi fasciné – et les longues phrases a incidentes ont quelque chose à voir avec le fil inexorable de cet insecte qui empaquette sa victime après l'avoir paralysée – si la connivence ne s'installe pas d'emblée, si l'on n'entre pas dans le labyrinthe par la porte qu'ouvre le fameux incipit : « Longtemps je me suis couché de bonne heure », lequel implique, pour le narrateur comme pour le lecteur, l'abandon de toute volonté, une attention flottante, avant de se laisser couler dans ce rêve-cauchemar qui va durer de longues nuits – aussi longues que celles de Shéhérazade – au bout desquelles, comme la conteuse, Proust, même s'il meurt physiquement, aura trouvé sa survie et sa gloire de créateur.

Quant au narrateur et à Swann, ils sont comme ces animaux psychopompes qui guident les âmes dans les enfers, car c'est bien dans un enfer que, peu à peu, de cercle en cercle, depuis le lumineux et pourtant angoissé cercle de l'enfance jusqu'à celui des spectres que l'on rencontre une dernière fois dans *Le Temps retrouvé*, (lequel temps retrouvé, juste à la fin de la guerre de 1914/18, correspond – est-ce ironie de la part de Proust ? – à une nouvelle époque qui marque la fin de celle qu'il a mis des années à décrire), en passant par l'obscur et poisseux cercle de Sodome et Gomorrhe, à leur suite nous descendons.

Malgré ses belles plages de lumière, ici et là – mais une lumière qui fouille aussi, sans pitié, le délabrement –, peu d'œuvres sont plus terribles que La Recherche. Il n'est pas un personnage qui, à un moment donné – et même les plus aimés, comme la grand-mère du narrateur – ne laisse voir sa déchéance, la talure derrière laquelle on devine un noyau de mort à la dureté de crâne. *La Recherche*, au fond, c'est l'épopée de la déchéance, le triomphe absolu de Chronos, et la grandeur de Proust est qu'à aucun moment il ne nous laisse entrevoir la moindre espérance en quelque au-delà que ce soit, si ce n'est l'au-delà de l'œuvre (la veillée funèbre des romans de Bergotte à la devanture des librairies ou la sonate de Vinteuil), fallacieux au-delà d'ailleurs, où celui qui revit, que ce soit l'auteur ou ses personnages, ne peut être conscient de sa résurrection, à jamais anéanti, comme le sera celui, le lecteur, qui est en train de le ressusciter.

Après tout, lire un livre, écouter une musique, regarder un tableau, ce n'est que faire ricocher une œuvre à la surface du néant.

~

Ce matin, vers l'Est, une barre d'un jaune gras et lumineux sous le gris rose raffiné des nuages et, se découpant sur ce levant digne d'un tableau expressionniste, la silhouette précise d'un arbre dépouillé, le moindre détail de ses ramifications en bronchioles, comme on peut le voir dans certaines toiles de Kaspar David Friedrich. Douceur de l'air humide et luisance de l'asphalte entre loups et chiens.

~

Il est vraiment difficile d'être à l'affût de la moindre vacillation de son esprit, de se guetter dans ses moindres faiblesses, d'étouffer sa phrase au moment où on la surprend en train de s'admirer elle-même. Comment me débarrasser des faiblesses que j'ai pour moi-même et qui sont la cause que, jusqu'à ce jour, je ne puis parvenir à un résultat qui me donnerait satisfaction ? À mon âge, je tremble de ne plus avoir le temps de me décaper de toutes les crasses complaisantes accumulées au fil des ans. J'essaie de le faire dans ce journal, mais avec quelle paresse ! De temps à autre, oui, peut-être, j'arrive à ce que mes mots soient parfaitement adéquats à la sensation que je décris, à la pensée que je tente de formuler, mais c'est si rare.

Peut-être faudrait-il que cette décharge qu'est ce journal, où se mêle le pire et le meilleur – je veux dire le meilleur de ce que je puis faire et non le meilleur absolu – je l'explore systématiquement, y débusquant tout ce qui peut sentir le frelaté, au risque de n'en garder que quelques feuillets ? Mais comment saurai-je, moi qui tremble d'inconfiance, que mon choix est le bon et qu'une rage autocritique ne me pousse pas à brûler cette prothèse verbale de graphomane, au risque de me trouver paralysé et d'être condamné, dans l'angoisse, à mourir de faim ? N'ai-je pas agi ainsi, il y a quelques jours, avec ce gros *Journal des limbes*, sur lequel j'avais beaucoup déliré, et que j'ai rejeté, en bloc, après avoir tenté d'en sauver quelques fragments ?

Que faire donc ? Poursuivre, toujours poursuivre, écrire, écrire, jusqu'au dernier moment écrire.

20 décembre

Mistral violent et glacé. En marchant vers Parignargues, par le chemin habituel, il me poussait dans le dos comme une large paume, chaque rafale devenant une bourrade. Les branches défeuillées faisaient un bruit de ressac et j'avais la sensation que les arbres les plus hauts allaient se briser, s'abattre sur moi. Par moments, lorsqu'il arrivait de côté, le vent me déséquilibrait. C'est seulement au retour, face au nord, que j'ai vraiment senti sur mon visage sa serre glacée. À l'horizon, à travers l'air épuré, les Cévennes paraissaient tout proches et presque à pic leurs versants bleutés.

21 décembre

Avec ce journal, le *nulla dies sine linea* prend tout son sens. Chaque jour, ou quasi, je me sens obligé, par une sorte de contrat tacite avec moi-même, d'écrire.

Souvent, je me suis demandé ce que signifiait exactement cette formule. Signifie-t-elle la volonté, divinise-t-elle le labeur – ce qu'on pourrait croire à première lecture – la régularité, la volonté, vertus éminemment bourgeoises, ou bien, à l'inverse, fait-elle allusion, derrière sa netteté trompeuse, à un besoin incoercible, une nécessité plutôt diabolique, une pulsion échappant à toute volonté, qui pousse l'écrivain, et l'artiste en général, vers son chantier, pour y tracer, coûte que coûte – et même s'il n'a rien à dire – cette ligne, ce trait, talisman contre l'angoisse de la page (ou surface) blanche, contre cette épreinte mentale qui tord l'esprit au bord du néant ?

Il est sûr que, pour moi, la réponse ne fait aucun doute. *Nulla dies sine linea*, c'est le soupir de soulagement que je pousse, une fois tracée la ligne en question, lorsque, à n'importe quel moment de la journée – mais je préfère que ce soit le matin – j'écris au moins une ligne.

J'éprouve alors cette légère euphorie, cette douce fatigue, cet apaisement, ce sentiment de sécurité que ressent le corps lorsqu'il a satisfait un besoin, comparaison qui choquera sans doute ceux, infiniment délicats, qui voudraient que les manifestations de l'esprit se situent dans une sorte de sphère éthérée où la langue, désincarnée, aurait je ne sais quoi de divin.

Mais l'écriture, loin d'être divine, prend ses racines dans le corps menacé – dois-je rappeler que le cerveau est un organe ? –, douloureux, jouissant, et elle ne peut donc dépendre que de ce corps. Il serait, d'ailleurs – je laisse ce travail à moins paresseux et plus compétent que moi – intéressant d'étudier – cela a été amorcé pour les maladies respiratoires – le rapport qui peut exister entre les styles – pour employer ce mot vague que je n'aime pas – et les troubles du soma. Cette étude aboutirait peut-être à un constat de non rapport absolu entre les deux mais j'en doute, persuadé, au fond, que ce *nulla dies sine linea*, derrière son côté anodin, a quelque rapport avec la pathologie.

~

Nous – quand je dis nous je pense à ma génération – avons été éduqués dans l'idée de la durée et le respect du passé qui nous sert d'assise. Les œuvres, quelles qu'elles soient, étaient créées par l'artiste en pensant à l'au-delà de sa mort ; et celles étudiées au Lycée, les classiques, étaient, bien que datées, des œuvres hors du temps, capables d'étendre leur influence bien au-delà de leur actualité. Elles nous unissaient aux hommes des siècles, voire des millénaires, qui nous précédaient et nous aidaient à avoir une vision globale de l'humain, le sens de la durée. Ainsi, la colère de Cicéron contre Catilina, celle du Cid médiéval revu par Corneille, ou l'antiquité repensée par Racine, sans compter la traduction de ces langues mortes mais qui revivaient sous nos yeux à travers l'écriture d'Homère, de Virgile ou de Tacite – même si nous maudissions versions et thèmes – créaient-elles un lien entre nous et ces hommes, depuis longtemps poussière, dont nous nous sentions, au fond, quels que soient les progrès techniques, pas si lointains.

Aujourd'hui, dans lycées et collèges – y a-t-il des exceptions ? – l'étude des classiques est de plus en plus écartée au profit de textes contemporains qui souvent n'appartiennent même pas au champ de la littérature. Du coup, se trouve perdue cette sensation d'embarquement sur une continuité. Repoussé dans les marges, le passé se racornit, se réduit à une vieillerie avec laquelle les élèves, tous peu ou prou imbus de la modernité qui les entoure, ne se sentent plus de vrais liens. Le passé devient flou malgré les cours d'histoire, car la connaissance des vicissitudes d'hier, même si elle est utile pour comprendre l'aujourd'hui, reste abstraite et n'a pas la vertu de faire toucher, à travers sa langue et ses œuvres, le corps vivant du passé.

Apprendre des vers de Villon, de Rutebeuf ou de la chanson de Roland (j'en sais encore quelques-uns), ou des poètes grecs et latins, c'était se rendre consubstantiel, à travers d'autres sonorités et une autre syntaxe, le corps et l'esprit de ces ancêtres depuis longtemps défunts mais qui revivaient à travers leur façon de manier leur langue.

Or, aujourd'hui, non seulement apprendre par cœur fait hausser les épaules des professeurs à la page (quelle page ?), mais les classiques, réduits à des miettes, ne peuvent plus apparaître aux élèves que comme une concession momentanée aux manies des vieux bonzes dans mon genre encore vivants. Ils sont ici et maintenant ; et cet enfermement dans le *hic et nunc*, cet utilitarisme pédagogique, ne peut, à terme, que les rendre incapables non seulement de percevoir le passé, mais, plus grave, de concevoir l'idée de l'avenir, puisque tout, autour d'eux, est fait pour abolir temps et distance, dans le présent, et rend le réel aussi mince qu'un écran. À force d'immédiateté, on ne peut plus être nulle part.

On me dira : l'avenir ils y songent, puisque, très tôt, on leur fait prendre conscience qu'ils doivent trouver, sous la forme d'un emploi, leur place dans la société ; mais, justement, à les faire trop tôt, s'embarquer sur le pragmatisme (mot à la mode s'il en est), quelle place leur reste-t-il pour la rêverie et le silence ?

La culture n'a d'intérêt que si elle est vécue dans l'épaisseur de la chair, et non utilisée comme de la poudre de riz, et quoi de plus charnellement singulier (terme étrange en ces temps où les industriels personnalisent en série) qu'une langue littéraire, amalgame des choix, des humeurs, des hasards, de celui qui l'écrit, de celui qui la crée ?

23 décembre

Chaque matin, depuis des années, je répète les mêmes gestes maniaques. Je prépare le déjeuner, pour V. et L., puis, levé tôt, je déjeune en solitaire. Cette monotonie, comme tous les rituels, me rassure et me permet de m'asseoir, à peu près calme, devant ma table de travail. Toutefois, je me demande si mon cerveau ne fonctionne pas de même et si, à force de vivre de plus en plus éloigné de tout, il ne s'endort pas, ne répète pas sans cesse les mêmes pensées qui ne sont plus que des fossiles de pensée. J'essaie de me rassurer en me disant que la pensée, sans poids, sans matière, peut être partout à la fois, inépuisable, et même que le retrait favorise cette distance nécessaire à la compréhension des phénomènes qui nous entourent ; mais, sitôt sorti dans les rues du village, je rencontre tel ou tel, entame une brève conversation avec lui, et me rend compte que les idées toutes faites, comme on dit le prêt à porter, habillent, en la paralysant dans un confort assoupi, la pensée de plus d'un qui se pose le moins possible de questions, et je tremble, un jour, de me retrouver, comme eux, satisfait, convaincu, certes mieux dans ma peau, mais réduit à l'état d'une apparence d'homme.

~

Je m'éloigne de plus en plus de ce qui se passe dans le monde. Une sorte de lassitude s'est installée face à l'absurde d'une actualité qui se répète elle-même. Pourtant, je sais bien que derrière cette apparente immobilité le monde change ; mais la perception de ce changement est annihilée par le clinquant de l'information de masse (ce qui signifie qu'il existe, à petite dose, une information réfléchie), qui se contente d'aligner des faits sans vraiment les expliquer. Si bien qu'on finit par ne pas plus entendre le cliquetis informatif qu'une musique de fond. Et sans doute est-ce un phénomène voulu :

l'apparent excès informatif, synonyme de liberté, n'est qu'un écran de bruit pour masquer la réalité. Le public se croit informé, pourtant il ne l'est pas. Les événements, fugaces et répétitifs, déposent sur son cerveau un film d'indifférence ou, tout au moins, un filtre sélectif qui laisse passer, sous forme de *scoop*, des faits sans importance mais qui, grossis, orchestrés, permettent de faire oublier ceux qui en ont. Je caricature ? Un peu sans doute ; mais le fond de mon observation n'est pas faux. À tel point que, lorsqu'il m'arrive de vraiment être attentif aux nouvelles que j'entends ou lis, je me demande pourquoi, à tel moment précis, on insiste tant sur certaines informations qui, de loin en loin, sont susceptibles de créer des psychoses collectives. Où est le metteur en scène de ce vaste mensonge qui peut, à son gré, faire marcher les foules dans la direction qu'il a choisie ? Y a-t-il seulement un metteur en scène ? Ou bien le metteur en scène est-il un monstrueux consensus massif ?

Peu s'en faudrait que je ne devienne fou lorsque j'imagine soudain, comme à présent – c'est le matin, le jour se lève à peine, je n'ai pas encore ouvert les volets de la pièce où j'écris – que la société ne repose que sur des apparences de hiérarchies et de talents. Où suis-je ? Dans un magasin de costumes et d'accessoires ? Les habits vides pendent, agités par le vent d'une fausse vie. L'or n'est que dorure. L'airain, du carton. Ce palais, du contreplaqué. Et ainsi de suite. Et moi, seul, sous le vertigineux ciel des cintres, je fais sonner une terre qui n'est qu'un plancher de bois, et j'entends les rats qui rongent les assises du spectacle, et je vois voleter des escadrilles de mites, et je sens dans mes narines l'âcre odeur d'une poussière qui n'a jamais connue d'autre soleil que le faux soleil des projecteurs, et je ne sais plus si je suis dans la réalité ou dans un cauchemar. Unique citoyen du royaume d'absurdie je ressemble à Richard III voulant troquer son royaume contre un cheval.

24 décembre

Glaciation de tout le corps au milieu de la nuit. Inexplicable. J'ai pris un tranquillisant et la glace a fini par fondre dans le sommeil. Temps gris depuis hier. Je vis au rythme du soleil. Sa trop longue disparition m'est source d'angoisse. Pourtant, j'aime les matins de brume, mais sans doute supporterais-je mieux une longue grisaille si je vivais dans un réel isolement et non pas au cœur de ce village qui, de plus en plus cerné de villas, singe chaque jour un peu plus la ville.

Il me semble qu'alors je me sentirais plus en accord avec les éléments, regardant par la fenêtre la pluie ou la neige tomber sur les arbres, dans un silence que ne viendrait troubler aucun bruit de moteur ou la sonnerie odieuse du téléphone.

~

Je rêve de retrouver le chemin de la poésie mais ce n'est qu'un rêve : la conque de la source reste poussiéreuse et craquelée.

~

Quand j'écris, je suis, au sens le plus strict du terme, une métaphore de moi-même : je me porte au-delà de ce que je suis.

~

La création d'autrui (et la mienne lorsque je m'y livre), cette bulle de sons, de couleurs, de mots, dans laquelle je m'isole est le seul endroit où j'ai vraiment la sensation d'être en contact avec la réalité, dans un espace à trois dimensions où je puis jouir d'un état de non-angoisse, si noire que soit l'œuvre dans laquelle je me réfugie. C'est le seul lieu où mon corps ne m'est pas à charge et où, paradoxalement, je ne me sens pas entouré seulement de mirages.

~

Je n'aime pas les fêtes à date fixe, cette obligation de faire des cadeaux que nous n'avons pas envie de faire, mais que nous faisons, en rechignant, sous peine de nous couper complètement de la société.

Cette stupide agitation, dans laquelle il n'y a plus ni spontanéité ni vrai plaisir, hormis, peut-être, du côté des enfants, me rend triste dans la mesure où elle souligne cette impression d'automatisme que me donne, chaque jour un peu plus, la vie.

25 décembre

Noël, pour moi, ne signifie plus rien. C'est une vieille histoire. Les fêtes ? J'ai dit ce que j'en pensais. Flonflons lointains, là-bas, où je ne reviendrais plus. Tournoiement de manèges au bout de la nuit. J'entends, j'entrevoie, mais je ne suis plus là : le monde, accroché à une poutre de mon crâne, se balance dans un courant d'air, comme une de ces têtes réduites par les indiens Jivaros.

26 décembre

Repas de famille. Calme. Comme une scène déjà mille fois jouée, mais avec des acteurs un peu plus vieux, un peu plus fripés. Malaises digestifs dus au fait que je me suis abandonné au plaisir de boire et manger, plaisirs simples s'il en est, mais que mon estomac n'a pas supporté. Ce matin, pesanteur de tout le corps. Je me suis levé à la même heure que d'habitude et, autour de moi, le village dort. Chacun cuve les plaisirs de la veille. Moi, je n'ai rien eu de plus pressé que de m'asseoir devant ma table pour écrire ces banalités. Ô oui, banales ! La source est-elle vraiment tarie ? Je suis comme une pythie avachie sur son trépied, tremblante dans l'aube, penchée, prise de nausée, au bord d'un trou d'où ne monte plus aucune voix.

~

Lu, hier, une biographie de Bonny and Clyde, après avoir revu le film d'Arthur Penn. Mesuré la distance, grâce à ce livre plutôt médiocre, entre la réalité et l'œuvre, c'est-à-dire le travail de recréation de l'artiste. D'où vient la fascination incontestable qu'exerce, même sur moi à qui la violence est odieuse, les dérives criminelles de ce couple plutôt minable, ces Tristan et Iseult au rythme du jazz ? Le décor de leurs exploits – la dépression, le triomphe des financiers et des politiques véreux (c'est, en gros, l'époque des *Raisins de la Colère*, que l'on ne lit plus guère aujourd'hui) –, explique l'aura de justiciers qui les entoure. Aussi leur beauté, leur côté adolescent, spontané, à mille lieues de l'organisation abjecte et nocturne d'un Al Capone. Ils sont la compensation imaginaire, la plupart du temps inconsciente, de toutes les victimes du capital. Le vieux rêve légendaire du couple uni par l'amour jusque dans la mort. L'incarnation de ceux qui ont choisi de mourir avant de connaître la flétrissure du temps.

À l'époque où, plus que jamais, les politiques brillent par leurs prévarications, leur cynisme et leur impunité, l'histoire de Bonnie and Clyde devrait faire réfléchir ceux qui prétendent lutter contre la violence des jeunes en ravalant les façades – belles surfaces offertes aux tagueurs – et en faisant sauter quelques tours où, si dure que fût leur vie, des hommes ont passé leur enfance.

~

Lorsque j'ai fini d'écrire ces quotidiennes petites lignes grises, je me sens comme en paix avec moi-même. Et puis d'être seul, ainsi, pendant le sommeil des autres, me donne une sensation de liberté. Comme si le masque posé à côté de moi sur la table, ce masque à contorsions et à grimaces, je pouvais enfin faire respirer mon vrai visage.

27 décembre

Tempête dans le nord de la France. Marée noire à l'ouest. Conjonction des éléments et de la bêtise humaine. Milliers d'arbres arrachés, d'oiseaux tués, d'hommes ruinés, sans compter pas mal de morts. Par la fenêtre, je regarde bouger un fil électrique dans le vent. Cela peut arriver ici demain. Je fais le gros dos. Sans doute pour supporter le poids du monde et de cette stupidité humaine dont je suis une infime parcelle. Quelle fatigue ! J'ai cru, il y a longtemps, à la perfectibilité de l'homme, je n'y crois plus. Une inéluctable abjection lui colle à la peau ; et le siècle qui finit ne me donne pas tort. Et, je ne sais pourquoi, brusquement, me revient à l'esprit l'image d'un Hamlet nocturne tournant entre ses mains le crâne de Yorik.

~

Savez-vous ce qu'est l'indicible ? Quelque chose de bien pire que le pal, qui m'a toujours paru le pire des supplices. L'indicible est l'inverse même du pal, car le pal pénètre le condamné, en même temps qu'il l'humilie de sa douleur transfixiante, au bout de laquelle flamboie une mort plutôt rapide, au lieu que l'indicible, inapaisable et non mortel, est ce que l'on ne peut excréter et qui force sur les parois d'un crâne qui ne cède pas et se remplit de la crispation toujours plus forte d'un besoin, impossible à satisfaire, toujours plus augmentée de son insatisfaction. Étrange maladie dont je suis atteint et sans doute pas mal d'autres avec moi. Invisible du dehors. Incompréhensible pour qui ne l'a jamais éprouvée et qui élargit la solitude de qui en est la victime. Car il faut dissimuler un tel mal, si l'on veut avoir une apparence de vie normale ; et cette dissimulation ne fait qu'accroître la pression de l'indicible, cette tumeur invisible qui enfle sous le chapeau du banal promeneur rongé, à l'intérieur, par un désir dévorant de mots.

~

Je hâle une lumière noire comme un chalut traîné dans les fonds glaireux de la grande décharge océanique.

28 décembre

Pourquoi, certains matins, est-on rempli de tremblements, d'une sorte d'angoisse rampante ? Est-ce le vent, ces nuages bousculés qui passent, à toute vitesse, par-dessus les toits ? Ou bien est-ce un malaise beaucoup plus profond, une sorte d'hyperesthésie à l'échelle planétaire qui fait sentir, dans la moindre fibre musculaire, le dérèglement d'une terre folle ? Comme si chacune de nos cellules était la mise en abîme de cette terre se secouant pour chasser les tiques qui la griffent et la sucent. Or les tiques c'est nous. Chaque homme est une tique pensante et combien plus malfaisante que cet assez pitoyable insecte. Partout où il s'accroche, il se gonfle de sang, il épuise la terre sur laquelle il a arrimé ses crochets. Que je le veuille ou non, je suis de la race des tiques. Partout, dans toutes les maisons, dorment, dans les lits tièdes comme un pelage de chien, des outres de sang à face humaine. Elles copulent, de temps à autre, pour éterniser la race des tiques, et la race des tiques ne cesse de croître. Depuis ma naissance, elle s'est multipliée par trois, et partout la terre fiévreuse se gratte. Et vraiment ce matin j'ai peur. J'ai peur de me regarder dans la glace et d'y voir ma face de tique. Suis-je un nouveau Grégoire Samsa ? Ou bien suis-je, aussi solitaire que lui, le dernier homme, cerné par une population d'insectes monstrueux dont le déjeuner matinal sera un bol de mon sang ?

~

Les lettres à écrire pèsent, pèsent, bouées que j'ai envie de lâcher pour descendre jusqu'au fond d'immobiles abysses où j'aurais pour compagnon des poissons aveugles et muets.

~

Dehors, le bruit d'un balai.
Feuilles mortes ?
Je saisis l'instant.

~

Rapide promenade avec Lucy pour voir si mes arbres, après la tempête, sont toujours debout. Oui, ils le sont. Le vent, ici, a été moins violent qu'ailleurs ou bien, qui sait, les arbres, habitués à la sécheresse, ont-ils des racines plus longues et enchevêtrées, glissées très loin dans les fentes de la roche, vers l'eau de la profondeur ?

~

Voilà maintenant presque six mois que je suis accroché à ce journal. Ce qui signifie que depuis six mois, malgré toutes ces pages écrites, je n'écris pas. Car écrire, de façon créative – et peu importe le genre abordé – c'est s'engager dans un mouvement d'expansion hors de soi-même vers l'autre, du moins je le crois, au lieu que ce journal est un repliement sur soi, le balayage de morceaux brisés d'un moi que l'on ne cherche ni à recoller ni à déguiser, la contraction, en maigres rafales, d'un ancien big-bang.

Que ce journal, s'il était lu, donne une sensation d'œuvre à son lecteur, c'est possible, mais certainement pas à moi qui, si nécessaire que me paraisse cette rencontre quotidienne, ou quasi, avec moi-même, sens tout de même ces pages comme un échec ou un châtiment, rocher de Sisyphe ou tonneau des Danaïdes, malédiction graphomaniaque infernale où le repos, le sentiment de domination, dans l'ensemble – car dans le détail de l'écriture il peut exister – est inconnu. Sans doute, pour le diariste que je suis, et je n'en fait pas une loi générale, l'enfer a-t-il bien plus de sept cercles, puisque chaque jour en est un, degré supplémentaire dans l'enfoncement vers le fond d'une déréliction sans fond en réalité, puisqu'on est, sous peine d'une sorte de tétanie mentale angoissée, condamné à descendre, toujours descendre, descendre encore, dans le puits tari d'une parole libératrice et créatrice, lorsqu'elle sourd, mais qui, à présent, n'a laissé en nous que le dépôt craquelé de son ancienne présence.

Cette parole enfuie, telle qu'il m'est arrivé de la sentir, je la remplace, en l'attendant, par cet ânonnement circulaire au jour le jour. Je ne dis pas que tous les journaux sont le résultat d'une telle cause, mais, je n'en doute pas, le mien l'est, cocon de silences crispés, de cris peu ou prou réprimés, de regards jetés sur le monde lointain à travers un soupirail, d'éphémères bonheurs interstitiels, enveloppement serré, dans des bandelettes de mots, de la momie vivante que je suis en train de devenir.

29 décembre

Journal : rocher de Prométhée où mon double vautour sans fin me ronge le foie.

~

Un matin, tout ce qui était magnétique fut démagnétisé et les hommes perdirent leur mémoire. Ceux qui n'avaient pas su sauvegarder leurs écrits, les trouvèrent à jamais effacés. On entendit voleter çà et là des murmures, puis le cri si humain de la bêtise s'éleva.

~

Monde bâti sur l'illusion. On célèbre le deux millième anniversaire falsifié d'un sauveur qui est né à une autre date et l'on fait un événement d'un simple saut de chiffre. Comme si ce 2000, assez bête, avec son 2 qui se rengorge, cygne suivi de ses petits, méritait tant de bruit. Commerciale stupidité : les feux d'artifice ne cacheront pas les taches de boue et de sang.

~

Mon ami X. a été décoré lui aussi. Ah, ils y passeront tous ! Mais n'ai-je pas moi-même reçu deux modestes prix dans ma vie, qui collent à ma peau comme deux taches de ridicule ?

~

Un solvant pour le ridicule. Bonne affaire ? Non, mauvaise affaire : pour la plupart des hommes le ridicule est incolore, inodore, invisible, etc.

~

Le boa constrictor de la violence.

30 décembre

Ce journal est, bel et bien, une sorte de tumeur, mais une tumeur que je choie et souhaite voir proliférer. Cela a-t-il encore à voir avec la littérature ? Oui, dans la mesure où je suis encore soucieux de la langue que j'utilise. Mais qu'est-ce, au juste, que la littérature ? Soudain, ce mot, que j'ai si souvent employé, me devient opaque, comme d'autres, parfois, que je rencontre et qui se détachent de leurs sens pour n'être plus que des sons dont je sais qu'ils appartiennent à ma langue natale, mais une langue, paradoxe, qui ne serait plus que musique...

J'essaie, de très haut, comme un aérostier, d'embrasser du regard l'histoire de la littérature et les limites de mon regard discernent à peine ses frontières. Et l'au-delà de ses frontières ?

Si la littérature est un pays organisé, avec ses lois, ses monuments, ses palais, sa justice, ses limites, son bon usage, son savoir-faire, ses rituels, alors elle ne m'intéresse guère. Ce qu'Artaud avait compris, il me semble, au moins intuitivement, avec ses *Cahiers de Rodez* et ses *Carnets du retour à Paris*, lorsqu'il était devenu, nuit et jour, cette géniale machine logorrhéique, dépassant les frontières habituelles de la littérature, ou, si l'on préfère, les repoussant plus loin, comme en son temps Rimbaud avec les *Illuminations.* (Mais Rimbaud, lui, inventeur d'une nouvelle écriture, devait brutalement se taire – choisir de se taire ? – pour des raisons que personne n'a jamais vraiment pu élucider, et peut-être ai-je tort de rapprocher les deux noms, mais ils me sont spontanément venus à l'esprit et sans doute y a-t-il à cette coïncidence une raison).

Après tout, qui sait, ne suis-je pas un écrivain, ou ne l'ai-je été que sporadiquement ? Peut-être suis-je seulement un amateur de curiosités, un voyageur immobile fasciné (en même temps qu'horrifié) – est-ce à cause du colossal ennui dont je souffre ? – par l'étrange, le pathologique, l'excessif, le bizarre, alors que je ne suis moi-même ni étrange, ni fou, ni excessif, etc. ?

En fait, coupé en deux, au moins – comme tout le monde d'ailleurs, mais la plupart des gens, étouffant leur duplicité, assassinant une de leurs moitiés, s'installent dans une unité artificielle dont ils tirent fierté – je suis à la fois du côté de l'excès, de l'anormal, etc. (d'où mon intérêt pour les écrits bruts), et nostalgique de l'équilibré, du dominé, de l'achevé, voire même du bibelot verbal.

Et, sans doute, ce journal où je puis entasser, comme dans une décharge, sans soucis de composition, le rebut de mes ratiocinations nocturnes ou matinales, me permet-il de ne pas choisir, satisfaisant ainsi ma paresse, qui souffre à relire, à corriger, et l'incertitude qui m'empêche d'étouffer l'une de mes moitiés au profit de l'autre.

C'est là une des fonctions de ce journal, tumeur raisonnée de mon esprit. Et c'est à cause de cette raison, probablement, que je ressens une gêne : ce journal n'est pas ce lieu où l'insolite profond, l'orage inconscient qui ne cesse de nous traverser, avec ses éclairs oniriques, se déchaîne. Ce journal m'agace à cause de sa lucidité au ras du sol. Car je suis lucide, c'est-à-dire que je ne me dépasse pas, je ne traverse ici aucune frontière, je ne suis pas ailleurs, je ne me soustrais ni au *hic et nunc* de mon corps, ni au *hic et nunc* du monde qui m'entoure, autrement dit – mais est-ce possible ? – je ne sors pas du réel pour me créer le simulacre d'une autre réalité où, au moins, j'aurais l'impression que toutes mes inhibitions – et surtout mes inhibitions quant à l'écriture – cessent, que tous les barrages cèdent, que les lois de la physique – et du physique – sont dépassées au profit d'un état, innommable pour l'instant, vraiment un état second, où je deviendrais moi-même de n'être plus moi-même. (Ce qui précède n'est pas très clair mais, précisément, j'essaie de l'élucider).

Rien à voir, je le précise, avec quelque paradis artificiel que ce soit. Le recours aux drogues, dans la mesure où il fait appel à un en dehors de nous-mêmes et nous enchaîne par la dépendance (dépendance interne, celle du corps par la drogue, dépendance externe, celle qu'imposent les trafiquants), m'a toujours paru assez pitoyable. Jeu de société, mais triste jeu, *misérable miracle* oui, on ne saurait mieux dire.

Non, ce que j'aimerais atteindre c'est un dépassement de la lucidité, donc l'hyperlucidité, qui serait détachement complet, renonciation totale, perçue comme naturelle, aux vanités – on va me traiter de mystique, je le sens, mais refuse ce qualificatif – de ce monde et, surtout, acceptation, dans l'indifférence, de la vieillesse et de la mort, cette vieillesse et cette mort que le monde moderne a perverties, l'une en la prolongeant jusqu'à l'intolérable, en en faisant le spectacle – in vivo si je puis dire – de la décomposition, l'autre en l'escamotant de toutes les manières dans le quotidien.

Je cherche le vide et ne le trouve pas, et, ne le trouvant pas, je fais de mon trop plein de mots, que je ne trouve jamais assez plein, une sorte de vide en négatif.

1er janvier 2000

Le saut dans le nouveau millénaire a eu lieu sans anicroches. Toutes les craintes catastrophiques instillées aux gens depuis des semaines se sont avérées fausses. Au point qu'on en vient à se demander si tout cela n'était pas orchestré pour focaliser l'attention de la foule sur une catastrophe virtuelle qui l'empêcherait de se préoccuper de soucis plus tangibles. Laissons donc filer le nouveau siècle et habituons-nous à ce chiffre que je n'arrive pas à prendre au sérieux avec ses trois zéros en forme de roues de locomotive – les locomotives à vapeur de ma jeunesse, d'une technique encore fantastique, théâtrale, avec leurs jets de vapeur, leur noirceur et ce sifflet au son très particulier qui, lorsque je l'entends dans un vieux film – et certes cinéastes et écrivains de ce siècle ont aimé les trains – me donne le frisson, peut-être parce qu'aller à la gare, dans mon enfance, était le début d'une aventure, si bref que fût le voyage, ou parce que ces machines furent celles qui servirent de décor à la guerre avec ses longues voies entrecroisées – comme sur cette belle affiche de Cassandre (?) pour l'Étoile du Nord – tordues par les poings d'un bombardement – comme la voie du pont de Castelnau (ce fut le deuxième bombardement que je subis, aux tout derniers jours de la guerre), tombant dans le Lez avec une mollesse de guirlande décrochée après la fête – ou marquant l'impitoyable chemin neigeux des wagons plombés vers la solution finale.

Car si le siècle qui se termine a été le plus génialement inventif de l'histoire de l'humanité, bénéficiant de la croissance exponentielle du progrès, il a été aussi le plus meurtrier, sans doute le plus abject, marqué par le retour de la torture, l'industrie du meurtre, des guerres à répétition, une distance de plus en plus grande entre les plus riches et les plus pauvres, raffinant, moyens techniques aidant, la désinformation jusqu'à un niveau qu'elle n'avait jamais atteint, faisant, sans doute pour la première fois, vaciller chez les hommes leur perception du réel, refourbissant l'arme à double tranchant, c'est-à-dire à double langage, de l'irrationnel religieux, excitant, ici et là, des repliements nationalistes sectaires, alors même que les facilités de relations auraient dû augmenter le brassage des peuples et leurs mutuelles compréhension, créant l'angoisse du non espace, je veux dire réduisant les dimensions de la terre à un tel point, par le raccourcissement des distances et l'expansion démographique, qu'il a sans doute créé une sorte de claustrophobie planétaire sur laquelle il serait peut-être bon de se pencher, bref, ayant en main, pour la première fois de l'histoire, le moyen de résoudre une bonne partie de ses problèmes, il les a multipliés à l'envi, au point de justifier les oracles des plus pessimistes.

2 janvier

Ce journal, il faut que je le considère comme la sporadique plénitude de l'instant pendant lequel je le rédige. Après ? Rien. Le vide de nouveau et toujours, le sentiment de l'inutilité d'à peu près tout, ou, plutôt qu'inutilité, de l'absurdité. Car même si ce journal m'est, un bref moment, chaque jour ou presque, utile, puisque dans le temps de sa rédaction il me fait oublier l'absurde, il n'en est pas moins absurde en tant que fragment infime du tout de l'absurdité humaine. De le tenir, de m'y tenir, de me plonger dans la douloureuse mais dictatoriale jouissance qu'il me procure, m'éloigne de plus en plus de ce qu'on nomme la vie, même si cette vie, dans ces pages, je la scrute parfois sans aménité. En fait, ce journal est le fruit de ma fatigue physique, elle-même reflet de mon désespoir mental, ce désespoir contre lequel je lutte, en agissant, aux yeux de tous, comme un homme normal, alors qu'au fond je suis désespéré, oui, et chaque jour un peu plus je me noie dans mes larmes intérieures, prisonnier d'un corps où le malaise anonyme est omniprésent, reflet d'un malaise plus vaste, sans doute malaise à l'échelle planétaire.

Parodiant Pessoa, je pourrais dire : « J'ai mal à l'estomac et à l'univers. »

3 janvier

Hier, téléphone d'un cousin que je n'ai pas vu depuis plusieurs années. Il me parle de lui, de ses enfants, me dit leur âge, etc., puis je repose le téléphone comme si de rien n'était. Soudain, cette nuit, en me réveillant, je revois, avec netteté – du moins cette sorte de netteté qu'a le souvenir – ce même cousin, âgé de dix-huit mois, dans notre appartement de Montpellier, jouant près du piano noir, et les cinquante ans – un demi-siècle – qui me séparent de ce moment, me tombent dessus dans l'obscurité, comme un bloc de glace. Je viens d'apercevoir, comme à travers un télescope temporel, cette planète où j'habitais alors, mais, la voyant si proche, je n'en ai que mieux senti la distance expansive qui m'en sépare, cette distance sans retour, et mon cousin enfant, moi, adolescent à l'époque, ma cousine, sa mère, morte depuis, tout m'est apparu comme absolument irréel. Ce matin, alors que j'écris ces lignes, j'ai beau faire un effort, je n'arrive pas à croire à ce passé. Il n'est pas possible qu'il ait existé, il n'est pas possible que ce bambin d'alors soit le professeur agrégé qui me parlait hier : cet appartement, que je pourrais pourtant décrire dans le moindre détail, est le souvenir d'un film, une recréation de mon imagination d'après un roman, que sais-je, mais même si je sais que j'y ai habité, cette réalité d'hier est totalement séparée de ma réalité d'aujourd'hui, entre elle et moi il y a vraiment un abîme, un manque angoissant, la sensation que toute ma vie n'a été qu'un simulacre, et je me sens pris d'une sorte de vertige mental devant le vide cosmique qui se creuse entre moi et moi.

~

La mémoire est un vaisseau spatial qui tourne dans un cosmos virtuel où tout ce que l'on rencontre n'est plus qu'un hologramme maladroit de ce qui fut.

~

L'état de grâce, dont je sais qu'il est sporadique et capricieux, m'a quitté depuis des mois, et je me dis qu'il ne reviendra peut-être jamais. Quelle est donc la cause de cette voix qui parfois se met à parler en nous pour nous dicter des textes dont nous ne pensions pas pouvoir les écrire ? J'aimerais observer les circonstances de son apparition, mais je ne le ferai jamais, car lorsqu'elle se fait enfin entendre cette voix, je n'ai de cesse de noter son message et, dans le bonheur de l'entendre, j'ai complètement oublié que, d'un moment à l'autre, elle peut se taire.

4 janvier

Je lis Fourier. N'aurait-il inventé que le concept d'écart absolu qu'il mériterait de passer à la postérité. En ces temps de pragmatisme et de culte des idées courtes, cette expression est comme la grande bouffée d'air que l'on aspire lorsqu'on arrive à un sommet. Les grands rêveurs sont rares aujourd'hui, et Breton, s'il revenait, ne trouverait pas beaucoup de *rêveurs éveillés* parmi nous.

À propos de rêve, j'ai, cette nuit, retrouvé leur territoire. Dans une salle d'attente de je ne sais quoi, je séduisais, ou étais séduit, par une chinoise, en tout cas une asiatique, qui me proposait un rendez-vous chez elle pour le lendemain. Forte sensation érotique renouvelée, en ce moment même où j'écris, par le souvenir de la scène. Plus tard, je déambulais dans une ville étrange où d'immenses immeubles de fer noir dominaient les rues. D'un hôtel, où je me trouvais, on ne pouvait sortir qu'à quatre pattes. Un yakusa japonais m'obligea à lui tenir la porte, me promettant la mort si elle se rabattait ; puis un homme, un nain, se jeta sur moi, que je repoussai d'une bourrade pour me retrouver dehors, tenant à la main une boîte dans laquelle se trouvait le corps momifié d'un homme de la taille d'une poupée. Plus tard encore, je me voyais, poursuivant une fille, de nouveau attaqué par un petit homme dont je me débarrassais aussi vivement que du premier, puis la fille se trouva assise dans un grand bureau, des aiguilles piquées dans les bras, et, près d'elle, un homme à la carrure de rugbyman qui agrémentait sa conversation de quelques mots chinois, lui désignait des mixtures ou des alcools…

Ce récit de rêve n'a, au premier abord, aucun intérêt. Pourtant il m'obsède. Il est de ces rares cauchemars – en fait il se situait à mi-chemin du cauchemar, dans une atmosphère de roman noir – qui obsèdent d'images étranges, sortes d'images de bandes dessinées ou de films dont on retrouve le goût d'angoisse dans certaines œuvres réussies (je pense à *Brazil*, par exemple), et je sais que je mettrais longtemps à l'oublier, sans toutefois croire qu'il puisse, un jour, devenir le départ d'un livre.

5 janvier

À la musique d'ameublement, dont Satie parlait et qu'il écrivait avec humour, sous entendant que, si anodine soit-elle, elle méritait d'être écoutée, a succédé une musique d'ameublement (ou plutôt d'envahissement) sans humour doublée d'une information d'ameublement qu'on n'écoute plus mais qui tue le silence propice à la réflexion, à la rêverie ou à la méditation. L'auditeur de ce hachis sonore s'endort mentalement, se laisse bercer, enfermé dans cette cage qui lui masque les lointains du silence. Il vit dans un monde clos, ouaté de paroles dénuées de sens ou, parfois, plus que d'un sens, qui implique l'idée de compréhension, dotées d'un pouvoir émotionnel plus créateur d'atonie mentale que de distanciation et d'approfondissement. Aussi, ne faut-il pas s'étonner qu'à côté d'un matraquage de pseudo bonheur abrutissant, sous la forme d'une polychromie sonore publicitaire, l'information désinformante organise, de loin en loin, des psychoses collectives autour de questions portant sur l'alimentation, la pollution, et autres interrogations capitales qui, jouant plus sur l'étonnement (au sens étymologique du terme) que sur la réflexion, paralysent l'auditeur plus qu'elles ne le poussent à agir. Dès lors, la foule, bien qu'informée, ne change en rien ses comportements et continue à faire tourner inutilement le moteur des voitures, à s'user dans les bouchons urbains, à gaspiller le papier et les sources d'énergie, pour le plus grand bonheur des grands industriels et de la Bourse, incapable qu'elle est, son indécrottable paresse intellectuelle aidant, de tirer quoi que ce soit d'une information – d'ailleurs subtilement pensée pour avoir l'effet inverse de celui qu'elle devrait avoir –, de faire le rapport entre un fait réel grave, mais virtualisé par la façon dont il est rapporté, et son comportement quotidien ; incapable, donc, de ramener le collectif à l'individuel ou le contraire.

~

Lisant Fourier, j'en profite pour relire l'ode que lui a consacré Breton lorsqu'il était aux U.S.A., et j'y retrouve mes propres sensations de l'hiver 1981 au Nouveau-Mexique. Soudain, ce poème, que j'avais lu autrefois sans m'y intéresser, m'émeut du reflet de moi-même qu'il me renvoie. Ce n'est pas tant avec Breton que s'établit une connivence, qu'avec ce moi défunt qui trouva dans ce moment de sa vie un véritable bonheur, comme une renaissance, parce que, en effet, ma vie recommençait, je me sentais comme neuf, encore plein de forces et, après une longue période de stérilité de plusieurs années, je me remettais à écrire et j'espérais encore, la plume à la main, réussir ce que je n'avais pas réussi jusque-là.

~

J'ai l'impression d'avoir commencé à vivre très tard, d'avoir longtemps végété dans des limbes où les inhibitions accumulées m'ont empêché d'agir, si bien qu'aujourd'hui je me sens pris de court, acculé, alors que mes forces s'amenuisent, à ne plus me consacrer qu'à l'écriture, à son écoute, non tant dans l'espoir – absurde à mon âge – d'accoucher de quelque chef-d'œuvre, que de me tenir debout face à l'angoisse, plus de la déchéance que d'une mort qui me surplombe de sa friable falaise noire.

6 janvier

Il est de bon ton, aujourd'hui, chez les intellectuels vieillissants, de dénoncer les travers du système qu'ils ont cyniquement utilisé pour acquérir une notoriété méritée ou usurpée. Citer Debord, dont le livre est vieux d'un tiers de siècle, est devenu bon chic bon genre. Ils s'inventent ainsi une bonne conscience et une lucidité de façade qui, en rien, ne remet en question leur comportement. De toute façon, dans le monde littéraire ou journalistique – les deux se confondant souvent de nos jours – ils détiennent le pouvoir, et qu'on se garde bien de croire qu'ils vont en donner les clefs. Ainsi, les oreilles bouchées aux cris de ceux que le terrorisme économique écrase, complices de ce terrorisme, par comités de lecture et éditeurs chefs d'entreprise soucieux de leur chiffre interposés, ils paradent, sans danger, sur le devant de la scène et peaufinent, pour la postérité, leur rôle de héros.

~

À lire la biographie d'Artaud, d'André Roumieux, on se rend compte que les camps de concentration se trouvaient déjà en filigrane dans les asiles d'aliénés tels qu'ils ont existé jusqu'après la guerre. Même enfermement, même réduction à l'état de numéros que l'on compte et recompte, même assimilation au rebut, à la race inférieure, etc., la seule faute des malades étant de subir un mal dont ils ne sont pas responsables comme d'autres leurs origines raciales et religieuses.

~

Était-ce un asile, un hospice ? Peu importe. Les couloirs et les chambres étaient pleins d'une ombre ancienne. Dans un large lit un vieillard, sa tête aux yeux creux entourée d'une chevelure blanche et mousseuse, était mort ou moribond. Par une porte ouverte on voyait, au-delà d'une autre pièce, la lumière de l'extérieur.

~

Créer, c'est être appelé et appeler.

~

Tu ne seras pas le chien qui remue la queue devant son maître.

~

Sans doute, au fond de toute réussite sociale, y a-t-il un atome de vulgarité.

~

Marâtre société : vous m'effacez sans me laisser la possibilité de dire que vous m'effacez.

~

Je sais qu'il n'y a plus de porte, mais je me fais croire qu'il y a une porte, pour survivre, tout en sachant parfaitement qu'il n'y a pas de porte.

~

Variante : Il n'y a pas de porte, je le sais, mais je dessine une porte pour me faire croire qu'il y a une porte, tout en sachant que cette porte ne peut s'ouvrir. Etc.

7 janvier

Ceux qui ont bien profité du système s'attribuent, gras et repus, sans le moindre risque, le rôle de bonne conscience verbale, tout en continuant leurs combines. Ils dénoncent le spectacle, devenu tarte à la crème, quand le spectacle, dont ils sont les acteurs, est bien installé, puissant, spectacle dont ils tirent les marrons, suffisamment habiles pour porter des gants qui leur évitent de se brûler les doigts.

~

Quand certains intellectuels de tréteaux prononcent le nom de Kafka, leur bouche devrait se remplir de cendres.

~

Ce journal a bien peu de chance de devenir un jour un volume qui se séparerait de moi et où un inconnu, qui a pâti des mêmes maux que les miens, trouverait sa place, mais qu'importe : je le poursuis comme une discipline – en donnant à ce mot tous les sens qu'on voudra – quotidienne, pour maintenir en état l'usine à penser et à rêver. Que tant de pages finissent dans un bon feu ne m'empêchera pas de continuer, triste mais acharné.

~

Quand, en 14/18, mon père remplissait, au jour le jour, ses carnets de guerre pour, me dit-il plus tard, laisser à ses parents un souvenir de sa vie au cas où il serait tué, il avait compris, sans être un littéraire, que l'écrit sert à partager l'impartageable.

~

Aujourd'hui, malgré le soleil et la tiédeur, je n'ai pas le courage de sortir. Le ciel brille comme une plaque d'acier impalpable et pourtant infranchissable, et j'écris, malgré tout, de ne pas pouvoir écrire, de ne pas pouvoir exister hors de moi-même dans une illusion de partage, de sentir, chaque jour un peu plus, la pression sur mes tempes de la grande broyeuse. Suis-je encore d'ici ? Et combien de temps encore pourrai-je supporter ce masque qui me fait paraître ce que je ne suis pas ? Vide, inattentive, mon apparence flotte au milieu des autres alors que je suis ailleurs ; et cette voix, dans le jardin – de je ne sais qui rend visite à V. –, me blesse comme une insupportable atteinte à ma liberté. Pourtant je garde – presque – ma politesse, parfois je bavarde ou plaisante avec tel ou telle, mais est-ce moi qui bavarde ou cet hologramme trompeur de moi-même que certains prennent pour moi ?

Allons, une fois encore, je vais me secouer – secoue-toi, secoue-toi me disait-on dans mon adolescence, déjà en proie à l'ennui et à l'incertitude sur moi-même –, aller chercher des sarments, comme je l'ai promis à V., puis je rentrerai avec un sentiment double, d'échec et de victoire, d'avoir une fois encore éloigné le moment de ce dévoilement que je réserve à ce journal.

~

Cette opération que j'ai subie, il y a six mois, bénigne, mais touchant l'appareil sexuel, m'a vidé de désir. Non pas que mes fonctions érectiles aient été atteintes, mais sans doute l'image que j'ai de moi-même. Le désir reviendra-t-il ? J'en doute. Est-ce que je souhaite qu'il revienne ? Oui et non. Au fond, toute ma vie, j'ai vécu difficilement le rapport sexuel, je m'y suis senti à peu près toujours solitaire, mais n'est-ce pas le cas général ? De toute façon, ma vie sexuelle a toujours été accompagnée d'angoisse, voire de peur. À présent, c'est pire. Il me semble que je suis passé ailleurs, dans un territoire où, dédoublé, je regarde, de l'autre côté d'une frontière virtuelle, l'homme encore désirant que j'étais, et cet homme s'éloigne, s'estompe, me devient étranger, plus étranger encore que l'enfant que je fus – pourtant si loin – sans cette trompeuse aura de nostalgie qui entoure une enfance dont on se sépare lentement, naturellement, au lieu qu'ici la séparation, brutale, entre moi et moi, s'est faite, payée d'une définitive stérilité, à un âge où pourtant je ne devrais plus me préoccuper de la faculté procréatrice, par l'ablation d'un infime morceau de chair devenu l'obole payée à ce Charon auxiliaire qui ne conduit pas aux Enfers mais dans les limbes qui le bordent et où des vieillards tournent en rond, peu ou prou délabrés, écoutant le bruit sec que fait, dans leur crâne momentanément vidé de désir, un cerveau réduit par l'ennui à l'état de pois.

~

J'avance en moi comme dans une ville quittée depuis longtemps et que l'on retrouve, déserte et ruinée, après un cataclysme.

~

Si mon sang devenait de l'encre, ma peau du parchemin, si je perdais mes organes, pour n'être plus qu'un corps d'écriture, serais-je plus heureux ?

~

Toucher la matérialité de l'absurde, presque à chaque instant, est-ce l'approche d'un intolérable mortel qui sera atteint lorsque le presque disparaîtra ?

~

Sans doute ai-je construit ma déréliction comme une forteresse contre des armées d'œillères, mais, à présent, seul au créneau, les coudes appuyés aux merlons, comme une vieille femme à son balcon, je regarde passer des promeneurs indifférents. Ils ne semblent pas me voir, ni ma forteresse, simple fantôme de brume sans doute.

~

Se battre contre des outres géantes toute la nuit et, à l'aube, se retrouver en garde, face au vide, la main serrée sur une épée qui n'existe pas.

9 janvier

Essayer de se regarder sans faiblesse, jusqu'au tréfonds. Terrible tâche, peut-être impossible à accomplir. Que je n'ai pas su accomplir, que je ne sais pas accomplir, que je ne saurais jamais accomplir. Mais j'essaie, si mal, de curer par écrit la citerne tarie de mes illusions, de mes désirs, avec là, tout au fond, cette couche de vase dans laquelle persiste encore, si pourris soient-ils, les restes de je ne sais quel espoir aberrant d'échapper à la souffrance du manque.

10 janvier

Ce lieu souterrain où l'on n'entre que par un pertuis étroit qu'il faut d'abord trouver et par lequel on descend, au risque de ne pas remonter. L'ai-je trouvé ? Je ne l'ai pas trouvé. Là-dessous, pourtant, il doit bien y avoir quelque chose, un réseau de galeries mentales à explorer : je ne peux pas être aussi plat que je me sens être ?

~

La taupe, dit-on, est quasiment aveugle, et pourtant elle creuse des galeries. Brave taupe ! Il y a longtemps, très longtemps, j'ai vu assassiner une taupe.

~

L'homme, avec ce membre érigé qui sort de son bas-ventre, est aussi affreux qu'une gargouille, et pourtant il s'admire, l'imbécile.

~

Pâles et faux, qu'ont-ils laissé en coulisse avant d'entrer en scène ?

~

La dernière tempête remet l'homme à sa place, qui est petite, tant mieux. Mais les arbres qu'avaient-ils fait ?

~

Ce que j'écris est parfaitement sincère et vrai au moment où je l'écris ; mais, plus tard, si je me relis, ce n'est plus vrai : entre temps mon état a évolué et rendu fausse ma première affirmation. Comme cette histoire de mort du désir en moi, vraie depuis cet été, mais soudain niée par un brusque retour des fantasmes sexuels.

En fait, ce journal ne fixe donc que des vérités de l'instant et donne à voir les fluctuations physiques et mentales d'un individu. Non pas la peinture édifiante d'une volonté en marche, mais plutôt les tâtonnements d'un aveugle dans les ténèbres circulaires de sa propre nuit.

~

Les deux chiens musaient, le long du chemin, comme deux camarades en vadrouille, revenant de la garrigue vers le village, l'air on ne peut plus tranquille et heureux, sans ce côté fureteur et misérable qu'ils ont dans les rues, sans maître tyran pour les houspiller. Il m'a semblé que j'avais quelque ressemblance avec eux.

11 janvier

La matière de ma maison je l'extrais des ruines.

~

Saura-t-on lire la leçon écrite sur le vent ?

~

L'œil du cyclone, chambre du Minotaure.

~

Les vérités successives et contradictoires de ce journal finissent-elles par tisser une tapisserie de mensonges, ou bien sont-elles une vérité plus vraie que la vérité granitique affichée par tel ou tel ? Mais que signifie exactement le mot vérité ?

~

Le comble de l'absurde : mourir de sa peur de la mort.

~

On a beau utiliser toutes les ruses possibles pour échapper à soi-même, on n'y parvient jamais. On peut jouer la comédie, changer de masque, se forcer à ceci ou à cela, contraire à ce que nous croyons être, mentir, que sais-je, rien à faire : on se trahira toujours, on sera soi – même si l'on se hait – quoi qu'on fasse. Combien de fois aurait-il voulu être un autre, ne pas se reconnaître dans le miroir, le matin, s'entendre parler avec un autre accent, écrire d'une autre manière, mais ces souhaits ne se réalisaient jamais : il était lui jusqu'à sa mort, porteur de cette fatalité – biologique ? – qui le faisait rester ce qu'il était, ordinaire – du moins se percevait-il ainsi en espérant de se tromper –, incapable d'envol, intolérablement lui-même, à en avoir la nausée…

~

Quelle est cette invisible main de plomb qui se pose sur mon avant-bras pour m'empêcher d'écrire ?

~

Il faut, pour supporter l'écriture fragmentaire, contrairement à ce que croient les gens, qui y voient une facilité, des nerfs solides. Soulever le rebut de soi-même n'est pas aisé. Accepter ce concassage de l'être, cette impossibilité à naviguer sur une continuité, et passer son temps à ramasser des haillons verbaux, à marcher dans le lit quasiment à sec de la parole avec juste, çà et là, ces flaques d'eau croupie où éclatent de puantes bulles d'ennui, c'est se presser les tempes dans les mâchoires d'un étau pour tirer de ce crâne un suc qui n'existe plus qu'à l'état de souvenir…

Je suis calme, j'ai l'air calme, mais je ne suis pas calme : le besoin de mots provoque des sortes de contractions dans mon os occipital, ce bel os à l'arrondi de calebasse, joliment suturé à l'arrière du crâne.

Je vais essayer de dormir. Dormir, quel étrange mot lorsqu'on l'a décortiqué de son sens et réduit à son amande de sons. Dormir. Cela ondule comme un ronronnement de dynamo.

14 janvier

Celui qui porte un masque finit toujours par en être la victime. Un jour, il ne peut plus l'arracher. La vérité de son visage reste à jamais enfouie sous sa grimace. Il faut qu'il accepte, à jamais, d'être pris pour un autre.

Petit conte dans un style un peu archaïque :

Un jour, par pudeur, pour être comme tout le monde, pour vivre une vie sociale normale, pour n'être pas montré du doigt à cause de ce trouble intérieur qui, certains jours, lui tordait les entrailles, à cause de la distance qu'il sentait inscrite sur ses traits, cette distance, pas vraiment du mépris, en tout cas ce je ne sais quoi qui aurait éveillé les soupçons des autres, et donc leur haine, d'abord tacite puis déclarée, le condamnant à la solitude, donc un jour il avait décidé de porter un masque. Il avait demandé au meilleur spécialiste de la ville de lui en fabriquer un, qu'il avait payé très cher, et il l'avait si bien collé sur son visage que personne n'aurait pu penser que ce faux visage n'était pas le vrai. Comme à peu près tout le monde, il avait quelques amis et un métier banal qu'il exerçait banalement. Quand il rencontrait quelqu'un, ce quelqu'un ne manquait pas de lui demander : « Ça va ? », et il répondait ça va, alors même qu'une tenaille lui tordait le cœur. Ainsi passaient les jours et il vieillissait, sans que son visage se ridât, loué pour cette jeunesse sans altération mais qu'il finit tout de même par faire altérer, sentant bien que, s'il continuait à ne pas vieillir, il susciterait des soupçons ou, pire, des jalousies.

Chaque soir, en rentrant chez lui, il posait son masque dans l'entrée. Il le suspendait à une patère, comme un vulgaire chapeau, bien en vue pour ne pas l'oublier le lendemain. Avant de se coucher, il allait faire sa toilette dans la salle de bain et ne pouvait éviter de regarder le miroir et d'y voir son vrai visage, étrange visage où la moindre émotion multipliait ses effets, ce qui se traduisait par un réseau de rides et ridules multiples, cartographie de ses bouleversements intimes. Quel visage ! Une sorte de lune agitée de tics et où des pustules anciennes formaient des cratères morts. Qui aurait pu supporter la vue de ce visage, tel qu'il était devenu en quelques années ?

Un jour, il se maria : la sottise peut contaminer les plus intelligents. Son épouse avait été charmée par son masque et désormais, le soir, lorsqu'il rentrait chez lui, et la nuit aussi, et toujours – hormis les quelques instants de répit qu'il trouvait de loin en loin dans le grenier où il s'enfermait à clef, sous prétexte de se livrer à je ne sais quel travail, et où, débarrassé de son masque, il pouvait palper son vrai visage – il fallait qu'il supportât ce faciès imbécile dont il était le seul à savoir qu'il n'était pas le sien.

Et puis il eut des enfants. Et ses enfants eurent un visage qui ressemblait à son masque. Et il en fut heureux et malheureux. Mais plus le temps passait et plus, sous le masque, brûlait le vrai visage. Ce n'était pas vraiment une douleur mais une sorte de brusque prurit, une rougeur cachée, dont lui seul, évidemment, sentait l'émergence, chaque fois qu'il s'entendait prononcer n'importe quel truisme qui, intérieurement, le faisait grincer de fureur.

Bref, au fur et à mesure que le temps passait, il sentait s'aggraver son état, ce divorce entre le masque et le vrai visage. Il aurait voulu déchirer le masque, se montrer tel qu'il était vraiment, mais il y avait tellement d'années qu'il offrait aux uns et aux autres son apparence aimable, qu'il se dit que c'était impossible.

Pourtant, la souffrance ne cessait d'augmenter. Elle était, à présent, à peu près permanente ; et il sentait qu'un jour, ne pouvant plus résister, il devrait jeter son masque, et ce jour ne manqua pas d'arriver.

C'était un dimanche matin. La famille assistait à la messe, sans lui pour la première fois. La tête en feu, il ne pouvait plus résister. Il s'enferma dans son bureau, face à la glace qui dominait la cheminée, saisit ses joues – ou plutôt celles de son masque –, dans ses ongles, et tira de toute ses forces ; mais le masque, d'habitude assez facile à décoller, bien que depuis quelque temps il l'eut senti résister de plus en plus – dans les rares moments où il pouvait le quitter – resta collé à son visage et, fait nouveau, se mit à saigner. Oui, pour la première fois, deux gouttes de sang se formèrent là où ses ongles impatients avaient saisi la peau. Il tira encore et encore mais rien n'y fit : le masque était devenu son vrai visage et il se mit à crier. Il cria, dans la solitude calfeutrée de son bureau, puis il se tut et, lorsque sa famille revint de ses pieuses occupations, il avait repris son calme apparent. Quant aux griffures, il les expliqua par une maladresse de rasage.

Deux jours plus tard, lorsqu'il fut mort, de mort naturelle selon le médecin de famille, tous ceux qui vinrent, comme on dit, s'incliner devant sa dépouille, furent frappés par le calme de son visage. Ce calme, on l'attribua à la vie exemplaire menée par le défunt, au point que ce visage exemplaire, sa veuve le fit mouler. Depuis, de génération en génération, on se transmet, avec l'héritage, ce moulage flatteur, symbole de la sagesse de l'aïeul et de la valeur inestimable de l'ordre et de la morale ; mais, quelquefois, la nuit, on entend monter, du cimetière, à l'heure où tout le monde dort, un hurlement dont on ne sait s'il est de désespoir ou de fureur.

Gruger : j'entends ce mot comme un crachat difficile à expectorer. Néanmoins c'est un mot que j'aime bien, à cause de son archaïsme. Gruger, à l'origine, c'est briser avec les dents ou avec un marteau à pointes de diamant. Le mot signifie aussi manger, puis ruiner, etc. Je note cette remarque parce que cette nuit une phrase m'a traversé l'esprit : tu as été grugé, dans laquelle le mot avait le sens de trompé, ce qui n'était donc pas le sens exact, mais plutôt celui de floué qui, dans son premier sens, signifiait tricher puis duper.

15 janvier

Ah, si l'on pouvait ressusciter les morts pour comparer le récit de leur vie à celui des biographes, quelle drôlerie !

Oui mais, peut-être leur version serait-elle aussi approximative – et même plus – que celle des historiens ?

Alors, alors continuons à faire comme si de rien n'était et à croire qu'on peut avoir une idée exacte de ce qui fut et qu'une mémoire pure – quelle plaisanterie ! – est possible.

16 janvier

A l'heure où l'image prolifère, où la face humaine est partout reproduite, où l'infini est devenu une poubelle cosmique, où, au fil des jours, la terre se transforme en une boulette empoisonnée, peut-être l'art doit-il se réfugier dans l'infini de l'infime, dans la merveille architecturale des graines et des écorces, dans les chefs-d'œuvre inventés par la poussière, le rebut, et l'infiniment recommencé périssable ? C'est là que l'imagination, antagoniste du spectacle sans au-delà – fait de virtuel et de fugace –, peut trouver sa source, développant, pervertissant – le propre de l'homme, plus que le rire, est la perversion – ces formes discrètes, selon les lois variables de son cosmos intérieur : l'abstraction n'est rien d'autre, après tout, que l'émergence d'un concret sassé et ressassé, roulé et transformé par l'inconscient de l'artiste, comme l'épave par le flot, puis livré, sans mode d'emploi, aux hasards associatifs de celui qui regarde.

~

La reproduction, fut-elle la plus perfectionnée, est la pire trahison de toute œuvre. Même reproduit à l'échelle, un dessin, un simple dessin, perd une bonne part de son pouvoir qui ne tient pas seulement à la forme représentée mais aussi au grain du support, à sa nature, à ces infimes irrégularités de surface de l'encre ou du crayon, à ce je ne sais quoi, à première vue invisible mais bien présent, qui signifie le corps de l'artiste, prolongement de sa pensée et de son émotion.

~

Ce qui est le plus beau dans un concert, qu'aucun disque ne pourra restituer, c'est l'idée du jamais plus. Jamais plus cet instrumentiste, en chair et en os devant nous, ne jouera exactement comme il est en train de jouer. Chacun de ses gestes et les sons qu'il produit s'engloutit dans le jamais plus, comme chacune de nos respirations. Cette musique, créée devant nous, grâce aux doigts ou au souffle de l'interprète, est une marche vers la mort de celui qui la joue et de ceux qui l'écoutent. La musique, elle, notée, restera vivante, mais l'interprète mourra et ses enregistrements ne seront que la triste caricature de cet instant exceptionnel où nous avons vu son corps vivant, suant, souffrant peut-être, coïncider avec l'interprétation unique en train de produire une unique émotion collective. Tout le reste n'est que mécanique. Utile, sans doute, agréable, mais tout de même un pis-aller, car on peut se demander si la prolifération des enregistrements ne fait pas plus de mal à la musique qu'autre chose, éparpillant l'attention, l'intérêt, et, surtout, généralisant une écoute négligée, dans la mesure où elle n'est plus qu'une écoute, et non une exécution tâtonnante, mais attentive, de l'amateur sur son instrument imparfait, exécution qui métamorphose le résultat médiocre extérieur en bouleversement intérieur; dans la mesure aussi, où elle n'est plus encadrée par le rituel rigoureux du concert, ce concert où l'on va, à une certaine heure, que l'on attend, et où, dans un moment unique, interprète, compositeur et public vont former un seul et même corps.

Sans doute, qui les lirait trouverait passéistes ces propos, mais cela m'est égal : je veux cesser de sentir peser sur moi une modernité culpabilisante et totalitaire qui voudrait faire croire que tout en elle est bénéfique. Je n'ai que mépris, désormais, pour la mode et ses querelles. Je suis ailleurs, fatigué de cette course en avant. J'aspire, chaque jour un peu plus, au silence, au silence, au silence, et à la solitude : je veux pouvoir entendre approcher les pas de velours de la mort.

~

La chiennerie mystique vient lécher les plaies purulentes d'Artaud et s'en régale. Pire, ils découpent le poète en morceaux et se le disputent. Je ne sais qui a dit que chacun avait son Artaud, et c'est vrai, et ce serait banal – puisque chacun privilégie, dans un écrivain, quel qu'il soit, ce qui lui est le plus proche – si dans le cas d'Artaud, la vie et la mort de l'homme n'avaient suscité autour de lui des passions, des aveuglements où le triste petit moi de quelques intellectuels cherchait à se faire briller, fût-ce au détriment de leur idole. Rouvrant le petit livre de Marcel Camus, je tombe sur ce passage qui vaut son pesant d'or (faux) : « [...] je considère que l'œuvre d'Artaud postérieure à 1937 est un obscurcissement tragiquement "Momo" [...] oui, une obscuration par rapport à la lumière de son œuvre maîtresse antérieure. Au verbe inspiré s'est substitué une autre langue du corps : une sorte de cacophonie vitale dont les impulsions chaotiques sont emblématiques de son désarroi devant la perte de tout chemin et l'absence de toute orientation. [...] ».

Voilà comment on découpe un homme en tranches, on le juge, on le trie, plutôt que de tenir compte de sa totalité variable. Et Camus de nier la folie d'Artaud, sans doute parce qu'il craint ce mot, folie, au lieu de le regarder en face. Et, trente ans après, de reprendre la querelle contre feu Ferdière, l'électrochoc – vieille antienne – querelle qui pouvait se justifier, à chaud, dans les années quarante, mais qui, après tant d'années, est de l'ordre du grotesque. Petite sanie parisienne : malheureusement, elle dicte sa loi, et sa forfanterie fait des ravages auprès des timides qui n'osent pas aborder, nu et cru, sans béquilles critiques et autres, une œuvre et, surtout, une œuvre de la nature de celle d'Artaud.

~

Ah, les ésotériques de salon, les valseurs de table tournante, les alchimistes mondains, comme ils m'emmerdent !

17 janvier

Sans doute un nouvel Auschwitz serait-il possible, j'en suis sûr. Non pas sous sa forme ancienne et avec les mêmes victimes, mais avec d'autres modalités. Tout me le dit autour de moi dans la banale vie quotidienne. La perte des rituels structurants de la vie en société en est un signe, entre autres. Je sais bien, je l'ai dit et répété, que l'égoïsme est le fond de l'homme et que l'altruisme n'en est qu'une forme déguisée, mais je sais aussi que la société ne tient, sans tourner au complet chaos, que grâce à l'équilibre de ces égoïsmes par l'usage de certains rituels sans lesquels les hommes ne seraient plus qu'un troupeau barbare. Or, la politesse est l'un de ces rituels en train de disparaître à tous les niveaux. Les adolescents de mon village à qui, à l'école, lorsqu'ils étaient enfants, il y a juste deux ou trois ans, je distribuais des livres, ne me saluent plus lorsqu'ils me croisent dans la rue. Leur regard lointain me traverse comme si je n'existais pas, ou comme si j'étais une chose.

J'ai aussi dit, ailleurs, ce que je pensais du verbe écrémer, utilisé par les patrons pour les licenciements massifs, ou de cette mauvaise graisse qui, dans la bouche d'un premier ministre, désignait les fonctionnaires avec lesquels on aurait pu lui suggérer de fabriquer du savon. Oui, au risque de passer pour un paranoïaque, je crois qu'Auschwitz s'est dilué dans les mentalités, comme un mauvais gaz, soit dit sans jeu de mot malsain, que l'on respire et qui lentement nous détruit. Parfois, je me tâte et je me demande si je ne suis pas qu'une illusion. Ai-je vraiment existé ? Que suis-je ? Une ombre du passé, une mauvaise odeur, une fumée nauséabonde venue d'ailleurs et qu'on chasse en ouvrant tout grand la fenêtre sur le vacarme du spectacle ?

19 janvier

La dérision, qui, de jour en jour, croît en moi, comme une tumeur, est le pire des pièges. Car si je me moque des ridicules des autres, je me moque aussi de moi-même, et donc ma dérision s'exerce à l'égard d'elle-même. Dès lors, je suis entraîné dans un tourbillon de négation de moi-même, je me ronge sous les jets à peu près continus de mon acide ricanement. Il m'arrive même de me trouver ridicule dans mes malaises, pourtant pénibles. Je suis à la fois marionnette et montreur. Qui actionne les fils ? Je n'en sais rien. J'ai l'air d'être sincèrement dans ce que je fais, mais en même temps je n'y suis pas. Légèrement décalé, en dehors, je me juge sans indulgence. Mais je crois l'avoir déjà dit ailleurs, j'ai toujours déjà dit ailleurs ce que je ne fais que répéter ici : la Grande Roue de la vieillesse commence à m'entraîner dans sa grinçante répétition. Étrangement, je ne crois pas que la dérision exacerbée pousse au suicide : d'un violent haussement d'épaule la dérision chasse ce geste un peu trop grandiloquent à son goût.

20 janvier

À présent, je tente de déposer les masques. Depuis des années, combien d'amabilités, de sourires faux, de faiblesses, de crispations rentrées, pour en arriver à l'épuisement d'aujourd'hui, à ce sentiment de défaite, à ce désir de tout lâcher.

Quand je suis seul, je décroche le téléphone dont V. et L. filtrent les appels quand elles sont là. La sonnerie me blesse, cette voix inattendue, fut-elle amie, au bout du fil, les propos décousus que nous échangeons. Désormais, si les gens veulent échanger avec moi, qu'ils m'écrivent. En ces temps où le sens de l'écrit se perd, ce sera pour eux un excellent exercice et je suppose qu'ils seront moins inutilement bavards. Eu égard à la paresse des uns et des autres à utiliser un stylo, je sens que mes relations vont fondre comme neige au soleil.

Certes, je ne peux pas, du jour au lendemain, éliminer tous les rapports – j'ai besoin des autres – mais je vais commencer par les plus inutiles. Parfois, j'aimerais prendre ma valise et partir – même si je sais, hélas, que j'emporterais mon insupportable petit moi dans cette valise – mais, bien qu'égoïste, comme tout le monde, je suis un homme de devoir, j'ai, inculqué par mon père sans doute, le sens des responsabilités. J'aime aussi V. et L. Je ne dis pas ça pour me flatter, mais parce que c'est, chez moi, plus une sorte de vice étrange, torturant, qu'une qualité. Un vice provoqué – ce qui prouve que je n'ai jamais pu me débarrasser du poids sur moi du regard d'autrui – par mon horreur d'être pris en défaut, c'est-à-dire de donner des arguments aux autres, proches ou lointains, pour qu'ils me mettent en contradiction avec les discours que je fais, trop souvent sans doute – mais il ne se passe pas de jour que l'actualité ne m'en procure l'occasion – sur la disparition, tant au niveau de l'individu que de la collectivité, du sens éthique.

~

Que es mi cerebro ?
Un calabozo o una calabaza ? [1]

21 janvier

J'ai dépensé trop de temps à écrire des livres trop longs. À ne pas savoir rester solitaire et à m'entourer de personnages – ceux des sortes de romans que j'ai commis – puis ces personnages je les ai perdus de vue ; et je me retrouve seul, passager toujours prêt à partir mais restant toujours là, à la poursuite de trains qui ne l'attendent pas, traînant dans des villes de cendre où tout est vieux et gris, comme si je visitais un passé qui n'a jamais existé, les ruelles d'un ghetto dont je n'ai jamais été l'habitant ; et le rêve est devenu pour moi plus évident que le réel, dont le contact gluant, perpétuelle excrétion de glandes et d'organes haïs, me salit le corps et l'âme.

22 janvier

Je suis daté. Fatalement. Homme vieillissant formé par des aînés qui tous, aujourd'hui, seraient quasiment centenaires, je ne suis plus au courant de ce qui se fait, je ne lis plus mes contemporains, à quelques exceptions près.

Lorsqu'il m'arrive de jeter – c'est bien le mot qui convient – un regard sur les productions des jeunes auteurs encensés, je ne m'y retrouve pas. Je ne me sens proche ni de leurs préoccupations, ni de leur écriture. Peut-être suis-je passé, sans le voir, à côté d'un chef-d'œuvre ? Peu importe : les chefs-d'œuvre sont écrits pour le futur et

---

[1] [Traduction] Qu'est mon cerveau ? Un cachot ou une citrouille ?

non pour ce fragment de passé que je suis et qui sans doute est devenu aveugle. À moins, situation impensable, qu'il n'y ait plus de chefs-d'œuvre, mais un poudroiement de talentueux bibelots.

Non, mon peu d'envie de lire mes contemporains est plus compliqué. Est-ce nostalgie d'un temps où l'on parlait autrement de l'art et de la littérature, temps de mouvements, de luttes, de recherches, de débats, dans lequel je me suis développé et dont les caractéristiques ont définitivement marqué mon esprit, ou bien un grain de jalousie fait-il gripper ma capacité d'accueil, ou la peur de perdre mon temps, alors qu'il me reste peu de temps, à chercher dans le présent ce que me donne déjà si généreusement les œuvres plus anciennes ? Ne suis-je, après tout, qu'un lâche paresseux qui a peur de se tromper et s'en tient aux valeurs sûres ? Sans doute un peu de toutes ces raisons pas très honorables ; mais qu'y puis-je si l'absence d'espoir (je préfère cette locution au mot désespoir, trop théâtral) étouffe chaque jour un peu plus ma curiosité – hormis celle qui consiste à crocheter en moi-même – et m'enferme dans la catatonie de mon esprit horrifié ?

~

Je ne peux pas écrire lentement. Je souffre si je reviens sur ce que j'ai écrit dans l'élan. C'est pourquoi je me répète, pourquoi, dans mes livres, on trouve de pénibles retombées de l'exigence et, çà et là, un laisser passer du n'importe quoi. Ah il faudrait que je me relise mieux, que j'élague, que je recompose, que je polisse, mais je ne suis pas un joaillier du verbe. Tout juste un orpailleur du murmure qui ramasse beaucoup de sable pour trouver très peu d'or.

~

La maison est vide. V. et L. sont allées en ville. Je suis assis sur le lit de L., une couverture sur les genoux, et j'écris. Dehors, sur le ciel lumineux, je vois, par intermittence, la traînée de fumée rapide qui vient de la cheminée invisible du voisin, et si le mot réalité signifie quelque chose, c'est sur cette fumée fugace, mais bien réelle, qu'il s'ancre.

~

Tout un orchestre dans le fond de mes oreilles. Une bizarre production électroacoustique linéaire, à première écoute, mais d'une ligne dont l'épaisseur sonore serait formée de milliers de variations infimes enchevêtrées. Ce que j'appelle le silence est donc un infatigable orchestre, et il m'est impossible de me souvenir de ce que pouvait être le vrai silence.

~

À l'écoute du corps, tout près, tout près, jusqu'à s'immiscer entre deux fibres musculaires ou à traverser, sans dommage, la synapse entre deux neurones.

~

L'angoisse, chez moi, multiplie par dix ou par cent le moindre malaise, et particulièrement le dimanche, ce jour du Sauveur où, plus que les autres jours, il est difficile d'être secouru.

24 janvier

Une fourmi tremblante au pied d'un colossal point d'interrogation dont le sommet se perd dans l'infini.

~

Au fond, quand je remonte dans mon souvenir, je me rends compte que depuis mon enfance j'ai toujours vécu dans la terreur. Mais quelle terreur à la fiévreuse odeur de nuit ? On m'a dit qu'*infans*, avant même que ne s'organise ma mémoire et ma parole, je pleurais une bonne partie de la nuit. Plus tard – cela je m'en souviens – il fallait, pour que je m'endorme, que ma mère me tînt la main. Plus tard encore, à l'adolescence, j'ai connu l'angoisse vespérale, puis, étudiant en médecine, j'ai rencontré la maladie, les râles, la charogne, la lente destruction des cadavres disséqués, et sans doute cette rencontre, sans effet pour certains, n'a-t-elle pas, chez moi, arrangé les choses. Bien sûr, je ne dis pas que cette terreur était continue, que je ne l'oubliais pas, que je n'ai pas connu de brèves et sincères joies, mais, même dans la relation amoureuse, j'ai souffert, n'y trouvant pas cet oubli que la plupart prétendent y trouver. J'ai connu – bibliquement – peu de femmes, et, parmi elles, deux sont mortes tragiquement : l'une en refusant des soins, l'autre en se donnant la mort. Mais la terreur non tant de la mort que du vieillissement irrémédiable existait bien avant. Mon premier livre, ensemble de quatre nouvelles, écrit à moins de trente ans, mettait en scène, déjà, des vieillards, des solitaires ou des morts. Sous mon masque de sportif, je souffrais – et sans doute cet aveu est-il risible – de la peur de la sénescence, et, comme il se doit, le mal, avec le temps, n'a cessé d'augmenter. Aujourd'hui, plus encore qu'à cette époque, le mot terreur n'est pas exagéré. Terreur du pourrissement de la chair sans doute, mais aussi terreur de ma situation d'être fini dans l'infini, donc questions physiques et métaphysiques mêlées qui ne sauraient trouver de solution – il n'y en a pas – dans aucune religion évidemment – ce serait accepter d'être trompé en se trompant et donc ajouter un masque à sa collection de masques – et que j'ai tenté de cacher derrière des faux semblants sans parvenir, comme d'autres, à tirer une sagesse de cette situation sans issue. Mais ces autres, apaisés, le sont-ils vraiment ou feignent-ils de l'être ?

~

Je me demande qui pourrait trouver son compte dans ce texte sans anecdotes salaces, vacheries et noms étalés ? On sait que les journaux, avant d'être lus, sont fébrilement feuilletés parce qu'on y cherche, si l'on est un peu proche de l'auteur ou un tant soit peu public, son nom et, surtout, les jugements qui l'accompagnent. Certains diaristes ont souvent semé ces appâts – de façon consciente ou inconsciente – dans leurs pages. Concierges de talent ou même de génie.

~

Il y a du sauve-qui-peut dans ce journal !

25 janvier

Froid sec avant le jour. Pas de vent. En allant poster une lettre, par les rues silencieuses du village, un souvenir vieux de cinquante ans me revient en mémoire : la neige nocturne, dans les rues désertes de Pau, le jour du mariage de mon cousin, mort depuis ; mais aucune tristesse, au contraire, une sorte de joie fugace à sentir, comme à dix-sept ans, le froid sec de janvier autour de mon visage et la sensation de ma main posée sur la taille tiède d'une jeune fille dont j'ai oublié visage et nom.

30 janvier

Après trois jours d'abattement complet, je reprends, petitement, le journal de ma dégringolade, sans illusions désormais, après sa relecture. Pure béquille pour continuer à clopiner de la tête. Même chose que pour le *Journal des limbes*. Ne devrais-je jamais me relire ?

2 février

Aujourd'hui, il pleut. La nuit dehors, encore. Je tente de recoller les morceaux, sachant bien que c'est impossible, mais je fais comme si. Au fond de moi une sorte de regret imbécile : tout ce qui ne s'est pas fait...

Je subis mon désarroi et ne l'invente pas, je le camoufle, de loin en loin je l'oublie mais il est là. Une main de peur sur mon épaule, dont la pression chaque jour s'accroît un peu plus. Ne serais-je, à l'avenir, qu'un chiffonnier condamné à tourner en rond dans la décharge close de mon esprit ? Je repense, comme à un paradis perdu, à cette époque où je pouvais m'évader dans des fictions, où je rencontrais d'autres personnages. Impossible à présent de m'évader du plus obscur de moi-même. Jusqu'à la fin ? Quel effort, pour ne pas imploser, oui, à force de vide intérieur ! Les mots servent à ça : ne pas imploser sous la pression de l'ennui. Dans l'atmosphère des planètes irrespirables la tempête rouge tourbillonne et les derniers arbres s'enflamment.

3 février

Paradoxalement, ce journal intime, c'est-à-dire qui va, qui devrait aller, au plus profond, n'est pas vraiment intime. S'il l'était, il serait un magma, un chaos de pensées, d'images, de cris, d'injures, d'éjaculations verbales, bref une pure émanation du ça, un bloc dont le modèle me paraît être *Les Cahiers de Rodez* et *Les Cahiers du retour à Paris*, d'Artaud. Peut-être ces cahiers d'Artaud sont-ils, avec quelques écrits bruts, non catalogués dans la littérature officielle, les seuls journaux vraiment intimes, les seuls qui, grâce à la force artésienne de la folie, à sa capacité d'isolement, sont capables d'amener à la surface de la feuille cette malodorante eau nocturne qui stagne au fond de chacun de nous ? Le reste des journaux intimes (j'insiste sur ce qualificatif car il est des journaux qui, anecdotiques, de surface, n'ont rien d'intime), est toujours peu ou prou entaché de complaisance, de regard biais vers autrui (comme je suis singulier n'est-ce pas ?), ne serait-ce que par le souci du bien écrire, en adoucissant ici, en forçant là, exhibitionnisme aidant, bref texte préparé, pesé, où l'on sasse l'intime pour n'en garder que la plus belle eau. Cela, bien sûr, à des degrés on ne peut plus variables. Dans ce domaine, hélas, je ne suis pas meilleur que les autres, mais au moins je le sais, et, incapable de dépasser ma petite norme, j'en éprouve honte et tristesse, puis, après quelques jours de désarroi, je n'en continue pas moins à rédiger ce journal intime qui ne l'est qu'à moitié.

On me dira qu'il n'est pas nécessaire qu'un journal soit absolument intime (si cela est possible) pour être intéressant, et je le sais, et comme tout le monde je fais mes délices de journaux où la réflexion sur le monde prend le pas sur l'exorcisme des démons personnels, mais je me pose, ce matin, cette question de l'intimité parce que je trouve trop souvent le mot intime employé dans un mauvais sens, étant souvent considéré comme intime tout ce qui se rédige à l'insu d'autrui, alors qu'il s'agit de bien autre chose.

Il est sûr que si je voulais atteindre le degré maximum d'intimité, il faudrait que je jouisse, ou pâtisse – selon le point de vue auquel on se place – d'une situation mentale autre que la mienne : je suis un homme banal, sensé et normal, dont les angoisses appartiennent, si je puis dire, à la norme du malaise, au lieu que la pathologie mentale, faiblesse par rapport à la norme, est dotée d'une rare force extractive. Le tréfonds, véritable sens d'intime, est son domaine, un domaine non tant observé – c'est le rôle des psychanalystes, philosophes, etc. – que fouillé, sans distance, et c'est là l'important. Moi, comme la plupart des diaristes, j'assiste à moi-même, pour reprendre l'expression de Pessoa, je suis capable de m'asseoir dans la salle et de me voir faire le pitre sur la scène, au lieu qu'au sein de la pathologie on doit, me semble-t-il, sans cesse rester sur la scène et se confondre avec son spectacle. Au point que je me demande parfois si le mot « schize » est bien le bon. Etc.

Par ailleurs, cet intime ne peut faire l'économie des effets de surface. Plongé dans le quotidien extérieur, j'en subis sans cesse l'effet, et comme je ne suis pas complètement solipsiste, mon journal intime s'ouvre, de loin en loin, sur ce monde commotionnant dont je ne peux ignorer les beautés et les turpitudes sans cesse agissant sur ce moi intime et le troublant dans un jeu de répulsion / attirance qui me transforme en ludion sans arrêt à monter et descendre dans la glauque transparence du bocal de mon esprit. Phénomène qui me met mal à l'aise puisque je balance entre l'importance que je donne à l'intime – ce fameux ego sur lequel on m'a tant de fois reproché de me replier, ce qui est faux, puisque je suis, sismographe, à l'écoute des vibrations du monde, alors que j'ai de moi une vision plutôt péjorative – et les bouleversements d'un monde auquel j'ai la sensation de ne pas être suffisamment attentif, sans doute parce que, obscur, je n'ai sur ce monde aucun pouvoir. D'où ma tendance au repli et ce pessimisme que l'on me reproche mais que le spectacle quotidien du monde justifie. Toutefois, ce repli me donnant tout le temps de réfléchir sur ce que j'ai vu par mes fenêtres entrouvertes, j'en viens à me demander si la montre des littérateurs spectaculaires, qui leur fait perdre beaucoup d'énergie à la parade, ne les prive pas d'un retrait souvent douloureux – nous sommes tous vaniteux – mais apte à une meilleure perception à la fois du magma intime et des phénomènes du monde. Si bien que ces intellectuels de la montre, qui ont tréteaux et pouvoir, qui potinent sur tout et rien en refaisant chaque matin le monde, qui donc font l'opinion, ont sinon moins de capacité, en tout cas moins de temps et de disponibilité pour réfléchir, que ces solitaires privés de parole et dont les analyses, si un jour elles sont publiées, le seront, délavées, alors que l'événement qui les a suscitées sera depuis longtemps oublié. Au fond des fonds, le solitaire acrimonieux rêve parfois d'écrire à chaud, comme n'importe quel journaliste, ou, mieux, d'utiliser cette veine pamphlétaire qu'il doit garder sous le boisseau à côté de sa rage et de son impuissance.

~

Le soir me tombe dessus comme un nuage de nostalgie.

~

La perception du moindre engrenage du temps.

~

Coagulation : soudain, à travers les yeux clos, comme un fragment fugitif, impossible à identifier, de passé. Astéroïde de la mémoire.

~

Une entreprise de sincérité mais évidemment pas de vérité.

~

Que sommes-nous ? Des voiles flottants, agités au bout de bâtons, et dont l'ombre ressemble à de la fumée.

5 février

À cause de ma franchise dans la critique d'un manuscrit qu'on m'avait soumis, on me dit que je me suis créé un personnage de vieillard acrimonieux, mot dans lequel j'entends une âcre harmonie dissonante. Et pourquoi, à soixante-sept ans, ferais-je le jeune homme ? Ces retraités souriants pour magazine du troisième âge, main dans la main avec leur vieille compagne, m'agacent. Ce refus du temps. Regardez-vous donc en face dans un miroir ! – vos rides et vos ptôses, vos fesses pitoyables, vos regards éteints, vos cheveux gris et rares –, écoutez vos organes déréglés, et cessez de nous jouer la comédie d'une éternelle jeunesse. Ces vieilles, gambillant en minijupes au bord de la tombe, me font rigoler. Minable ! Techno sénile. Batteries d'os. La mort dans l'isoloir vote pour le massacre.

~

Ire nocturne.

~

Pascal. Relecture, avec un mélange d'admiration pour l'écriture et d'étonnement triste devant ce bel esprit se battant les flancs pour soutenir l'insoutenable.

~

Assis au bord d'un lac et toujours à attendre l'émergence de quelque monstre qui ne paraît jamais.

~

Spéléologue bloqué à l'entrée de mon propre tréfonds.

~

Le puits et le pendule, ou une sensation approchante, hormis qu'ici l'objet du supplice, invisible, multiple, caché dans chaque fragment de la nuit, peut trancher à chaque seconde. Inexorable approche. Je l'entends, et avec lui le tic-tac rongeur d'une horloge et, au fond de l'oreille, une sempiternelle perceuse.

6 février

Est-ce que Adorno avait raison lorsqu'il disait qu'après Auschwitz on ne pourrait plus écrire ? Non, Adorno avait tort : on peut encore écrire, ne serait-ce que pour répéter que rien ne sera tout à fait comme avant, parce que rien n'est comme avant.

À partir du moment où l'homme est ravalé, en tant qu'homme, au rang de pur matériau – comme dans les camps les cadavres – ou de pur rouage, puisque la bonne santé d'une industrie justifie le *dégraissage* de ceux qu'elle emploie,

où les places boursières se réjouissent lorsque telle opération jette sur le pavé des milliers de chômeurs, où des patrons, se disant humanistes, font des bénéfices grâce au travail forcé des enfants du tiers monde,

où un livre, jugé remarquable, est refusé sur des critères idéologiques ou de rentabilité, la rentabilité étant la plupart du temps proportionnelle à la paresse d'un public qu'on ne cherche plus à élever, donc proportionnelle à la banalité du produit, puisque le livre est désormais un produit jetable et oubliable,

où l'Éducation Nationale fait passer l'intégration de l'élève dans la société industrielle avant la pure culture, réduisant de plus en plus les humanités au profit des sciences,

où, à l'hôpital, on supprime lits et personnel pour faire des bénéfices sur le dos de la sécurité,

à partir de ce moment-là – et c'est celui où nous nous trouvons – le mépris pour l'homme, tel qu'il a atteint son sommet en ce lieu symbolique qu'est Auschwitz, se diffuse, en sourdine, sans tragique apparent, au jour le jour, dans les esprits d'une foule qui s'auto-méprise et devient l'esclave consentante des grands prêtres de la marchandise pour qui seul compte le profit.

Dès lors, comment l'acte d'écrire pourrait-il être le même qu'avant – et je parle, ici, à partir de mes propres aveuglements – soit que l'écrivain accepte de se soumettre, de s'adapter aux exigences du marché, en produisant d'éphémères colifichets à la mode ou des objets de faux scandale, soit que, refusant ce pacte pervers avec le système, où tout devient simulacre, il essaie d'écrire au plus près de soi, dans la précarité, dans les catacombes, pour la beauté du geste, et sans beaucoup d'illusions quant au possible intérêt de la société pour les mots que profère sa débile voix ?

Écrire cela, je le sens, ne servira qu'à moi-même ; mais au moins l'aurais-je écrit ; au moins aurais-je, dans le respect des mots, sans hâte, entouré par le silence matinal, accompli ce geste grave de m'asseoir devant ma table – en l'occurrence la table de la cuisine – de prendre le premier morceau de papier venu, un stylo, renouvelant le geste plurimillénaire du scribe, pour tenter de me soutenir, paradoxe, du constat d'une situation quasiment – mais comme cet adverbe pèse lourd – désespérée, celle d'un troupeau d'aveugles qui adorent cela même qui les détruit.

7 février

La littérature n'est pas lieu de rupture mais lieu d'invention dans la filiation. Quand j'écris, je sens toujours, derrière moi, comme penchés sur mon épaule, les écrivains que j'ai lus, qui m'ont ensemencé, que je récuse ou admire mais qui, tous, influencent la phrase que je suis en train de tracer. Si, lorsque nous écrivons, nous n'avons pas conscience d'appartenir à ce territoire où se côtoient, depuis la naissance de l'écriture, s'enrichissant les uns les autres, les écrivains les plus disparates, alors nous ne sommes pas écrivains.

L'écriture a une densité historique, et tous les mots que nous traçons, et qui plongent dans le temps, rendent caduc le *hic et nunc* et nous obligent à nous sentir les fils de quelqu'un, à remonter dans le temps jusqu'à l'origine, c'est-à-dire, souvent, jusqu'à une langue qui n'est pas la nôtre, ce qui fait de tout écrivain, fut-il le plus nationaliste, un citoyen du monde.

C'est pourquoi il est absurde, au plus haut niveau, d'enseigner de façon purement pratique les langues vivantes, de renier les langues dites mortes, ou de les étudier, sans dépasser les rudiments, détachées de leur contexte historique et culturel – si bien qu'elles se muent en d'ennuyeux exercices au bout desquels on ne sait même pas que ces langues furent celles de grands philosophes, poètes, orateurs ou historiens. Comment l'homme ne serait-il pas angoissé quand, de plus en plus, on le sépare de sa continuité historique, de ses fondations culturelles, pour le faire vivre dans un poudroiement de connaissances fragmentaires non étayées par l'étude des textes littéraires. Même le français est enseigné ainsi. Si bien qu'on voit des élèves arriver en fin d'étude sans avoir quasiment rien lu de notre littérature et, pire, sans avoir l'idée qu'une langue, organisme vivant, a, si je puis dire, une biographie. Étrangement, dans cette époque où l'on réduit le temps de travail et où le loisir est devenu une industrie, la gratuité n'a pas bonne presse : jamais l'utilitarisme n'a poussé aussi loin ses ravages.

~

Au fond, les hypocondriaques dans mon genre sont des voyageurs sédentaires : ils s'inventent, dans leur chambre, quantité de voyages à travers leurs malaises.

13 février

Je me suis assis devant ma table, le corps endolori de sommeil, et j'ai attendu, le menton posé sur mes mains croisées.

Dehors, une très fine couche de nuages rend le ciel opalescent. Une sorte de torpeur, qui n'est peut-être que la projection de ma propre torpeur, pèse sur les toits. Je sens le temps se distendre et m'amener aux confins d'une autre époque, très loin, il y a plus d'un demi-siècle, je ne sais, vers une lumière toute semblable, et je perçois l'énormité de ce que j'ai vécu, tant d'années replètes de guerres, de créations, d'inventions, de personnages exceptionnels, de bouleversements politiques, bref de tous ces ingrédients qui font l'histoire, qu'un coup de dés chanceux m'a permis de traverser sans encombre, et dont il ne reste, aujourd'hui, qu'une lueur pâlie sur un mur et un sentiment d'irréalité.

Cette énorme énergie humaine gaspillée, pendant tant d'années, me laisse seul au bord de l'ennui. Ma dérisoire mémoire n'est plus qu'une pincée de cendres ou de poussière. Un gigantesque rouleau de dérision a écrasé toutes les idoles, tous les autels, toutes les utopies, et les œuvres d'art elles-mêmes – cet art qui me fut admirable refuge – ne sont plus, dans mon souvenir, que ces ruines entassées à l'abri d'un hangar rouillé.

Mon cœur se serre quand je pense à tous ceux ou celles que j'ai croisés et qui sont morts. Je suis une bulle de tristesse qui monte, en dodelinant, sous le ciel laiteux, comme le ballon de baudruche échappé de la main d'un enfant maladroit. Je me sens vraiment écartelé, au-dessus d'une fracture du temps, entre deux époques. Dans mon demi assoupissement, j'ai entrevu des façades grises, des pavés, des murs aveugles couverts de publicités désuètes, des couloirs de métro, des pavés, des luisances fugaces de pluie, reflets de mon enfance, à moins qu'elles ne soient que rémanence, dans mon esprit, de ces albums de photos prises par des photographes morts et dans lesquelles je retrouve l'atmosphère d'une ville que j'ai aimée, qui existe toujours, et qui pourtant a définitivement disparu.

Il ne s'agit pas de nostalgie, mais d'autre chose. Comme l'hypersensibilité fugace d'un recoin caché de la mémoire soudain révélé par l'opalescence de ce calme ciel dominical et par la torpeur douloureuse de mes muscles.

Que suis-je ? Un palimpseste. Une stratification de tableaux peints sur une même toile et auxquels des peintres différents ont mis la main, tous ceux qui ont vu ou fixé ce que moi-même je voyais, il y a longtemps, et qu'ils ne cessent de me rappeler. Où est ma vérité ? Je ne le sais plus guère. Mon esprit, je le perçois comme un fatras, un poussiéreux marché aux puces où s'amoncellent les restes hétéroclites de ma vie, surtout des lieux et des objets plus que des êtres, et ces objets perdus, sans valeur, je les vois avec précision parfois, d'autres fois fragmentés, au moment le plus inattendu – mais surtout au sein de la torpeur –, et ils entraînent avec eux les lieux où j'ai pu les voir, les odeurs qui les environnaient – comme celle du bocal dans lequel ma grand-mère, sur le buffet du salon, mettaient des biscuits qui devenaient humides et dont je sens encore sur ma langue la friabilité ramollie.

Rien d'autre que l'expérience décrite et développée par Proust si admirablement, que j'éprouve quelque scrupule à en parler encore.

~

Ce que j'aimerais saisir quelquefois, c'est, justement, l'insaisissable, cette sorte de fissure éphémère qui s'ouvre par instant dans le tissu du temps, nous permettant d'entrevoir cet ailleurs d'où nous venons, qui n'existe plus, que nous avons pourtant l'impression de retrouver quelques secondes, alors que nous savons bien qu'il a à jamais disparu entraînant avec lui le fantôme de ce que nous étions alors.

14 février

La folie au bout du fil. Cette femme téléphonant autour d'elle, à des proches ou moins proches, pour leur parler de ses peurs, de ses obsessions, de l'invasion imaginaire de sa maison par des assassins, et disant, comme pour mieux se convaincre : « On dira que je suis folle, mais… ». Mon malaise en reposant le combiné. Traqué de tous côtés par la ruine physique et mentale des uns et des autres. Comment, à partir d'un certain âge, ne pas vivre dans l'angoisse de multiples menaces ? On me prêchera la sérénité, mais sérénité est un mot qui m'a toujours paru suspect.

19 février

L'envie d'écrire me point à l'extrême. Qu'importe que je n'aie pas construit une œuvre, que je sois un écrivain du deuxième rayon : en moi, la maladie de la parole, par crises, nécessite que je m'assoie devant une feuille blanche et que je la couvre de signes.

~

Temps couvert. Vent d'ouest. Température de printemps. Les moineaux installés dans le laurier-tin remplissent le jardin de ces pépiements bavards – rien d'un chant – qu'ils lancent tous ensemble et qui ressemblent aux revendications joyeuses de je ne sais quel pensionnat plumeux ou aux grincements d'une mécanique bancale. Néanmoins, ce bruit n'est pas désagréable et d'ailleurs je finis par ne plus l'entendre. Dans un moment, ils cesseront, pour reprendre ce soir, avant la nuit.

~

Je relis *Oberman*, de Senancour, avec toujours le même sentiment de connivence. Pas un mot de ce livre que je ne puisse faire mien, et cette écriture vieillie est pour moi plus jeune que tant de productions contemporaines qui me tombent des mains. Jamais le désenchantement, l'ennui, n'ont été exprimés ainsi, même pas par Chateaubriand – bien plus somptueux et subtil dans son écriture – dont le catholicisme omniprésent et le goût de la pose gâtent trop souvent réflexions et descriptions. Bref, dans le héros de Senancour, si modeste, si obscur, je me retrouve.

Oberman, et c'est cela qui me plaît, est un haillon épistolaire où l'écrit ne cesse de cerner de l'absence. Qui est le correspondant d'Oberman ? On ne le sait. Et en quoi consiste ces affaires dont il parle parfois ? Le livre est avant tout un tissu de sensations, un chant d'amour à la nature, le regard résigné, sur la bêtise des hommes, de qui se sent définitivement à côté, sans illusions, ni terrestres ni célestes. Athée sans ostentation ; mais fermement. Ce livre, qui est un antiroman, un amalgame de fragments déguisés en lettres, mal composé, ou pas composé du tout, me va comme un gant ; et son ennui me redonne goût à la vie, c'est-à-dire à l'écriture – ce qui, il est vrai, n'est pas du tout la même chose –, simplement parce que je retrouve chez ce vieux mort la même lassitude lucide que, indécrottable romantique sans doute, je ressens moi-même chaque jour devant mes semblables.

~

Ah, si je pouvais trouver le sésame qui m'ouvrirait à moi-même !

21 février

L'amour est ce sentiment des plus banal dont chacun s'efforce de faire croire qu'il l'a vécu de façon exceptionnelle.

~

Ma mémoire s'effiloche. Il m'est impossible de retenir un vers.

Toutefois, lorsque, au cours de l'une de mes marches, il me vient un bref poème à l'esprit, j'arrive encore à le conserver jusqu'à la maison.

~

Mon rapport au livre, je pourrais le résumer par ce bref poème chinois de Yang Wan Li, écrit il y a plus de sept siècles et dont je recopie ici une traduction qui fatalement le trahit :

Fin du printemps, la nuit, assis :

De douleur j'implore le ciel, mais le ciel qu'en sait-il ?
ou bien il le sait mais il s'en moque
par hasard je tombe sur un recueil de Po Chu yi
un petit moment d'allégresse m'est accordé

~

Que j'ai pu être sectaire, à certains moments de ma vie, tant en politique qu'en art, me dégoûte. En ces temps-là, je me suis donc amputé d'une part de moi-même, rendu ridicule et odieux. Du moins en suis-je revenu, trop tard sans doute, mais j'en suis revenu.

~

Pourquoi poursuivre la tentative d'élaborer une œuvre, alors que je sais dérisoires les résultats obtenus et que mes mots assemblés, qui forment une vingtaine de livres, n'auront jamais ce caractère d'impérissable singularité qui caractérise les textes des meilleurs écrivains ?

Quelle est cette force qui, malgré ma lucidité sur moi-même, me pousse, moi, écrivain du second rayon, a, jour après jour, dans une itérative angoisse, tracer des mots qui ne me rassasient jamais ?

Pourquoi, déraisonnable, ai-je composé des livres, fruits d'une manie, et n'ai-je de cesse de publier ce que je sais imparfait et voué à très vite disparaître ?

Comment puis-je les offrir, alors que je suis plein d'insatisfaction et de doute à leur égard, à tel point que, une fois publiés, ils me deviennent étrangers et que je ne les ouvre à peu près jamais, effrayé à l'idée de les trouver plus mauvais encore que je ne le croyais ?

Quelle absurde décision d'avoir signé de mon nom des ouvrages dont je suis gêné que l'on me parle, ce qui me pousse à me taire sur ce qui est pour moi l'essentiel et à éluder les allusions que tel ou tel peut y faire.

Pourrais-je, après ce constat, ne plus écrire ?

Si j'en juge par mon désarroi, lorsque la parole s'assèche, je peux répondre catégoriquement non.

Pourrais-je ne pas publier ?

J'en doute.

On le voit, je suis loin de cette certitude affichée par certains, dont la faconde médiatique m'épouvante, et je me sens assez misérable d'être tel que je suis ; mais qu'y puis-je ? L'absence de confiance s'enracine quelque part, je ne sais où, dans mon passé, et cette inconfiance je suis bien obligé de la supporter, puisque rien n'a pu et ne pourra l'effacer, sauf un possible gâtisme qui soudain me ferait prendre la vessie que je suis pour une lanterne.

25 février

Si seulement je pouvais sortir de ce cercle virtuel dans lequel m'a enfermé une sorcière qui me ressemble sans doute comme une sœur à son frère jumeau !

26 février

L'histoire, c'est vrai, ne repasse pas les plats : elle sait, à chaque instant, trouver de nouvelles épices pour faire évoluer sa cuisine. Les politiques sont aussi de plus ou moins brillants metteurs en scène ayant à leur disposition quantité de décors et de costumes toujours renouvelés, même si c'est pour jouer des pièces qui se ressemblent tout en étant différentes.

Encore une fois, c'est Héraclite qui a raison : on ne se baigne jamais deux fois dans le même fleuve ; mais cela ne veut pas dire que ce fleuve toujours renouvelé devienne plus calme et perde ses traîtrises.

~

Chacun de nous est seul en lui-même, au fond incompréhensible à l'autre, et seul capable de dénouer les nœuds qui l'étranglent. Seul, avec tout juste ces paroles lancées vers l'autre, comme un cri masqué en une courtoise conversation dans laquelle, pourtant, on trouve un momentané apaisement, très momentané, à cette insupportable tétanie de l'esprit qui interdit la moindre action.

28 février

Bien avant les impressionnistes, plus discrètement que Turner, Constable a peint le fugace de la nébulosité et de la lumière. Sa notation n'a rien d'un coup de cymbale, à l'inverse de Turner dont les aquarelles, superbes, ont un je-ne-sais-quoi d'extrême. Elle se fait au jour le jour, dans la discrétion, en marge de son œuvre officielle plus compassée, sur les terres de Hampstead où ce peintre local universel lève la tête vers le glissement des nuages vertigineux et impondérables dont le météorologiste Luke Howard vient d'établir la classification. Tentative rapide de fixer l'infixable, ces huiles de petites dimensions peuvent être assimilées à un journal intime du rapport de Constable aux éléments. Et c'est sans doute à cause de cette intimité, de ce refus du spectaculaire, que ces œuvres me touchent en profondeur, grâce à l'émotion discrète, lente, familière si l'on veut, qu'elles éveillent en moi.

Je me demande si l'émotion artistique la plus profonde, la plus durable, celle qui inscrit en nous le souvenir des œuvres comme un souvenir personnel n'est pas provoquée par les œuvres les plus discrètes, les moins provocantes au premier abord, voire ces esquisses qui n'ont jamais été tenues, par leurs auteurs, que comme des travaux préparatoires ?

Ce n'est pas forcément toujours le coup de force avant-gardiste comme, dogmatique, je l'ai cru un moment, qui imprime en nous la marque la plus durable, mais, le plus souvent, des écritures – picturales, littéraires ou musicales – discrètes, dont on se demande pourquoi elles provoquent une émotion indélébile. En fait, si elles s'impriment si bien en nous, c'est justement parce qu'elles nous apprivoisent mieux que ces chefs-d'œuvre éblouissants qui nous restent toujours, écrasants, un peu extérieurs.

Ces paysages modestes (j'éprouve une certaine tendresse pour l'École de Barbizon), décrits ou peints, cette concentration de silence, cette banalité apparente, me touchent plus que l'énorme « Radeau de la Méduse » ou le somptueux « Mort de Sardanapale » et d'autres autant ou plus prestigieux que j'admire, certes, mais pas de la même manière.

Je ne suis ni historien d'art ni critique, mais seulement un amateur. J'ai souvent dit que je me moquais des hiérarchies ou plutôt que j'avais appris, trop lentement, à m'en moquer ; et sans doute, in petto, en est-il de même pour beaucoup, qui traînent un goût secret que la dictature culturelle ou le snobisme les empêchent de montrer au grand jour. Pour avoir appartenu, autrefois, au camp des péremptoires, je sais de quoi je parle et je ne hais rien tant, aujourd'hui, que ceux qui, terroristes culturels, n'ont pas fait amende honorable en reconnaissant leurs excès et continuent à vouloir régenter ce qui n'est rien d'autre que la mode, élément capital du spectacle.

Aujourd'hui, à l'entrée de la vieillesse, je me dépouille, avec quel effort, de ces écailles culturelles que l'on a posées sur mes yeux. J'aime ce que j'aime, et qui serait plutôt du côté du sévère et du minuscule. Je suis fatigué des grandes machines et de l'hyperbole, même si parfois, encore, il m'arrive de me laisser séduire – et pourquoi pas ? Je fais ce que je veux, ou ce que je peux, sans chercher à savoir si je suis dans le sens du vent ou non ; et, d'être ainsi, je me sens devenir plus vaste, sans exclusives dogmatiques, c'est-à-dire sans sectarisme, sans sottes hontes, mais c'est bien tard, je le reconnais.

29 février

Quand je relis ce journal, chaque fois que je rencontre une allusion à tel ou tel ami, hôte de mon quotidien mental ou physique, j'éprouve une gêne difficile à expliquer. Au point que j'en arrive à biffer son nom, si je me suis laissé aller à l'écrire.

Est-ce parce que la présence d'un être singulier, nommé – ou en tout cas prénommé (j'ai dit ailleurs, plusieurs fois, mon horreur des noms) – introduit un parasite dans ce journal qui tourne si fortement autour de mon ego, ou bien... ou bien quoi ?

Ici, je cale. Ce très fugace malaise me reste, pour l'instant, inexplicable, mais je l'éprouve et je sais qu'il a une cause évidemment, et cette cause je n'aurais de cesse de la trouver.

Est-ce une forme de pudeur ? Je ne le crois pas, puisque cette gêne se teinte de ridicule, donc me concerne plus qu'elle ne concerne la personne dont je parle. Je me sentirais ridicule de parler de mes rencontres privées, peut-être parce que j'aurais l'impression, ce faisant, d'accorder à ma vie sociale plus d'importance qu'elle n'en a, et, ainsi, d'imiter ces écrivains célèbres qui, dans leur journal, parlent de leurs rencontres avec des gens non moins célèbres qu'eux et dont les faits et gestes peuvent intéresser le public. Au lieu que mes rencontres sont, comme moi, modestes, obscures, et dont intéressent médiocrement un possible lecteur.

« Mais, si tu rencontrais un personnage célèbre, en parlerais-tu ?

– Très franchement, je ne le crois pas, sauf à souligner quelques-uns de ses ridicules.

– Donc ce que tu dis plus haut est faux ?

– Faux, mais pas tout à fait : il y a, dans cette demi vérité, une part de vérité, puisque, lorsque je fais ces allusions, je me sens singer les diaristes célèbres, ceux que je vois, au-dessus de moi – oui, je les vois – assis sur un nuage, ou plutôt à demi allongés, comme des dieux, la plume en arrêt et le menton rêveusement posé sur la main mollement pliée au bout d'un avant-bras accoudé à de la brume. Bref, je me sens singe.

– Tu consacres beaucoup de lignes à une sensation bien infime, mon ami.

– Sans doute, mais je ne veux rien laisser passer de ces troubles fugitifs. Ici, je cherche à me décaper, ou plutôt à m'écorcher : j'aimerais qu'à travers mes dits et mes non-dits, mon esprit apparût avec tous ses vaisseaux, nerfs, muscles, etc., comme ces écorchés qui, dans mon enfance, m'ont effrayé et fasciné. Je veux essayer de me comprendre moi-même.

– Et crois-tu que ta petite personne pourrait intéresser un lecteur ?

– J'ai la naïveté de croire que ce supposé lecteur pourrait y trouver, un peu, une explication de lui-même et quelques autres agréments. Si ce journal peut avoir un intérêt, ce ne peut être que par ses réflexions – ce qui est bien prétentieux de ma part – ou, ici et là, par quelques réussites d'écriture – si tant est qu'il y en ait – lorsque je parle de l'infime ; mais sûrement pas par l'étalage anecdotique de ma vie quotidienne. La singularité de ce journal, si je la trouve ou si elle me trouve, ne peut venir que de mon refus d'imiter les prestigieux journaux des personnages célèbres dont la vie fut riche de rencontres et d'événements.

– Crois-tu donc inintéressant l'aspect anecdotique d'une vie, fut-elle modeste ?

– Mon ami, je ne fais pas une loi de ma loi, et sans doute existe-t-il – oui, ils existent – des journaux anecdotiques passionnants, mais encore faut-il que lesdites anecdotes se renouvellent un peu, au lieu que ma vie est si plate que, très vite, à choisir cette manière, mon journal ressemblerait à une sorte d'agenda et rien de plus. C'est pourquoi – et tant pis si l'on trouve cela un peu étouffant – je continuerai dans le sens que j'ai – mais en partie seulement – choisi.

– À t'entendre, on a l'impression que tu écris avec la certitude qu'un jour ce journal sera lu ?

– Je n'ai aucune certitude, mais je souhaiterais, oui, que ce journal fût lu, ou au moins devînt un livre, dont je pourrais apprécier le poids dans mes mains, de mon vivant.

– Pourquoi de ton vivant ?

– Parce que je n'ai que le bref temps de ma vie pour m'éprouver face aux autres, et parce que la postérité est une farce pour qui n'est plus que cendre et poudre.

– Mais pourquoi vouloir t'éprouver ?

– Parce qu'un jour sans doute, j'ai été humilié, à travers moi et à travers d'autres, mais quand exactement ? je n'en sais rien.

– Ton écriture serait donc le résultat d'une humiliation ?

– Une humiliation qui à la fois me concerne et me dépasse.

– Une humiliation singulière qui absorberait en elle une humiliation collective ?

– Peut-être. À partir du moment où j'écris, suis-je un témoin ?

– Écrire est donc une affaire de couilles ?

– Exactement, puisque *testis*, ou *testes* (au pluriel) signifie les deux témoins.

– Donc, lorsqu'on dit de quelqu'un qu'il a des couilles, cela veut dire qu'il a le courage de témoigner.

– On ne saurait mieux dire.

– Mais toi, homme métaphoriquement couillu, de quoi témoignes-tu ?

– De l'indicible.

– De l'indicible ?

– Oui, si longtemps que j'écrive, si abondamment que j'écrive, je ne parviendrai jamais à dire ce que j'ai à dire. Je ne parviendrai jamais à répondre à la question : pourquoi suis-je au monde, puisqu'il n'y a pas de réponse, à l'inverse de ce que veulent faire croire toutes les fallacieuses religions. Mais bien que l'on sache qu'il n'y a pas de réponse, néanmoins on en cherche une, et sans doute est-ce pourquoi la parole, qu'elle se manifeste en surface ou se poursuive, invisible, dans les profondeurs, est un *perpetuum mobile*. Je suis là, conscient de cette vie, conscient que demain je serai mort, et comment pourrais-je rester muet devant cette absurdité ?

– Tu tombes dans la métaphysique, mon ami.

– Comment n'y tomberais-je pas, puisque c'est un trou infini ?

– Mais, ce disant, tu enfonces des portes ouvertes.

– Sans doute, mais nous sommes seuls, et personne ne peut répondre pour nous, même si la question que nous nous posons, tous les autres se la sont un jour posée. C'est pourquoi je ne puis admettre aucune révélation. C'est vrai, tu as raison, la porte est là, devant moi, ouverte, ou plutôt battante, mais cette porte, qui semble si facile à pousser, je n'en franchirai jamais le seuil.

– Qu'en sais-tu ?

– Je refuse de me bercer d'illusions. Ne trouves-tu pas que certains clichés sont des chefs d'œuvre ? ».

~

Le ciel, aujourd'hui, est d'un gris variable. Par instant, la couche des nuages s'amincit, et l'on dirait que le soleil va paraître ; puis il se referme et accentue, dans la maison, des ombres hivernales porteuses de sommeil et d'à quoi bon.

~

« Sur cette terre il se sent prisonnier, à l'étroit ; les tristesses, les faiblesses, les maladies et les phantasmes des prisonniers éclatent en lui ; aucun réconfort n'a d'effet car ce n'est qu'un réconfort, aimable baume pour migraine en face de la rude réalité de la condition de prisonnier. Mais si on lui demande ce qu'il veut vraiment, il est incapable de répondre car il n'a aucune notion de la liberté, et c'est là une de ses plus fortes justifications. » (**Kafka**, *Aphorismes*, trad. Guy Fillion).

1er mars

Je me lève tous les jours avec la nuit, dans le silence du village et de la maison. C'est le meilleur moment de la journée. Puis le bruit viendra, les obligations, et l'ennui réveillé recommencera son va et vient de bête nostalgique dans la cage de mon esprit.

3 mars

Hier, à Montpellier, visite de l'exposition Delaroche, ennuyeux peintre d'histoire. Quelle technique – il ne manque pas un bouton de guêtre – mais quel ennui ! Combien je lui préfère un Cabanel, autre pompier dont le kitsch produit parfois d'admirables toiles qui savent exciter l'imagination de celui qui les regarde.

~

Je vis un quotidien feuilleté, superposition de moi(s) dans l'instant et d'autres moi(s) à différents moments de mon passé ou, imaginés, projetés dans l'avenir. Coexistence qui, par moments, me décolle, dans le vertige, de la réalité.

~

Me retrouver, c'est retrouver une mine épuisée, des galeries raclées jusqu'à l'os et qui ne délivrent plus aucun diamant, c'est-à-dire aucun mot. Tout juste une sensation d'étouffement et la menace d'une voûte dont les étais craquent et s'affaissent de plus en plus.

~

La tache laissée sur un buvard par la fuite de mon imprimante a exactement la forme d'un personnage de Giacometti : le buste de l'homme qui marche. Un être maigre et noir qui progresse, immobile, vers le néant. Un personnage de Beckett. Ces deux-là, le sculpteur et l'écrivain, ont atteint la gravité dans l'économie de matière. Litote plastique et langagière. Aujourd'hui, nous vivons dans une époque de désinvolture laborieuse. La plupart des livres sont des exercices de légèreté ou de grossièreté affectée (Y ai-je toujours échappé ?). Et tant de mots vains glissent à la surface du lecteur sans marquer le moins du monde son esprit. Je ne me sens plus de ce monde-là.

~

Je voudrais remonter jusqu'à la source, très loin, bien au-dessus des brumes permanentes qui m'empêchent de voir le sommet. Là-haut, il y a peut-être une source sulfureuse et des crapauds venimeux jouant parmi les droséras et autres plantes carnivores, ou tout autre paysage inverse, je n'en sais rien. Les eaux que je bois ont mauvais goût ; mais je ne connais pas la cause de ce goût. Quel cadavre pourrit, plus loin, en amont, dans la rivière au bord de laquelle je suis assis et sur laquelle je jette inlassablement des morceaux d'herbe sèche qui échappent vite à ma vue, quelles femmes y ont déversé leurs menstrues ? Je voudrais remonter jusqu'à la source ; mais la pente est trop raide, si raide, et mes forces diminuent, et il faut que je continue à boire cette eau nauséabonde, je ne peux pas faire autrement, même si je sais que, chaque jour un peu plus, elle m'empoisonne.

~

Ce journal est un labyrinthe dans lequel je me suis moi-même pris au piège. Pour en sortir, il faudrait que je me jette dans un livre d'une certaine haleine, mais aucun fil ne se tisse dans ma pensée qui pourrait me faire échapper à ces entrelacs de couloirs dont je suis l'architecte.

~

Il est des êtres qui, en dépit de leur talent et de leur justesse d'analyse, ne pourront jamais se débarrasser de leur fascination du pouvoir. Chez ceux-là, la courtoisie et la reconnaissance ne sont jamais spontanées, mais proportionnelles à l'importance sociale du personnage concerné.

~

Je n'ai jamais poussé à fond aucune étude. Ma culture chaotique est faite de hasards. Bouche à oreille ou rencontres surprises au coin d'une étagère, chez les bouquinistes plus que chez les libraires.

J'aime l'odeur des vieux papiers, le fatras poussiéreux des boutiques obscures, la sensation, quand j'ouvre tel ou tel livre, que je vais ressusciter un mort. Et puis, malgré mes dires, peut-être suis-je un invétéré nostalgique, celui qui, inconsciemment, aurait aimé vivre autrefois, alors qu'il sait ce souhait parfaitement stupide. Sans doute, mais comment ne pas être curieux de ce qui a été comme de ce qui sera, même si le plus sage est de tenter de bien vivre le *hic et nunc* ?

En tout cas, parmi d'autres, voilà l'une de mes faiblesses. Et cette faiblesse peut-être – la sensation de n'être qu'un patchwork de connaissances hâtivement cousues – est-elle la seule cause du manque de confiance que j'éprouve à peu près partout et de cette sensation de dislocation de l'être que j'ai métaphorisée, en parlant d'un homme dont le corps n'est plus qu'un paquet de feuilles qu'il n'a pas la force de disputer au vent.

Je ne suis pas tout à fait un autodidacte, puisque j'ai fait des études – paresseuses – et passé de justesse des diplômes ; mais j'ai acquis une bonne partie de ma fragmentaire culture à la façon d'un autodidacte. Toutefois, j'ai échappé à un défaut courant chez eux, c'est-à-dire l'admiration pour le jargon des spécialistes, et, conséquence, pour le pouvoir que représente la reconnaissance sociale. Au fond de beaucoup d'autodidactes, il y a souvent un snob qui sommeille, irrésistiblement admiratif, même s'il les dénigre, de ceux qui n'ont pas eu le même parcours social que le sien.

~

Lu dans *Le Monde* un article atterrant de Costa Gravas. Ne voilàt-il pas qu'il demande à Hollywood de boycotter l'Autriche en lui refusant ses films. « Quand les enfants (autrichiens), écrit le tristement drolatique Costa, se demanderont pourquoi il n'y a plus de Disney ou de Schwarzenegger, ça incitera peut-être les citoyens et les hommes politiques à commencer enfin le débat analytique ou la critique intellectuelle et morale du programme de Haider [...] si par hasard, ajoute plus loin le bravache de studio, les distributeurs américains ne comprenaient pas le pourquoi du boycottage, Steven Spielberg pourrait leur rappeler ce que les idées nazies signifient [...] ».

Ainsi Disney et Cie, Schwarzi, l'humanitaire du bazooka, Spielberg le grand maître de la superproduction coup de poing ou abondamment ointe de bons sentiments, et derrière eux toute l'Amérique, championne du crime et des armes à feu, seraient les purs héros qui lutteraient contre un néonazisme dont l'ultra-libéralisme affiché montre bien dans quel camp il se trouve ?

Peut-être serait-il temps de redéfinir le fascisme et de montrer qu'aujourd'hui, à l'heure où les Costa Gravas et autres intellectuels à cerveaux mous délirent, les uniformes noirs à tête de mort mités sont depuis longtemps au vestiaire, parce que l'histoire sait vêtir d'habits neufs les vieilles idéologies, provoquant des rencontres étonnantes. Entre Georges Bush junior, futur président, peut-être, d'une Amérique qui exécute des présumés innocents ou aide les pires régimes, et Haider, tous deux vêtus du même costume de cadre dynamique prêts à tout pour que les Bourses du monde entier fassent des bonds de joie, la différence est moins grande qu'on ne le croit, n'en déplaise à l'ineffable Glucksmann.

Certes les U.S.A ne fabriquent plus ces dictateurs d'opérettes sanglants, qui leur permettaient de piller l'Amérique latine : ils préfèrent soutenir des simulacres de démocraties (mais toutes les démocraties ne sont-elles pas devenues des simulacres d'elles-mêmes ?) ou se contentant d'embargos silencieusement meurtriers ; mais ils traînent les pieds lorsqu'il s'agit de lutter contre la pollution ou saccagent l'agriculture par passion du rendement, s'efforçant de laminer toutes les singularités, et au moment où l'Angleterre, sans état d'âme, libère un dictateur tortionnaire avec la bénédiction d'une ancien premier ministre, il faudrait peut-être savoir choisir ses alliés contre une idéologie plus que détestable mais qui est loin d'être celle du seul peuple autrichien à qui l'on voudrait bien faire jouer le rôle de l'âne de la fable.

À moins que Costa Gravas, à la recherche d'un producteur, se fasse le voyageur de commerce d'un empire de l'illusion qui n'a vraiment pas besoin de lui puisque, d'une façon hégémonique, il impose ses produits au monde entier sans se soucier – l'argent n'a pas d'odeur – de savoir qui les achète, pourvu que la facture soit honorée ?

~

Je lis les journaux pour ne pas être tout à fait coupé des événements ; mais chaque fois que je repose ces feuilles noircies d'une encre éphémère, j'ai l'impression de m'être sali et peu s'en faut que je ne m'essuie les mains.

L'abjection, l'esbroufe, la duplicité, la bassesse, proliférant à longueur de colonnes, les meilleurs journaux me paraissent déshonorés par cela même dont ils parlent, même si je sais qu'ils ne peuvent pas parler d'autre chose. Qu'importe que, ici ou là, on apprenne qu'une certaine droiture subsiste, cette miette d'espoir ne saurait rétablir la balance.

Le monde extérieur, de l'autre côté de ma peau, me paraît un monde sans vie, un théâtre d'ombres sanglantes sans doute, mais ombres, et je ne trouve un peu de gravité que dans cette tentative de saisir, sur la frange du malaise, dans les pages dérisoires de ce journal, ma façon d'être au monde.

~

Est-il possible d'atteindre la partie la plus centrale de l'esprit ? Cet endroit où les bruits du monde ne parvenant plus, nous pourrions trouver notre vérité, après nous être desquamé de tous les masques qui nous recouvrent ? Autrement dit, ce point où toute trace du théâtre social effacées, nous entrerions dans une solitude où il nous serait enfin possible d'admettre sans honte notre être dans sa nudité ? Est-ce de cela qu'il s'agit dans ce journal, ou bien suis-je en train de complètement me leurrer ?

4 mars

Sac putride du corps. Certains s'en flattent, hideux, comme Léautaud, qui font étalage de leur moindre sanie, d'autres aiment laper ce pus immonde.

~

Les petits cons. Aussi laids que des schtroumpfs, ils vont en bandes jacassantes et flétrissent tout sur leur passage.

~

Dans la noix de mon insomnie, le ver travaille. Je vois les spasmes de son ventre abject.

~

Le stylo en arrêt, comme Don Quichotte sa lance, il attendait qu'apparaissent des fantômes.

~

Je m'essore ici, mais que sort-il de cette serpillière trouée ?

~

Comme il est difficile d'être là, griffonnant dans ce lit, et en même temps à côté, dans une bulle de dérision !

~

La recherche du temps fourbu.

~

Je est bien moi, hélas.

~

Moisson d'épines nocturnes.

~

C'est comme si, une à une, j'arrachais les griffes des poux accrochés à la surface de mon cerveau.

~

Écrire la phrase la plus simple m'émeut : j'assiste à un miracle.

~

La pensée sautille, de droite et de gauche, comme un passereau cherchant vainement un grain de mil sur une terre craquelée par la sécheresse.

~

Stérile : le mot bruit comme le chant d'un insecte nocturne.

~

Ne pas mépriser ces associations qui se forment sur les franges d'une parole paralysée.

~

Je vais essayer de dormir de nouveau, par ennui, comme on boit une potion.

5 mars

Je me suis levé, j'ai déjeuné, j'ai fait mon lit et à présent il fait jour.

Je regarde le ciel gris qui promet la pluie mais qui sans doute, une fois encore, ne tiendra pas ses promesses. Chaque jour un peu plus s'élargissent les fentes de la terre. Quand la pluie viendra, je sais qu'elle sera violente et ravinera tout ; mais après, en quelques semaines, le printemps transformera le paysage et j'éprouverai cette joie saisonnière qui, en moi, ne faiblit jamais.

~

Au fond, moi qui prétends avoir horreur du sentimentalisme, je suis, comme tout le monde, un sentimental. Lorsqu'un film, un livre, une pièce, s'achèvent sur une fin heureuse, je les poursuis dans ma tête en essayant d'imaginer qu'un bonheur idyllique est possible, puis, la lucidité reprenant le dessus, je souffre à l'idée de la désagrégation qui va suivre le moment de perfection grâce auquel l'auteur enfonce un peu plus le public dans l'illusion increvable du Grand Amour.

Pourtant, ce brave public devrait se rendre compte que la littérature de tous les temps nous a légué plus d'histoires d'amour malheureuses qu'heureuses, ce qui montre bien que ce sentiment, grâce auquel l'espèce a pu se multiplier jusqu'au suicide, entraîne infiniment plus de désagrément que de plaisir. Mais le public en redemande, parce qu'il a besoin de rêver à ce qui n'existe, dans la réalité, qu'à l'état imparfait. D'où le succès des bluettes et de la presse du cœur, même si cette presse s'adapte au faux semblant de liberté et de cynisme de l'époque.

Quand je vois deux amoureux, ils m'attendrissent et me font hausser les épaules. Je pense aux désillusions qui les attendent, je pense aussi à la somme de clichés qu'ils vont débiter – car même si la pulsion amoureuse est violente elle passe, dans le langage, par ce sommet du conventionnel qu'est le cliché, sans parler du kitsch des objets – à la masse d'imbécillités auxquelles vont les pousser cette situation dans laquelle, pourtant, bien qu'elle soit la plus banale du monde, ils se croient uniques.

Je n'écris pas ces remarques par aigreur, mais parce que, au fil du temps, j'ai pris conscience de la rouerie avec laquelle les hommes ont su travestir leur bêtise.

L'amour, dans sa forme fossile socialisée – car l'attirance que deux êtres éprouvent et le plaisir qu'ils peuvent trouver à s'ébattre ensemble je ne les conteste évidemment pas et même je les salue – me paraît être un de ces pièges que les œuvres les plus admirables ont contribué à entretenir, puisque même les génies, ou les hommes les plus intelligents et raffinés, comme l'a analysé Proust dans le moindre détail, sont à peu près idiots lorsqu'ils aiment.

Par amour, ils vont même jusqu'à ces crimes qui font la joie des journalistes et des romanciers. Bref, l'essentiel de la matière littéraire ou cinématographique est donc ce sentiment imbécile érigé en fatalité.

Et moi le premier, qui dénonce ici la forme stupide qu'il prend, chez l'homme – mais que pense le mâle de la mante religieuse ? – je ne manque pas d'être ému, parfois, devant la peinture de ce sentiment hypertrophié que j'ai moi-même éprouvé jusqu'à la passion. Comme c'est étrange…

Comme il doit être doux pourtant d'être un chien dénué de honte et de timidité, honte et timidité démesurée chez moi ce qui, sans doute, explique l'agressivité du raisonnement qui précède.

Oui, comme il doit être doux d'être un chien et de humer, sans honte, le cul de ses congénères ! Sans un mot, évidemment, sans angoisse, je le suppose, sans le moindre sens du ridicule au cours de ces ruts au fil des trottoirs.

Je rêve de briser les miroirs et de me réincarner dans ce quadrupède ; puis j'ai peur d'avoir eu cette pensée. Moi qui suis incroyant – incroyant, mais superstitieux – je suis épouvanté à l'idée que quelque divinité va me transformer en ce qu'un instant j'ai souhaité être.

~

Les lettres de Rilke à une musicienne me tombent des mains. Que l'auteur des *Cahiers de Malte*, ce livre que j'admire, puisse se noyer dans ces effusions, hyperboles et autres fadaises, illustre parfaitement ce que je viens de dire.

~

Vieillir, c'est devenir répugnant à soi-même.

~

Désirer et en même temps refuser le contact qui me renverrait, dans le regard de l'autre, mon reflet répugnant.

~

Si j'arrivais à me passer d'écrire, peut-être serais-je presque heureux. Peut-être…

~

Intéressant de voir comment Rilke se laisse emporter par des mots qui donnent corps, avant qu'il ne la rencontre, à une femme virtuelle en laquelle il coule son désir vacant, phénomène au fond banal.

~

Premier véritable jour de chaleur. Moi qui prétends revivre lorsque le thermomètre dépasse 25°, je ne revis pas mais tourne en rond, incapable de jouer du piano – j'ai tellement l'impression de répéter, répéter, répéter –, incapable de lire autrement que de façon sporadique. J'écris dans le jardin, il est cinq heures et je regarde progresser l'ombre qui ne laisse plus subsister le soleil que sur le lierre du mur. Un peu de fraîcheur me tombe sur le dos et je me raccroche à ces banales considérations comme on s'agrippe à un garde-fou pour résister à l'envie de se jeter dans le vide. Pourtant j'écris avec l'apparence du calme, même si mon cœur bat trop fort, et ceux qui me voient ainsi doivent me trouver apaisé. Mensonge de l'apparence. Nous sommes, les uns pour les autres, des bouteilles opaques, porteuses d'étiquettes mensongères, et nous ne savons ni le goût ni la couleur du liquide qu'elles contiennent, décoction imaginée par un dieu pervers qui ne vend guère qu'illusion et poison.

~

A force de s'écouter parler, certains hommes finissent par être les seuls à s'entendre. Est-ce mon cas ?

3 mai

Devoir, travail, sacrifice, sont des mots, odieux, que j'ai entendu toute ma jeunesse dans la bouche de parents et grands-parents porteurs à la fois des valeurs chrétiennes et républicaines. La réussite était au bout de l'effort, on ne gagnait son pain qu'à la sueur de son front, pire même, mon grand-père ne cessait de me répéter que le travail était joie, etc. Et ces mots se sont imprimés si profondément en moi, qu'aujourd'hui, même s'ils me sont odieux, leur influence sur mon comportement reste forte : je me surprends en flagrant délit de me croire obligé de faire mille chose que je n'ai pas envie de faire pour être agréable à tel ou tel, de sacrifier, sans le moindre sentiment de sacré, telle sortie parce qu'il faut faire ceci ou cela, et comme je ne crois à aucune récompense posthume, séjour paradisiaque et autres balivernes, comme je ne gagne rien à ce commerce, sinon de passer pour un homme normal, on devine le déchirement que j'éprouve devant une faiblesse – car il s'agit bien d'une faiblesse, la soumission à une vieille empreinte – qui me fait faire exactement le contraire de ce dont j'ai envie. Mais le pli est pris, je m'exécute, de plus en plus difficilement, mais je m'exécute, oui, c'est le cas de le dire, je me condamne à mort et j'assassine celui que je suis vraiment, et autour de moi j'entends les salves de tous ces pelotons d'exécution familiaux qui impriment dans le cerveau de tant d'enfants une sentence qu'ils s'appliqueront plus tard. N'accepterais-je d'assumer totalement mon égoïsme que sur le seuil de la mort ?

~

« Une lettre me donne toujours l'impression de l'immortalité, parce qu'elle est l'esprit seul, sans ami corporel. » (E. Dickinson)

4 mai

Je tourne en cercle de plus en plus serrés. Si cela continue, je serai bientôt un derviche tourneur de la déréliction. J'en arrive à bénir tout ce qui me détourne de moi-même.

~

Journée vide. La décrire serait perdre mon temps. Je suis allé voir ma vieille mère, étonnante de clarté d'esprit, mais nous n'avons rien à nous dire : l'essentiel de ma vie lui est inconnu. Je me fais donc le plus plat possible et épuise vite les sujets de conversation.

Un moment de plaisir pourtant dans cette journée morne, à manger dans la rue une banane achetée dans une petite épicerie. C'est tout.

~

La tristesse est-elle une maladie ?

~

Maladroit, je le suis jusqu'au bout des ongles. Maladroit, parce que, dans certains moments, le désarroi me fait être plus franc que ne l'autorisent les lois de la vie en société.

5 mai

Suis-je bien celui que je crois être ?

~

Le romancier d'aujourd'hui redouble la falsification que la société fait subir à la réalité. Son œuvre n'est qu'une vaine fiction de la fiction, un épiphénomène sans grand intérêt, un « faire comme » infantile et par là même fort utile à ceux qui ont avantage à infantiliser le public en lui faisant prendre le leurre pour la vérité. Partant, le roman n'éclaire plus, comme autrefois, les recoins que les pouvoirs voulaient garder cachés, il ne remet pas en question sa propre forme (à l'inverse, on peut même dire qu'il y a retour aux pires clichés du genre), et devient ainsi l'allié de ces pouvoirs, puisqu'il n'est plus qu'un des personnages de la triste comédie du détournement. Peu ou prou, le romancier – et aussi pas mal de pseudo philosophes – n'est qu'un rouage de ce système à décerveler qui partout se met en place. Ces historiettes sentimentalo-érotiques, ces plus ou moins élégants voyeurismes, ces humours essoufflés, ces fausses audaces, ces chefs-d'œuvre plus ou moins *absolus* qui ne durent pas plus de deux mois, sont de vulgaires narcotiques pour détourner le lecteur de la véritable littérature et faire de l'auteur un simple faire valoir commercial. *Nada màs.*

~

Il n'est plus possible d'être léger, d'écrire dans la légèreté, ce serait trahison, et sans doute est-ce de cela que parlait Adorno lorsqu'il disait qu'après Auschwitz on ne pourrait plus écrire, c'est à dire après la mise en place, qui se poursuit aujourd'hui, mais d'une manière bien plus perverse, de penser l'homme non plus comme l'amalgame d'une pensée et d'une chair singulière, mais comme une chose, un objet de série, une matière première, un rouage, etc.

Être léger, dans un système qui détruit l'homme en le réifiant, se contenter du moins que rien charmant de la vie, des petits bibelots du quotidien ou de ces trivialités figées, c'est être l'allié du système que nous subissons, système fiévreux où l'argent ne sert plus qu'à se générer lui-même pour le profit d'une minorité et la ruine d'une majorité, c'est accepter, consciemment ou inconsciemment, d'appartenir à la zone grise (laquelle est paradoxalement aujourd'hui chatoyante des mille couleurs de la publicité et bruissant des mille discours de la désinformation), d'admettre une sorte de fatalisme historique négateur d'utopie au profit d'une illusion de bonheur au bout du compte totalitaire.

J'ai déjà plusieurs fois, autrement, parlé de cette question, et je le sais, mais si j'y reviens aujourd'hui c'est, d'abord, parce qu'elle m'obsède, et aussi parce que, me semblant essentielle, elle mérite d'être sans fin rappelée.

6 mai

Toute ma vie, incapable de me fixer des programmes, de m'appesantir sur quelque sujet que ce soit, rigoureusement dénué d'esprit universitaire, j'aurai laissé le choix de mes lectures au hasard. Ma culture est incohérent butinage de tout ce qui se présente. Hier, le journal de Drieu La Rochelle, auteur dont je n'ai à peu près rien lu, qui ne m'attire pas, dont la gueule me déplaît, mais dont le passé de collaborateur m'intéresse. Odieux souvent, balourd dans ses jugements politiques, mais, par éclair, d'une remarquable clairvoyance, et soudain, toute intelligence abolie, rendu brusquement obtus et grommelant, comme Céline, avec une sorte de stupidité canine, dès qu'il écrit le mot juif. Pourtant, çà et là, quelle lucidité dans l'introspection, et, au cœur d'une page à l'écriture négligée, une superbe phrase comme celle-ci, que je fais mienne, parce qu'il me semble m'y reconnaître : « J'ai vécu frissonnant de doute dans l'ombre d'un autre homme que je n'ai jamais été. »

7 mai

Chacun doit trouver le ton de son journal en fonction de sa façon d'exister et non pas en copiant tel ou tel modèle. Moi, qui sort de moins en moins, qui vit dans un village, de quoi puis-je parler sinon de moi-même ou d'infimes détails de mon quotidien, ou de la vision très lointaine que, par journaux interposés, j'ai du monde. Il m'est aisé d'échapper à l'anecdote, et particulièrement à l'anecdote mondaine, dont tant de diaristes sont si friands, puisque je n'ai à peu près aucun rapport avec le milieu littéraire. Et puis mon éthique personnelle refuse de salir ces pages de règlements de compte, de ragots de cuisine ou de l'étalage du tapis rouge de ma vanité. Je n'ai pas de temps à perdre à prendre une pose. Je tente seulement d'être le plus vrai – ou, à défaut, le plus sincère – possible, même si, dans l'angoisse, je me demande, à chaque instant : « Ne fais-je que jouer ma vie ? ».

~

Je supporte de moins en moins les jeunes enfants : ils m'épuisent de leur agitation et de leurs cris. Lorsqu'un ami vient me voir avec sa progéniture, il est à peu près sûr que ma soirée sera gâchée. J'ai dépassé l'âge de m'attendrir, même si je suis grand-père. D'ailleurs, me suis-je jamais attendri devant les enfants ? N'ai-je pas toujours trouvé ridicules ces gens qui voulaient leurs faire faire des *risettes* ? Dans ce domaine, je suis un infirme des sentiments. Je ne sais pas en faire. L'énoncé de ce seul mot me fait hausser les épaules, surtout quand je pense qu'il est à la base de tant de stupidités romanesques ou cinématographiques. Au vrai, je ne suis pas dénué de tous sentiments, mais j'ai horreur qu'on en rajoute, en littérature, où ils n'ont que trop tendance à devenir des clichés, plus qu'ailleurs.

~

C'est curieux de se sentir à ce point à côté de tout, en marge de la vie. L'histoire m'a heurté de front un jour, et rejeté sur le bas-côté, comme le piéton imprudent surpris par un chauffard ivre. Que faudrait-il pour me ramener, au moins quelque temps, dans le cours ordinaire des choses ? Ici, je reste assis sur la berge, dans un méandre serré, et j'aligne devant moi des bâtonnets pour compter les épaves qui passent. Je me sens déjà au-delà du temps, comme si j'étais mort et hôte d'une sorte d'Hadès, en compagnie d'ombres aussi désœuvrées que moi. Je ne regarde plus vers l'avenir, ou si peu, je préfère ne plus rien prévoir pour ne pas être déçu, mais une sorte de cénesthésie exacerbée me fait sentir mes organes et j'ai l'impression, ne pouvant trouver l'apaisement que je cherche, de voir ces organes glaireux à travers ma peau transparente.

Homère et Virgile nous le disent : les ombres, dans les Enfers, sont inquiètes. Elles connaissent angoisse et fébrilité, et gardent sur leurs corps la fraîcheur de blessures mortelles. Comme je me sens plus proche d'elles que des vivants, et pourquoi les mots écrits depuis des dizaines de siècles m'émeuvent-ils autant ? Tout cela pour dire, bien maladroitement, que je me sens bien plus à l'aise dans le mythe, histoire immobile et transfigurée, que dans l'histoire réelle. Lâchement, dirait qui me lirait. Oui, lâchement sans doute, parce que l'histoire, le fleuve bourbeux qui passe à mes pieds, érodant peu à peu la berge, dénudant les racines et emportant les arbres, me fait peur, lui qui dans sa crue charrie tant de cadavres et d'épaves. J'imagine un chien fou aboyant sur un toit ; mais moi, sans cesse blessé par la mainmise de la matière sur l'esprit, je voudrais ne plus être là. Il n'est pas nécessaire que j'aborde les grands problèmes, comme on dit, pour m'en apercevoir, il me suffit de regarder autour de moi dans ce village, et aussitôt la laideur, le kitsch, la bêtise, la prétention vulgaire, me sautent au visage. La vie des uns et des autres, à de rares exceptions près, n'est faites que de cahots qui aboutissent à ce chaos organisé et pervers qu'est le système économique totalitaire dans lequel nous vivons. Les chaînes, plus ou moins visibles, se multiplient à l'échelle planétaire, virtuelles ou réelles, et le pire est que la plupart sont fiers de ces chaînes qu'ils exhibent, comme des bijoux, en fustigeant ceux qui refusent d'en porter de pareils. Comment pourrais-je me reconnaître dans un tel bataclan dont on voudrait me faire croire qu'il représente le bonheur et le nec plus ultra du progrès ? Je ne suis plus là, je le répète, je me replie dans ces limbes imaginaires que j'ai si souvent évoqués, déjà de l'autre côté du fleuve, assis dans l'herbe sur le talus, d'où je vois mon ami Charon, crasseux et dépenaillé, faire son petit boulot de passeur d'âmes. Nous nous aimons bien lui et moi. Nous aimons faire des patiences ensemble. L'un face à l'autre, mais chacun retiré en lui-même. Parfois, je l'entends compter sa recette du jour, le tintement de ces pièces dont chacune représente une âme, et je sens sur ma langue comme un goût de cuivre prémonitoire.

8 mai

Je marche
je me vois marcher
comme un qui n'a plus
ni route ni troupeau

et l'agneau que je porte
sur mes épaules
n'est plus
qu'auréole de mouches

~

Je marche dans la salle pleine d'échos d'un musée désert. Il y a partout des figures de cire, des vitrines poussiéreuses où dans le formol sourient des monstres morts. Mais même ici le désir résiste, qui fait rêver des épaules et des seins d'une jeune fille à peine nubile.

9 mai

Le sacré, et les textes qu'il a suscités, ne m'intéressent plus. Ils m'apparaissent non pas comme une imposture – pas plus que les textes des mystiques – mais comme une illusion. Et pas seulement ces textes, mais à peu près tout, que je vois, accoudé au bord d'une loge dont je suis le seul occupant et d'où je regarde la scène sur laquelle se déroule, mais infiniment loin, une pièce lassante, sans queue ni tête, puisque, lorsque je suis entré dans le théâtre, elle était depuis bien longtemps commencée et finirait sans doute dans une époque où, depuis longtemps, je ne serais plus là.

~

Pourquoi une telle émotion, quasiment érotique, au point que ma voix en tremble lorsque je le lis à haute voix, devant ce haïku de Bashô ?

> *Enveloppant des gâteaux de riz*
> *dans des feuilles de bambou*
> *d'une main elle relève*
> *les cheveux sur son front*

Ce geste si féminin, de relever une mèche qui tombe, on le voit aussitôt, mélange de lassitude et de grâce, effleurement du front moite de sueur par le bord de la paume, le temps d'un éclair, dans une échoppe ou sur un marché, tandis que le regard de la femme un instant – cette femme que je vois jeune – se perd, au-delà de son travail, vers un désir inconnu.

Inutile d'aller chercher bien loin la beauté, elle est là, partout, mais il faut savoir la saisir, il faut être suffisamment flottant pour la saisir, en un clin d'œil, car elle ne pose pas mais s'inscrit dans des intervalles infimes, étincelle de connivence entre la singularité du banal et tel moment d'une idiosyncrasie.

10 mai

L'écriture est le lieu du secret et du sacré, ce qui revient à peu près au même. Elle est, même publiée, ce territoire dont seul l'occupant, c'est à dire l'écrivain, connaît la vraie nature, et où le lecteur admis vient chercher l'ombre de son double.

~

Mes livres additionnés ne sont qu'une longue erreur, une errance pour tenter de parvenir au plus près de moi-même, pour tenter de saisir l'écriture dans la nudité de sa nécessité, mais bien entendu je suis loin du compte : à peu près rien ce que j'ai fait n'a de véritable valeur, parce que j'ai cru longtemps, leurré comme la majorité des écrivains, les discours trompeurs tenus sur la littérature et qui voudraient faire croire qu'elle est pur jeu formel, divertissement, métaphore, produit, lieu d'échange, etc. Or, si la littérature est cela, elle ne l'est qu'en partie, et je ne suis pas sûr que cette partie soit la meilleure. Au fil du temps, et malgré – ou grâce à ? – ma faiblesse, je me suis convaincu que la véritable écriture était cet à côté, limbes ou *no-man's-land*, qui signifie la non communication apparemment communicante, la tentative de donner figure esthétique à une ontologique et infrangible solitude dont on mime le brisement alors qu'on le sait impossible, les hommes, à jamais, – à jamais ? – restant étanches les uns aux autres malgré ce brouillard de mots qui les enveloppe, qu'ils sécrètent autour d'eux sur la scène du Grand Théâtre, et grâce auxquels ils jouent leur rôle dans ce spectacle sans auteur dont ils sont les acteurs involontaires, et qu'au fil du temps, sans que change leur être profond, ils mènent vers un dénouement qu'ils ignorent.

Autrement dit, écrire, pour moi, ce n'est, jusqu'au dernier mot, qu'étirer sous mille formes cette question d'ailleurs inutile, et que pourtant il paraît indispensable de se poser, sachant que l'écriture est à la fois tentative de réponse et atermoiement perpétuel de cette réponse : "Mais qu'est-ce que je fais ici ? "

Ce que j'achève d'écrire n'est pas clair sans doute, parce que la question est trop complexe pour qu'on puisse lui trouver une réponse toute faite, mais, à trois heures du matin, c'est la trace de ce pourquoi incessant à propos de tout, commencé dans l'enfance, et qui se poursuit jusqu'à la fin parce qu'aucune réponse ne peut parvenir à essorer ce sujet, nous condamnant à éponger sans cesse la sueur d'angoisse qu'il exsude à la surface de notre esprit.

~

C'est au seuil de la vieillesse, c'est à dire de la mort, que certains, comme moi, essaient enfin de racler cette croûte d'illusions qu'ils prenaient pour leur véritable peau. Bien sûr, il est trop tard.

~

Haïku : saisie d'un émerveillement dans un clin d'œil.

~

Pesant journal de Drieu tout emberlificoté de mysticisme, de racisme obtus, de doctrines fumeuses, de donjuanisme à l'eau de Cologne, de faux orgueil, de poussière réactionnaire, de rancœur, de mépris, etc. Seulement sauvé, en partie, par ce suicide péniblement atteint. Et pas un seul mot de l'extermination des juifs – même si, paradoxalement, il dit avoir sorti de Drancy des amis juifs – qu'il devait pourtant fort bien connaître. J'ai horreur de ces hommes qui flattent les femmes comme on flatte la croupe d'un cheval. Du reste, il est des visages mous qui trahissent celui qui le porte. Ce gigolo au chapeau crânement penché, en pardessus, la clope entre les doigts, photographié à son retour d'Allemagne, en 41, à côté d'un officier allemand, est bien de la même eau que les crapules littéraires qui l'accompagnaient. Le moins qu'on puisse dire, c'est que l'intelligentsia française n'a guère brillé pendant l'occupation. L'intellectuel serait-il un courtisan dans l'âme ? Mais je me refuse à généraliser.

11 mai

Même la parution – combien laborieuse ! – d'un de mes livres, ne m'apporte plus de vrai plaisir. Je descends vraiment une pente qu'on ne remonte pas. Et j'en ai conscience, alors que beaucoup, me semble-t-il, autour de moi, ne se rendent compte de rien. Mon plus grand plaisir ? M'asseoir devant ma table, ouvrir mon carnet népalais, et y tracer des mots, pour noter un éclair d'intelligence avec le monde ou tenter d'exprimer la façon inquiète dont, à tous les sens du terme, je l'appréhende.

Il me semble que ma vie, ou plutôt son envers, s'est réfugiée dans les mots dont j'aime jauger les divers sens grâce à l'arsenal de dictionnaires qui se trouvent à ma droite. Je n'ai presque plus de désir et la chair de plus en plus me répugne, même s'il m'arrive encore de l'admirer, sans vraiment la désirer – état transitoire ou définitif ? – dans un corps juvénile ; et je suis heureux que la date où je mettrais le mot fin à ce journal approche.

À regarder en arrière, je me rends compte qu'il ne m'a fait faire aucun progrès dans la connaissance de moi-même. Je suis, une fois encore, resté en surface. Faut-il devenir fou pour percer l'apparence ? Je repense aux phrases d'Artaud et je pèse le plomb des miennes, la boueuse sagesse qui les embarrasse, et combien elles occultent, plus qu'elles ne révèlent, ce miroir intérieur que je voudrais dégager mais que je ne puis parvenir à dégager.

Comment dire ? Comment faire comprendre ce que je voudrais que l'écriture me révélât ? Non seulement ce mystère – j'emploie ce mot faute de mieux – que je suis pour moi-même, mais aussi le mystère qu'est pour moi le monde. Car la seule qualité du monde ne peut être qu'au-delà de son apparence ? Je veux dire, si maladroitement, qu'il doit bien y avoir une façon d'aller au-delà de cette apparence et d'y écorner un peu la sensation d'absurdité absolue qui m'habite et me devient insupportable ?

Si j'écris ces remarques, ce matin, tendant à certains – qui m'accuseront de mysticisme ou je ne sais quoi, tentation toujours récusée – le bâton pour me faire battre, c'est que, de plus en plus – est-ce l'âge ? – je me sens à côté de tout, y compris à côté de moi-même, dans une solitude intérieure cachée, sans sérénité, derrière le masque social, de plus en plus profonde, en même temps que dans le tréfonds bouillonne, à l'égard de l'essentiel, dont je ne sais exactement ce qu'il est, une curiosité boulimique.

Où est l'essentiel ?

Car tout ce qui s'agite autour de moi n'a pas d'importance. Pure fantasmagorie douloureuse, danse d'ombres, sourires carnivores, dogmes robotiques, pinces sanglantes plongée dans la chair des foules, machines à coïts, médiocrités soclées, penseurs sans pensées, divertissements à la chaîne et ainsi de suite.

Certes, il y a le silence, encore possible.

Il y a encore des lointains vides.

Il y a, la nuit, le bruit torsadé de la pluie sur le ciment de la rue ou, les soirs de chaleur, l'immuable appel des oiseaux de nuit.

Il y a la momentanée et fragile solitude du corps dans de minuscules et illusoires déserts.

Mais ces répits ne dissolvent pas l'angoisse et ne calment pas la douleur du cancer de l'absurde.

J'ai beau, comme Lie-Tseu, vouloir atteindre le vide parfait, ce sentiment d'absence à soi-même tout en restant maître de soi dans une sorte d'effusion vers le monde, je n'y parviens pas, ou si partiellement que mon calme n'est qu'une caricature de calme, mon vide, en réalité, un creux d'ennui. Et je tourne en ronds de plus en plus serrés dans mon quotidien, comme je tourne en rond dans cet écrit matinal, tordant moi-même le garrot qui m'étouffe, ou comme un rapace affamé guettant, au-dessus d'un désert, une proie improbable.

Parfois, je voudrais conclure, au moins aboutir à une ébauche de conclusion, même si, comme le dit Flaubert, seuls les imbéciles concluent (mais quel calme doit éprouver l'imbécile dans sa certitude !), bref je voudrais trouver au moins une apparence de réponse nette, parvenir à une sorte de palier où je pourrais me reposer, dans ma dégringolade, sur une réponse partielle, mais il n'y a même pas de réponse partielle : toutes les philosophies, toutes les religions du monde, toutes les consolations, ne sont qu'un bredouillis, un bavardage parfois agréable, émouvant, auquel on se laisse prendre avec reconnaissance, jouissant de son bercement, mais bavardage quand même, comme est bavardage, et je le sais, ce que je suis en train d'écrire pour oublier un peu le vertige de l'absurde, et à quoi, triste de devoir cesser le calme mouvement de ma main, je vais mettre un point momentanément final.

~

Je n'ai plus cessé, à partir d'un certain moment difficile à situer, une fois dissoutes mes illusions sur la littérature comme partage, de tourner autour de l'impouvoir des mots, cette terrible inertie qui les fait n'être que la trace d'une grossière approximation de ce que voulait exprimer mon esprit. J'ai alors tristement senti, même si j'avais du plaisir à les tracer, leur douloureuse imprécision. Néanmoins, comme un aliment fruste, lorsqu'on n'a rien d'autre à se mettre sous la dent, ils étaient nécessaires à ma survie, et c'est pourquoi je les emploie encore.

~

Moi si peu buveur, il faudrait, comme Li Po, que je ne sorte pas de l'ébriété.

~

Lucy, quinze ans, fait du théâtre au lycée et j'en suis ravi. J'ai toujours aimé les acteurs qui feignent d'être ce qu'ils ne sont pas en le sachant, alors que nous tous, dans le quotidien, jouons une comédie dont nous ne sommes même pas conscients. Les auteurs de théâtre, les plus grands évidemment, me paraissent, et d'une manière combien plus agréable, plus profonds que bien des philosophes. Au vrai, je n'aime pas beaucoup les philosophes que j'ai peu lu parce que leurs livres me tombaient des mains, à l'exception de ceux, rares, comme Nietzsche ou Héraclite, qui étaient en même temps poètes.

~

Il me semble que la musique, de tous les arts, est celui qui m'amène le plus au seuil du mystère d'être au monde. Elle dépasse les mots dans le rapport douloureux que nous avons avec l'indicible, cette barrière d'acier contre laquelle les mots ricochent. Quand je l'écoute, j'éprouve aussi la sensation de subvertir le temps, de lui faire perdre sa dimension linéaire, alors même que je suis dans un écoulement linéaire, pour le voir s'épanouir, en étoile, dans toutes les directions, de telle manière que je suis à la fois dans le passé et dans le présent, ici et là-bas.

Ce que je tente de décrire est une sensation, donc un phénomène très difficile à saisir et à décrire, sans doute un mensonge de mes sens que d'autres n'éprouvent pas, mais un mensonge bouleversant, inexplicable, et dans lequel je trouve, le temps que dure l'œuvre, une impression – et sans doute est-ce une approximation ridicule, mais faute de mieux j'emploie le mot – d'éternité.

~

De plus en plus loin, oui. Après tout, il est bien possible que le passage dans la mort ne soit pas si terrible, voire même qu'il soit vécu avec une certaine joie ? Je ne me vois pratiquement plus d'avenir actif. Je gère mon petit capital de mots, rien de plus, avec une légère dérision, à peu près de la même manière que je regarde distraitement mon passé ratatiné en fragments jaunis qui sentent un peu le renfermé.

12 mai

Il faut bien vérifier le sens des mots que l'on emploie ; mais si le sens codifié de tel ou tel mot ne suffit pas, ne pas hésiter à lui en inventer un autre.

~

Je suis un silence bavard.

14 mai

A peu près tout ce que j'écris me paraît sans intérêt et pourtant je l'écris, je le recopie, tant j'ai besoin, pour exister, de cette surface couverte de mots. Et j'ai la même sensation d'absence d'intérêt pour à peu près tout ce que je vis. Non pas dans l'instant où je le vis, mais après, comme s'il fallait que je paye une illusion fugitive de plénitude par un ennui multiplié.

~

Il y a presque onze mois que j'ai commencé ce journal et il me semble que c'était hier. J'ai peur de ce temps qui m'emporte. J'entends déjà le murmure de plus en plus net de la chute. La fin du voyage est-elle si proche ? L'année dernière encore, j'avais joui, comme chaque année jusque-là, de l'allongement des jours, de ces soirées qui, avec l'heure d'été, n'en finissent pas, et que j'aime ; mais cette année je n'ai tiré aucun plaisir de ce raccourcissement des nuits et je pense déjà à la date où les jours vont recommencer à diminuer.

~

Pour la première fois, j'ai volé en montgolfière. Beau moment d'oubli. Au passage de l'ombre du ballon, les chiens aboient comme des fous devant fermes et maisons, peut-être parce qu'ils prennent cette ombre pour celle d'un immense rapace ?

Dans l'étroite nacelle, le moindre bruit de la terre nous parvient et c'est, avec la lenteur du déplacement, l'un des plaisirs de ce vol. Dans un avion on est seul, enfermé dans un bruyant cocon d'acier, on tranche l'air avec violence, et, par contre coup, ses variations de qualité se traduisent souvent par des secousses ; mais ici tout se passe en douceur. N'était, de loin en loin, le souffle du gaz, on serait dans le silence total que connaissait les premiers aérostiers. Je me penche au bord de la nacelle, distinguant les moindres détails du sol ; ce champignon, au milieu d'une tache de terre brune, les asphodèles qui prolifèrent dans les garrigues en cette saison, le proche sommet des arbres vu pour la première fois comme le voient les oiseaux... Autour de nous, l'architecture de l'air, si complexe, se révèle, avec ses courants croisés selon l'altitude. Je suis dans l'instant, heureux, et je me dis que, tournant le dos à ma propension à la solitude et à la paresse, j'aurais dû choisir un métier dangereux, ou au moins actif, dans lequel mon angoisse d'être au monde se serait peut-être dissoute. Trop tard. Au sol, les champs labourés ressemblent à des œuvres de land-art. Le paysan, avec son tracteur, ne se doutait pas qu'il fabriquait de la beauté, mais l'artiste a su voir la dimension esthétique de l'ordinaire et, dénuant le geste du laboureur de sa finalité pratique, il en a fait de l'art par un simple travail de déplacement. Mais pourquoi, aujourd'hui, ai-je envie de lui reprocher d'avoir monté son travail en épingle, même si ce travail a permis aux autres, moins observateurs que lui, de regarder désormais l'ordinaire d'une façon différente ? Est-ce que l'ordinaire y a vraiment gagné, comme je l'ai cru longtemps, et le paysan, ou l'artisan, ou l'homme de la rue, bien avant que l'on inventât ces formes modernes de trouvaille de la beauté dans le banal du au jour le jour, ne percevait-il pas, à sa manière, sans prétention, la dimension esthétique de l'habituel lorsqu'il parlait d'un beau labour et, en général, de belle ouvrage ? Cette beauté fruste de l'objet utilitaire artisanal, ou du travail coutumier, l'artiste et l'intellectuel s'en sont emparés, l'ont étudié, développé, au moment même où cette forme de travail disparaissait peu à peu au profit du kitsch et de l'objet industriel ; puis les perroquets du métalangage ont péroré leurs discours et le fossé entre les simples et l'artiste n'a cessé de se creuser. Moi qui fus un adepte plutôt sectaire de l'art moderne, de l'avant-garde, je deviens peu à peu presque indifférent à ses manifestations, et la basse-cour des vernissages, la prétention des revues d'art me donne la nausée. J'y trouve trop, de la part des critiques et de certains artistes, ce goût du pouvoir que j'exècre et, dans le moindre de leur discours, ce mépris qui caractérise les clercs à l'égard de ceux qui ne pensent pas comme eux. Toutefois, je suis encore capable d'être ému par telle ou telle œuvre, et peut-être demain vais-je éprouver un enthousiasme aussi fort que ceux d'autrefois. Même si j'ai l'air désabusé, ce n'est qu'un air : le mot définitif n'a pas encore pris racine en moi.

15 mai

Ces jours de grand beau temps, de soudaine chaleur, l'exubérance des plantes, le corps des jeunes femmes, je les vois comme un prince prisonnier les verrait depuis la muraille du palais-prison dans lequel il s'est peut-être enfermé lui-même. Il y a longtemps qu'il ne rencontre plus aucun gardien, au long des couloirs bordés de miroirs dans lesquels il ne cesse de venir à sa rencontre, et ce soleil, ces plantes, ces femmes, ces fontaines qui murmurent comme dans le paradis promis aux musulmans, ne sont plus que des souvenirs de beaux jours, de plantes, de femmes et de fontaines. Comme si les images impalpables d'un film dont il est le spectateur étaient la seule réalité.

~

Quoi qu'il m'arrive à présent, ce sera toujours trop tard : je me sens à peu près libéré de la vanité et du plaisir que pourrait me procurer quelque reconnaissance ; mais, pour autant, je n'en ai pas une once de plus de sérénité. Je suis les rues d'une ville inquiétante sans nom dont les habitants sont réels sans doute alors que je suis irréel, à moins que ce soit le contraire. L'histoire se poursuit mais elle ne m'intéresse plus. Je reste prisonnier, en arrière, dans des villes en ruines, d'énormes écroulements, là où, sur les murs, ne subsiste que l'ombre des vivants, et je tourne dans des entrepôts déserts où s'entassent des tas de vêtements et de prothèses que les vers dévorent et qui répandent à la ronde une insupportable odeur de pourriture et de moisi. Autour de moi, ce n'est plus qu'un jeu d'ombres, une mascarade sans épaisseur, un ballet de l'absurde dont parviennent parfois, à mon oreille de plus en plus sourde, des éclats, juste des éclats, qui me laissent indifférents : vagues lueurs d'un monde qui n'est plus celui où je suis né et où se sont formées mes façons d'être et de penser. Le bateau passe au large, et, assis sur la plage couverte d'épaves, je ne fais pas le moindre geste pour l'appeler.

16 mai

La vieillesse est-elle une des figures de l'exil ?
~
En fin de compte, la société ne tient que grâce à l'art de l'intimidation des plus habiles qui savent imposer aux simples de faux respects. Ils prennent le pouvoir partout ; et la puissance multiplicatrice des médias fait le reste. Ainsi le monde, une certaine image du monde, est-elle basée sur de fausses hiérarchies et haubanée par un invisible et très complexe réseau de mensonges.
~
L'oiseau, sans soucis, suivant les rails de l'instinct. Je l'envie de ne pas savoir anticiper la peur. Mais que signifient exactement leurs piailleries vespérales dans le laurier du jardin ?

17 mai

L'une des grandeurs de Proust, c'est d'avoir gagné la profondeur en fréquentant le futile dont il a su arracher les masques pour montrer que derrière son apparence se développait une forêt inquiétante de contradictions, de perversités, de souffrances, de talents, etc., dont il fut le premier – et sans doute le dernier – à pousser aussi loin l'exploration grâce à ces phrases qui ressemblent à des lianes entrelacées à travers lesquelles, peu à peu, nous avançons toujours plus loin dans l'imbroglio invraisemblable qu'est le plus banal des individus.
~
Il faudrait débarrasser la littérature de toutes les mauvaises habitudes qui l'encombrent : les anecdotes, les sentiments, les descriptions, les érotismes de supermarché, la psychologie de bazar,

la pornographie laquée, les genres, etc., c'est à dire tout ce qui, à la longue, est devenu cliché, automatismes, confort, provende fade de tous ces écrivains débutants qui, chaque année, encouragés par de vieux chevaux de retour, se précipitent, en rang – quelle discipline, mon dieu, chez ces prétendus individualistes ! – vers la mangeoire des prix. Mais ce travail, Hercule lui-même n'en viendrait pas à bout, puisque tous, de l'instituteur à l'écrivain lui-même, à de rares exceptions près, en passant par les doctes professeurs et les critiques, concourent à conserver la pacotille littéraire. Il n'y a donc qu'une solution : se mettre à l'écart de la foire, se boucher les oreilles, ne plus lire les journaux, ne plus se tenir au courant, qui fatalement vous emporte et, sans la brider d'aucun formalisme de saison, laisser, du tréfonds, monter la vieille voix, celle de la millénaire folie des entrailles, ce qui est facile à dire, mais comme, au fil des ans, la crasse du raisonnable a bouché tous les pertuis !

~

L'humanité, comme un mauvais gaz, pèse à la surface de la terre.

~

« Je suis une chose, mon œuvre en est une autre .» (Nietzsche)

~

Qu'il se trouve des gens pour acheter plus de cent francs l'un de mes livres, m'étonne toujours. Je me demande si je ne pourrais jamais admettre que ce que je fais, et paradoxalement publie, a quelque valeur. Et pourtant parfois, lorsque je me relis, je me trouve bon sur le moment – est-ce extrême naïveté ? – ce qui à la fois m'émeut et me fait hausser les épaules. Quelle addition d'humiliations oubliées a provoqué en moi, à jamais, cette absence de confiance, ce douloureux jeu de balance entre des poussées d'orgueil désespéré et d'auto dérision ?

18 mai

Une épée rougie s'enfonçait dans le haut de sa colonne vertébrale, souvenir de Kafka sans doute.

20 mai

Ce journal m'échappe, ou plutôt me pèse. Je parviens de moins en moins à me rassembler. Tout mon être n'est plus qu'un vide tremblant et irrité, une lessive de haillons agitée par des vents contraires. Je ne vis plus que dans une fragmentation de plus en plus minuscule et, par moment, une sorte de rage comprimée me fait haïr le moindre phénomène qui se produit dans le champ de ma perception. Néanmoins, je garde encore une relative apparence de calme, parvenant encore à écrire ces notules malgré la crispation qui raidit ma main droite et déforme ma graphie ; mais ces notules sans grâce, laborieuses, n'ont d'autre mérite que de me faire rester devant ma table.

Pourtant, autour de moi – je suis assis dans le jardin – tout est épanouissement de couleurs, de parfums et de sons. Deux hirondelles familières viennent se percher de temps à autre, en pépiant, au-dessus de moi, les insectes bourdonnent autour des fleurs, le village est enveloppé d'une torpeur quasiment estivale, et quelles variations autour du bonheur ne pourrais-je pas broder sur le thème de ce calme apparent, mais je ne peux pas, une sorte d'ennui fébrile m'empêche de me détendre et j'entends tomber chaque grain de sable du sablier virtuel dans lequel je suis enfermé.

Pour essayer de me revigorer, je feuillette, bien plus que je ne le lis, Nietzsche, pris par hasard parce que je ne lis plus que les auteurs qui ont eu la bonne idée, comme s'ils avaient prévu la lassitude de gens comme moi, de choisir une écriture fragmentaire. Ce n'est pas que je voue un culte particulier à Nietzsche, même si je l'aime bien, mais je goûte l'écriture nouvelle qu'il a su apporter à la philosophie, cette sorte de verve violente qui le traverse sans cesse, son côté oraculaire, son art, dirais-je, plus de la fusée – pour reprendre ce terme baudelairien – que de l'aphorisme.

Il est quatre heures de l'après-midi. Le ciel, au-dessus de moi, est d'un bleu absolu, et je me demande comment des gens cultivés, intelligents, sensés, peuvent en faire la demeure d'un Dieu tatillon couché sur un matelas de dogmes. Passe que l'on croie en un je ne sais quoi qui nous dépasse, tirant quelque part les ficelles de l'univers (le Grand Horloger voltairien), sans chercher à lui donner un visage ou à en faire un maître culpabilisant de morale, mais qu'on puisse croire aux sornettes bibliques, coraniques et autres me dépasse.

J'arrête là : mon corps est tout caparaçonné d'un plomb sensible à travers lequel, parfois, passent des esquilles douloureuses. Un chien aboie quelque part ; le chat grignote les dernières croquettes de son écuelle ; de légères rafales de vent agitent les branches du laurier-tin. Est-ce que j'envie l'inconscience du chat ? Je ne l'envie pas. Je cherche autre chose que la sérénité bestiale. Je ne demande pas à dormir quatorze heures par jour. Je souhaite seulement, dans la durée, trouver cet apaisement que je ressens parfois le soir, le temps d'un éclair, quand dans l'air qui se rafraîchit un peu en été, à l'approche de la nuit, les grillons se mettent à sonner et que l'odeur sèche du foin coupé devient comme pulpeuse, et qu'en elle je retrouve une insituable sensation d'enfance qui soudain réduit à néant l'écoulement linéaire du temps et, avec lui, mon irrésistible transformation en cadavre.

21 mai

La littérature, digne de ce nom, a bien sûr à voir avec le terrible rilkien.

~

J'écris
je ne sais pas pourquoi j'écris
je suis né
je ne sais pas pourquoi je suis né
je ne sais pas pourquoi je meurs
je suis un pitre qui mime la vie
seul au centre de la piste

plongée dans la nuit
devant les gradins déserts.

~

Il secouait des barreaux énormes dont ses doigts ne parvenaient pas à faire le tour.

~

Le germe de la mort au creux de chaque pore.

~

La nuit tout autour
ce bloc colossal
cette montagne de silence
et tout au centre
une tremblante vacuole de lumière
où le scribe accroupi

grave la cire de ses tablettes
que l'éruption effacera.

~

Quelle est cette navigation absurde vers un astre depuis longtemps mort ?

~

J'ai eu peur soudain, peur de moi-même prisonnier de mon corps, et j'ai pris un tranquillisant pour ne pas finir ma nuit sans réparer mes forces, et j'entends le silence comme le presque imperceptible froissement de l'aile d'un géant rapace nocturne.

~

L'homme religieux est un homme paresseux. Il a, à tout prix, besoin d'une réponse à ses interrogations et il ne peut supporter que ces interrogations soient une fuite en avant infinie. Partant, il se persuade de l'existence d'un Dieu, sans preuves – on appelle cela la foi – et, incapable de s'inventer pour lui-même quelques lois simples, nécessaires à sa vie sociale, il s'engonce dans une incommode mais rassurante armure de dogmes dont il essaie d'imposer aux autres l'usage.

Plus j'avance dans le temps, et plus une telle attitude m'est insupportable. Or c'est une attitude qui, sous des formes variées, gagne chaque jour du terrain, détournant l'attention des masses des problèmes angoissants du *hic et nunc* au profit d'une supposée salvation dans l'au-delà. Le fatalisme, l'acceptation du fait accompli, l'érosion du sens critique renforcée par les sondages qui confortent les hommes d'état dans leur imbécilité, sont la racine du triomphe d'un modernisme, d'un progrès, qui sont les alliés de la dictature de la marchandise. Les industriels de l'encens n'ont pas à se faire de soucis, ils ont encore de beaux jours devant eux.

~

Quoi de plus destructeur que l'optimiste, qui refuse de voir le mal, ou en tout cas le minimise, et lui permet ainsi de faire tranquillement ses ravages ? Le consensus actuel, autour du système qui nous détruit, est une forme de complicité d'assassinat souriante.

~

Le matin, quand j'ouvre la fenêtre de ma chambre et sens une odeur d'herbe mouillée, j'ai l'impression, pendant une ou deux secondes, d'être lavé de toute impureté.

~

Joie fugace du matin dominical silencieux. Lueur d'un soleil encore frais sur les murs.

~

Ce journal est plus un itinéraire de mes sensations qu'autre chose ; mais il pourrait aussi, tenu avec plus de soin, être la courbe barométrique de ma descente vers la mort, cette courbe où l'on pourrait lire les progrès du mal sans nom que je porte en moi comme les autres et qui ne dort jamais.

~

Pour moi, la nature de ma lecture a complètement changé : je ne dévore plus, je picore. Écrire, tenter de penser par moi-même, est devenu plus important que chercher chez les autres enseignement ou divertissement, même si je continue, bien sûr, à lire et relire ces livres – les pilloter comme dit Montaigne – de mes complices d'outre-tombe qui me forment un cocon ; mais je m'imagine souvent dans une île déserte, me recomposant moi-même une bibliothèque, en écrivant sans cesse et en réinventant des tentatives de réponses aux grandes questions posées, depuis son origine, par l'humanité.

~

Être là, dans l'instant, et se sentir là, mais en même temps se sentir ailleurs, dans le temps et dans l'espace, ailleurs, en soi et hors de soi – sensation difficile à expliquer – dans son passé et dans son futur, big-bang de soi-même s'élargissant dans une immensité virtuelle où la mort n'existe pas. Cette sensation, éprouvée en regardant la cheminée à ma droite, sans doute parce que cette cheminée subsume toutes les cheminées rencontrées au cours de ma vie.

~

Comment Pessoa pouvait-il choisir d'écrire seulement pour la postérité ? Comment peut-on supporter l'idée de n'être reconnu que par la postérité ? De souhaiter cette survie dont on sera inconscient ? Ces reconnaissances posthumes ont quelque chose de monstrueux, car la société tire profit, intellectuel et financier, de celui qu'elle a maintenu dans l'obscurité, profitant de ce qu'il ne voulait pas se souiller de combines, reniements et mondanités – sans parler du temps d'écriture gaspillé dans le carriérisme – qui permettaient aux autres de parader sur le devant de la scène dans un appétit de pouvoir incompatible avec la véritable fin de la littérature.

~

Que les intellectuels osent s'arroger le droit de faire la morale aux autres, est pour le moins croquignolet : leur aisance à changer, aux époques troubles, leur fusil d'épaule, devrait faire se méfier des propos variables de ces matamores.

26 mai

Ces derniers jours, distrait par diverses activités, je me suis dilapidé et n'ai pu écrire. Je suis comme un aphasique : j'ai envie de dire quelque chose et n'y parviens pas.

~

Je ne publie pas parce que je suis sûr de l'intérêt de ce que j'écris, mais, à l'inverse, parce que j'espère que l'appréciation de l'autre, positive ou négative, m'aidera peut-être à me trouver.

27 mai

User l'apparence jusqu'à la trame.

~

Qu'est-ce qu'un homme *normal* ? J'aimerais qu'on me le dise.

~

Le refus individuel, sensé, de la loi, peut être dénonciation de l'imperfection d'une loi collective qui est un pis-aller destiné à ceux, la majorité hélas, qui sont incapables de s'inventer leur propre code éthique. Néanmoins, comme il est interdit de se mettre au-dessus des lois, partout une médiocrité légale règne. Quand la loi de l'illusion religieuse prévalait, on brûlait ceux, lucides, qui dénonçaient cette illusion, laquelle, aujourd'hui encore, fait des ravages et imprègne quantité de comportements à travers les interdits qui se sont incrustés, au fil des âges, dans les inconscients. Qu'on n'efface pas, du jour au lendemain, des millénaires de sujétion est une évidence que trop de gens, qui se prétendent libérés, ne veulent pas voir, refusant de reconnaître une faiblesse qu'ils croient effacer d'un coup d'éponge.

~

Cette nuit, l'orage m'a réveillé. Ce matin, il pleut à verse, ce qui n'empêche pas les moineaux du jardin de s'époumoner. Je suis heureux de tout ce gris : il forme un cocon dans lequel je vais me lover, l'esprit en éveil, dans l'espoir d'écrire. Non pas d'écrire ce journal, mais un petit livre – le temps des longues dérives est passé

– dont j'imagine la typographie, mais dont je n'ai pas l'idée du premier mot, forme virtuelle que je remplis de mon désir.

~

Écrire un journal, aujourd'hui, est peut-être une forme de lutte, un refus de se fuir dans la fiction – si reposante puisqu'on peut faire semblant de n'être pas soi – pour se replier sur soi, attentif au dehors cependant, pour ne pas s'en laisser conter – ah les conteurs ! – et tenter de dénoncer la Grande Tromperie.

Le journal, sans doute l'ai-je déjà dit mais je me plais à le répéter encore, a quelque chose à voir avec le terrier. Il est refuge souterrain et lieu de réflexion où tous les bruits extérieurs, même si atténués, me parviennent, où, sans me soucier des règles de quelque genre que ce soit, limitant mon contrôle à la dimension du fragment, je puis saisir, dans l'urgence, la sensation ou l'idée.

Avec le journal, je ne perçois plus le temps d'une façon linéaire, paradoxalement, mais comme une sorte d'étoilement.

~

Quand ai-je cessé de parler le langage de la tribu ? Je veux dire : quand ai-je commencé à penser par moi-même, non pas dans la totalité, c'est impossible, mais suffisamment ? Tard, trop tard. À un âge où, déjà, victime aveugle des usages de la tribu, j'avais engagé ma vie dans la création d'une famille qu'en fait je ne désirais pas, si bien que je me suis trouvé pris dans un piège dont je n'ai pas su, par à quoi bon, poids des us, etc., me dégager. Ainsi, dès le départ, ma vie a été orientée dans une direction qui, sans doute – ce n'est qu'une hypothèse – a étouffé pas mal des possibilités que j'avais en moi. Y repenser ne sert à rien, mais, de temps en temps, je ne puis m'empêcher d'analyser ma faiblesse, et bien sûr en sachant que l'exemple de mes erreurs ne peut servir à personne (à l'inverse de mon grand-père et père qui invoquaient toujours leur expérience), puisque chacun, de façon étanche et singulière, est prisonnier de problèmes qu'il ne pourra démêler qu'en partant de l'intérieur de lui-même et non en comptant sur une aide extérieure.

28 mai

Je touche à un moment tragique de ma vie où, constatant que je ne fais plus que me répéter, il faut que je cesse d'écrire. Ou plutôt il faudrait que je cesse d'écrire ; mais comment vais-je supporter mon propre silence ? Faut-il vraiment, cette fois, écrire le mot FIN ?

29 mai

Quand je prends conscience du nombre de mots qui, chaque jour, sont imprimés, je suis pris de vertige. Combien sont utiles ? Combien tentent-ils de creuser au-delà de l'apparence ? Quel étouffement !

À travers critiques et articles, qu'il s'agisse du domaine politique, philosophique ou artistique, sans parler du reste, c'est bien plus une intimidation qu'une information du public qui est en marche. Ce public, infantilisé, on ne le laisse jamais choisir par lui-même. Un petit groupe de spécialistes, peu ou prou auto-proclamés, lui assènent leur avis sur tout avec tant d'assurance, une telle morgue parfois, que le public, impressionné par cette image paternelle et magistrale du savoir, finit par les croire comme paroles d'évangile. Il ne voit plus ce qu'il voit et finit par trouver remarquable non pas ce qu'il trouve remarquable, mais ce qu'on lui a dit l'être.

À force d'être dirigé, par les éditeurs, les producteurs, etc., de plus en plus soucieux de leur chiffre d'affaire, de quantité plus que de qualité, et les critiques, courtisans plus ou moins avoués des susdites entreprises, même si, quelques-uns, rares, essaient de garder leur distance, le public ne pense plus guère par lui-même et se contente, moutonnier, de suivre l'autoroute consensuelle tracée par les médias.

Ainsi, la foule n'est-elle plus, même s'il existe bien sûr des nuances, qu'un ensemble de réflexes conditionnés que l'on entretient avec soin par des sondages qui, insidieusement, par leur répétition régulière, ou matraquage, la font aller dans le sens que les pouvoirs veulent, tout en lui donnant l'illusion qu'elle a une opinion, laquelle n'est, hélas, qu'une caricature d'opinion.

Devant cette situation, je rêve d'un grand silence, de journaux vierges sur les présentoirs des kiosques, de livres anonymes d'auteur et d'éditeur, de postes de radio muets, d'écrans sur lesquels ne palpiterait que l'opalescence du vide, je rêve de la liberté enfin donnée à chacun de choisir ce qu'il veut, quand il le veut, débarrassé de l'influence des hit-parades imbéciles, et de goûter, enfin, toute sa singularité retrouvée – quel rêve naïf, et, au fond, d'un incommensurable optimisme, mais ne nous privons pas de ces délires matinaux ! –, délivré de la loi de fer du troupeau, de l'obsédant regard de *Big Brother* et de toute forme de culpabilité.

~

La liberté – toujours relative – ne peut exister que pour celui qui se retire en lui-même, soit loin du monde, l'ermite, solution presque parfaite, soit en restant dans le monde, derrière un masque obligatoire si l'on ne veut pas en être chassé.

30 mai

Travail, famille, patrie, à quoi l'on peut ajouter religion, le quatuor se porte mieux que jamais, et même reprend du poil de la bête.

~

Les jardins d'Absurdie sont très beaux. On y voit des plantes qui saignent, d'autres qui crient, et dans les arbres les singes copulent en hurlant.

J'aime m'y promener, à la tombée du jour, quand les arbres respirent en étirant leurs branches vers le ciel qui s'obscurcit.

Dès que la lune se lève, des champignons phosphorescents crèvent la terre, énormes, qui demain, aux premiers rayons du soleil, exploseront, avec un pet joyeux, en lâchant dans l'atmosphère cette odeur nauséabonde que j'aime humer, lorsque je me réveille sur un de ces bancs où m'a couché un sommeil plein de cauchemars.

Je ne saurais trop recommander la visite de ces jardins sans jardiniers qui apparaissent aussi vite qu'ils disparaissent, à l'endroit où on ne les attend pas, ce qui explique qu'ils ne figurent dans aucun guide. Etc.

~

En ce moment, je ne vis guère que dans les etc.

~

Dans trois semaines, je cesserai de me battre. Je fermerai les yeux et je me laisserai couler dans le silence. Je voudrais pouvoir. Si seulement je pouvais effleurer – ne soyons pas trop prétentieux – le vide, c'est à dire la plénitude d'être totalement en soi ! Être, simplement être. À la fois sensible et insensible. N'est-ce qu'une utopie ? Habiter un lieu dénué de messages, de préceptes, de dogmes, un lieu nu, absolument, immobile, sans mémoire, pétré comme un reg où l'on n'est plus qu'un simple caillou. Ce journal aura-t-il été, sans que je m'en doute, un cheminement vers cela, ou bien n'ai-je tourné qu'en rond ?

~

Peut-être faudrait-il apprendre à se dé-connaître ?

~

Apprendre à ne rien attendre.

~

Comment faire pour ne pas sans cesse être blessé par les hommes ?

~

Le feu de la bêtise allumé en plein vent.

~

Seul le poème peut rendre compte.

2 juin

Les visites que je reçois, de loin en loin, me distraient, mais, en même temps, m'épuisent, à cause de l'effort que je fais, automatiquement, pour être agréable. Les jours qui suivent ces visites, je me sens vide et abattu, tout pouvoir d'écriture détruit, et j'ai, plus que jamais, besoin de calme et de solitude pour me rassembler. Je me souviens alors avec honte de toutes les concessions que j'ai faites, dans la conversation, pour aller dans le sens de mes visiteurs et garder à notre rencontre une relative harmonie, harmonie que je paye d'un vertige intérieur angoissé de plusieurs jours devant la lassitude qui me pousse à n'être pas entièrement moi-même en toute circonstance. Sans doute, dans l'esprit de mes interlocuteurs, ai-je laissé l'image d'un homme plutôt aimable et disert – petite part de moi-même que j'utilise comme masque de mon essentiel, qui est incertitude et angoisse, perpétuel tremblement de l'esprit au sein d'un brouillard de peur où les menaces n'ont pas de formes –, mais moi, abattu, je me vois, comme ratatiné, petit nain pitoyable, enfant à visage de vieillard dont une main invisible serre la nuque.

3 juin

Rien écrit, rien lu, mais écouté de la musique, toujours étonné par cet art qui, dirons certains, reste en deçà du sens, ne formulant rien de précis, mais dont j'ai l'impression, toujours – comment dire ? – qu'il va au-delà du sens, justement parce que, ne prétendant pas nous dire quoi que ce soit de précis – hormis les horribles musiques à programme – il nous laisse bien plus de liberté de dérive, bien plus de creux, que, par exemple, l'écrit. Mais je n'arrive pas à exprimer exactement ce que je veux dire.

J'ai aussi marché aujourd'hui et, une fois encore, me suis

émerveillé de la rapidité avec laquelle, au printemps, la nature rature les traces de l'homme. Imaginé de nouveau un monde vidé d'hommes, des villes désertes, piranésiennes, où le silence de l'herbe, peu à peu, étoufferait la cacophonie monumentale d'une humanité disparue.

4 juin

Qui n'a pas lu Pessoa est sans doute moins intelligent, moins modeste, tout imbu d'une idée à la fois naïve et rouée de la littérature, vaniteux d'une tranquillité qui confine à la bêtise. Étrangement, la lecture de Pessoa me met à ma place, des plus modestes, et en même temps me redonne confiance en l'écriture comme outil de dérive et de connaissance, territoire de liberté et scalpel.

~

L'été est là, ce velours de chaleur déjà, au début de la matinée, mais la sensation de renouveau n'est pas au rendez-vous comme les autres années : je bouscule un corps fébrile d'inquiétudes et de douleurs baladeuses. Pourtant, après tant de mois d'atonie du désir, il est là de nouveau et des fantômes obscènes de femmes traversent mes nuits ; mais alors un miroir pervers me renvoie mon image, et ce désir m'est à charge.

~

La simultanéité de l'inquiétude et de la joie dans la même seconde est une curieuse situation dans laquelle je me trouve de plus en plus souvent. Une manière de microséisme dont je ne sais quelle part revient au corps, quelle à l'esprit, et qui n'a rien d'imaginaire.

~

L'écriture est comme l'eau, nappe phréatique inépuisable qu'il faut avoir le courage d'aller chercher, le plus souvent, en se forant la tête.

5 juin

La nuit m'a saisi à la gorge puis rejeté sur les rives pâles où j'ai cherché mon souffle sous les cailloux, en rampant.

À présent, le ciel mou pèse sur la mer étale et j'ai froid dans mon souvenir, sur la plage déserte jusqu'à l'horizon, où la tempête a laissé la frange d'épaves de sa violence.

Je marche à travers une cité de mots qui dessinent le paysage au fur et à mesure que je les prononce.

Dans ma tête, une mouette, immobile, guette des mouvements vagues sous la surface.

~

Développer, c'est tisser une toile de bavardage dans laquelle on emprisonne l'abeille lumineuse de l'aube.

~

Ma famille est du côté de ceux qui aiment le désert et la roche. Coterie des hommes du silence et de la poussière.

~

Dans le laurier, l'homme à tête de feuille criait. Demandait-il au ciel une couronne ?

~

Saisir ce moment où la vacillation du réel griffe un instant la membrane du rêve.

~

Je voudrais ne plus vivre que dans les marges les plus subtiles et parvenir à saisir l'insaisissable, mais bien entendu c'est un rêve, dont je ricane in petto.

~

Le réel est aussi pesant qu'un rail.

~

Asseyez-vous dans ce silence tremblant, à la frange de cette joie angoissée que suscite le moindre mot, lorsqu'on le trace sans savoir où il nous mènera et si même ce que nous écrivons a un sens.

~

Je ne peux plus vivre que dans ce lieu sans routes, sans poteaux indicateurs, où j'arpente, au hasard, un territoire sans autres frontières que ma mort. Elle est là, aussi fuyante qu'une chauve-souris dont je devine la présence plus que je ne la vois.

~

Il y a, dans la cave, un clavecin de lumière.

~

Je ne sauterais jamais le pas avec désinvolture, et pourtant ce n'est pas faute de vouloir.

~

Être seul, est-ce enfin s'entendre ?

~

Descendre en moi, une lampe à la main, comme je descendais

autrefois, terrorisé, pour aller chercher du charbon, dans l'odeur moisie de la boue humide.

~

Squames desséchées d'une œuvre à jamais laissée derrière moi. Un soir qui n'en finit pas, de l'autre côté d'un exil, au bord d'un océan que je ne retraverserai plus jamais.

~

Je ne cherche pas à expliquer mes sensations fugaces, mais simplement à les traduire.

~

Quand s'arrête la musique, soudain l'étau géant du silence resserre ses mâchoires.

~

La perception du terrible en moi-même provoque un mouvement d'orgueil et me donne la sensation, au cœur de la cacophonie pérorante, d'appartenir à une caste rare. Simple impression. Poussée de folie fugace dans laquelle, pourtant, je perds, un laps de temps infime, tous mes doutes et me sens comme une sorte de roi solitaire déchu, mais toujours roi, à la veille d'être décapité.

7 juin

Écrirai-je encore longtemps ? J'en doute. Je me sens de plus en plus loin. Ou plutôt là, mais à côté. Les jeunes que je croise ne cessent de m'éclabousser de la béance de leur avenir et me rappellent un souvenir très lointain, et vague, et comme irréel : moi, lorsque j'avais leur âge et que tout était à découvrir.

Ce sont là des considérations banales sur des sensations banales chez qui vieillit ; mais, si banales soient elles, elles n'en contiennent pas moins de la douleur, infiniment.

Bien sûr, je sais que la jeunesse est inquiète elle aussi, mais elle a au moins un futur, au lieu que moi je suis au pied d'un mur, courbé sous le sac de ce futur gaspillé devenu mon passé.

Au moment où j'écris, je suis persuadé que ce journal est un pesant point final à ma tentative, depuis quarante ans, de bâtir une œuvre, comme on dit – ce mot que je ne puis écrire, lorsque je le rapporte à moi, sans hausser les épaules –, tentative ratée, vacillation entre des choix que je n'ai pas su trier.

Pourtant, malgré mon échec, j'ai l'impression de n'avoir vraiment vécu que lorsque, les doigts serrés autour d'un stylo, ou assis devant un clavier, je traçais des mots.

À présent, le monde et son histoire me semblent n'être qu'un mirage. Et aussi ma vie. Rien n'a existé. Rien n'existe. Ne suis-je qu'un hologramme au sein d'une république d'hologrammes ?

9 juin

Tôt, j'ai marché, à travers la garrigue, dans un matin brumeux engendreur de légendes. En une nuit, des milliers de toiles d'araignées (l'*agelena labyrinthica*), ont écloses sur les herbes, au bord du chemin, comme tissées de coton nuageux. En forme d'entonnoir, adaptées à leur support végétal au ras du sol, aucune n'est semblable à sa voisine. Des gouttes de rosée s'accrochent aux mailles ténues de cette sorte de ouate, et aussi des victimes minuscules, mais pas un mouvement : l'araignée se cache au fond du puits qui marque le centre approximatif de la toile. Pour la voir, il me faudrait la patience de Fabre, mais mon corps désire trop le mouvement et je me contente, le long du sentier, de regarder ces fleurs de mort éphémères.

Arrivé au sommet de la colline, un renard s'enfuit devant moi. Un des rares à échapper au massacre organisé par les chasseurs de mon village, pour des raisons qui m'ont toujours paru obscures.

J'écris ces banalités dans la nuit – en fait nous sommes déjà le 10 juin – en entendant l'orage qui passe, rapide, et dont l'averse déjà décroît, sans troubler les hirondelles qui, ponctuelles, pépient dans le nid abrité par l'auvent du toit. J'écris par discipline, sans illusion, sans plaisir véritable, au fond je ne sais plus pourquoi. J'aurais pu rester (j'aurais dû ?) dans mon lit, tranquille, mais, justement, si j'étais resté dans mon lit, avec ces bribes de phrases qui me traversent la tête en demandant à être écrites, je n'aurais pu, sinon me rendormir, au moins retrouver le calme.

Et, à présent, assis au bord du lit, mon carnet népalais ouvert sur mes genoux, j'écoute se lever le jour avec un certain regret, le sentant monter dans ces sortes de froissements sonores, qui ne sont pas un chant, qu'émettent les oiseaux définitivement réveillés.

10 juin

Hier, visite à ma très vieille mère. Elle n'éteint même pas la télévision pour me parler, et je suis obligé de subir l'inepte journal – quel progrès dans l'imbécillité, depuis que j'ai abandonné la télévision ! – de la première chaîne. Difficile de faire mieux dans la désinformation. Le bavard de service réussit, pendant trois quarts d'heure, à présenter une actualité faite de petits rien essentiellement français. Tout n'est que divertissement amollisseur de cerveau, triomphe d'un sordide ou d'un sentimental du même niveau que celui de la presse de caniveau. Et je suis accablé, même si je sais que çà et là dans l'ombre... oui, mais, quelle influence ont ceux qui pensent encore et refusent de participer au jeu ?

Je ne crois plus guère, désormais, qu'à la tyrannie de l'imbécillité organisée. Au vrai, je suis vraiment désespéré. Pourquoi n'ai-je pas le courage de faire un geste définitif ? À cause de ces matins où l'on rencontre un renard ? Ou bien... ou bien quoi ? Les devoirs sans doute...

Tirer sur soi la nuit, comme un drap.

11 juin

Longue pluie inhabituelle en juin. J'aimerais rester là, à regarder le ciel à travers la fenêtre, ou à lire quelques bribes de texte, mais des amis m'ont tiré vers la fête, et je dois y aller. Je sais bien qu'au fil de la journée, vin aidant, je m'oublierai un peu, mais j'ai hâte que cette Pentecôte soit passée pour retrouver les jours ouvrables (ceux où je puis ouvrir mon ordinateur et œuvrer). Et de nouveau le vieux rêve à la Thoreau me traverse l'esprit, d'une maison isolée sous les arbres qui s'égouttent.

13 juin

Il pleut ; et cette pluie me replie un peu plus sur moi-même. Depuis que je suis levé, je me livre à ces activités ménagères répétitives qui me permettent de me tourner le dos. Je viens aussi d'écrire quelques lettres rapides. À présent, il faut faire face au vide, où plutôt il faut que j'affronte mon vide, mais le mot vide n'est pas le bon pour désigner cette pesanteur interne ? cette fatigue ? cet à quoi bon ? cette sensation de dislocation ? – vraiment, comment dire ? – qui me paralysent.

~

Le papier, sous la lumière presque hivernale, me sollicite : il appelle une cristallisation très brève de mots ; mais rien ne se passe.

14 juin

Nuit. Sécheresse interne. Ils ne sont pas en moi, de quel droit me reprocheraient-ils mon accablement ? Tous nous sommes seuls, à jamais, dans l'illusion nécessaire de l'échange sans échange. Danse macabre déguisée. Exactement la rue San Joan de Munch. Et le pire, peut-être, est l'entrechoc des désirs, et toute cette mauvaise littérature tout autour. Pourtant si peu de différence, à part l'hypocrisie, avec les quadrupèdes. Les masques pendent aux branches d'une forêt infinie où les singes hurlent en sautant de branche en branche. Il est quatre heures du matin. Le moindre craquement me fait peur, comme lorsque j'étais enfant, à Castelnau, et que j'entendais courir les rats dans le grenier, parmi les feuilles et les marrons secs (j'ai déjà parlé de cela, mais ne suis-je pas que répétition ?). Ne pas développer le souvenir : il est aussi un masque. Regarder le sable à l'infini et tout brûler. À commencer par cette fiente d'angoisse qui salit tout. J'écris au plus près de ce que je ressens, refusant de me composer un visage, refusant de composer, c'est tout.

~

L'insomnie est une fosse aux serpents aux parois nettes de toutes aspérités.

15 juin

L'horreur, chez René Char, de la trivialité de l'actualité et la distance qu'il a su garder, dans ses écrits – je pense aux *Feuillets d'Hypnos* – par rapport à l'événement. La sérénité crispée de celui qui sait s'engager mais qui ne confond pas sa plume avec le fusil momentané qu'il est forcé d'utiliser.

~

Au fond, si engagé qu'il soit, un écrivain, ne fait peut-être que rêver son engagement plus qu'il ne le vit, et même s'il y perd sa peau.

~

Nous autres, gens du midi – mais c'était aussi la caractéristique d'une génération cultivée en train de disparaître – nous aimons déplier les mots, les goûter, les entendre et, paradoxalement, les écrire tout en parlant. Rien ne me choque plus – et pourtant il s'agit de l'évolution normale d'une langue qui ne peut rester immobile – que cette façon moderne de bousculer les mots, de les avaler, de saccader la langue et – tant pis si ma remarque sonne nostalgique – de lui enlever ses liaisons, sa flexuosité – quel crétin a dit que le français n'était pas musical ? – bref, ce qui faisait sa singularité.

~

Nos marionnettes philosophiques actuelles, mi journalistes, mi mondaines, avec un zeste de la faconde des camelots, nous ridiculisent partout où elles passent, mais elles n'en ont cure et pas un instant ne trébuchent sur leur ridicule, puisqu'à force de s'écouter elles n'entendent rien.

~

Matrice nocturne du silence dans laquelle je me replie, en éveil, à l'écoute des rumeurs amorties du monde.

~

Penser, penser vraiment, dans son sens actif, ce que je ne parviens à peu près jamais à faire, restant toujours à la surface des questions, c'est forer, justement, la dure paroi de ces questions, ou vraiment les décortiquer, pour en atteindre un cœur qui n'est pas forcément diamant réponse, mais source, début d'une suite de méandres hasardeux dont on ne sait s'ils se tariront dans le premier pré venu où descendront jusqu'à un inextinguible océan qu'ils traverseront, comme le fleuve Alphée la Méditerranée.

~

Mon goût de la dérision, qui me pousse à plaisanter, y compris de moi-même, rend douteux, aux yeux des gens, la mélancolie, l'angoisse, principales couleurs de mes écrits, et me fait passer pour un menteur auprès d'eux, puisqu'ils ne peuvent guère croire – sauf quelques-uns capables de comprendre cette duplicité – qu'un personnage aussi histrionique puisse être sincèrement l'hôte du désarroi et de la tristesse. Le pire est que souvent, moi-même, mais avec quelle sensation de honte et de brisure, je ne sais plus qui je suis vraiment.

~

Je vais éteindre la lampe, redevenir gisant couché parmi les échos furtifs d'une nef nocturne et déserte, cadavre de marbre pour l'éternité, effigie de moi-même, les mains jointes pour implorer le néant.

~

Résumé : ce journal est la captation d'éclairs intimes entrelardés de quelques réflexions plus ou moins banales sur le monde. Rien de plus.

17 juin

Ma vie extérieure étant vide, je devrais au moins avoir une vie intérieure bien remplie, une pensée, mais ma pensée n'est que cette bouillie mentale dont ce journal témoigne, tout juste traversée çà et là par une expression assez heureuse ou un terme moins banal que le reste, et pourtant cette bouillie, comme la pitance servie au prisonnier, m'est nécessaire pour vivre.

~

Au moment où le désir revient en moi, après quasiment un an d'atonie mentale, je n'en éprouve aucune joie, tout juste une manière d'agacement.

~

Les hommes ont inventé de vivre ligotés, et je n'ai pas échappé à la règle. J'ai même poussé le vice jusqu'à resserrer moi-même mes liens.

~

Dans quelques jours, je refermerai ce journal, qui fut une expérience, un défi à ma paresse, et je ne tracerai peut-être plus aucun mot. Sage décision qui coïncidera avec mon enterrement virtuel. Pourquoi ne pas l'avoir prise plus tôt ? Mais je me connais, je tournerai en rond, et, un jour, comme on ne peut résister à une manie, je me remettrai à écrire des inepties, et, toujours aussi imbécile, j'appellerai création ce qui ne sera qu'un réflexe.

~

C'est vrai qu'il y a grandeur et courage dans le suicide, mais souvent, aussi, une part de cabotinage, non ?

18 juin

Les oiseaux, dans leur nid, couvent de minuscules têtes de mort.

~

Le ciel est d'un bleu absolu, sans la moindre ombre de vapeur, la lumière rend aveuglante la façade, le mistral souffle, ma fatigue, frémissante comme des poissons dans un filet, gonfle le ventre du hamac, le feuillage du laurier s'agite par saccades, des oiseaux invisibles pépient, et ce moment je le perçois non pas dans l'instant, mais comme s'il venait de très loin, sorte de souvenir revécu, odeur d'un ailleurs, là-bas, de l'autre côté d'un océan qui n'existe pas.

~

Une éternité dans l'instant. Comme si, dans la même seconde, se concentrait plus d'un demi-siècle, joignant la lumière de cet après-midi à un autre après-midi, loin dans le passé, où la lumière, vue à travers la glace d'un wagon – mais où et quand ? – était semblable.

~

D'où peut bien venir cette nécessité exigeante d'être à l'affût, stylo pointé, de l'émergence de ces fragments disparates et fugaces dans l'esprit ? De quelle maladie ce guet perpétuel est-il le symptôme ? Ou plutôt de quel manque, de quelle peur ? Comment nommer sa cause ?

21 juin

Dernier jour de ce journal. Soixante-huit ans. J'ai l'impression de refermer ces pages comme on termine une convalescence. Je retrouve le goût de regarder les femmes. Hier ces jeunes serveuses asiatiques au restaurant, dont l'une avait des mains admirables qui me caressaient le regard chaque fois qu'elle déplaçait un ustensile sur notre table. La beauté du corps féminin. Ses mouvements sous le voile des vêtements, son caché/révélé perpétuel et, encore une fois, ma haine pour les religions castratrices et les machistes de tout acabit qui en font le symbole du mal ou un simple objet.

~

Je referme momentanément ce journal (momentanément ou définitivement ?), je le rejette comme un poids et en même temps je me sens comme un boiteux qui cherche partout sa canne.

~

J'ai fini
la relation
de mes voyages
intérieurs

Je suis ici désormais
pour m'éteindre
en caressant du regard
le périssable et l'impérissable
la chair des femmes
et les pierres…

Du même auteur

Éditions Gallimard
L'après-midi, 1962
Couleur de cendre, 1964
Une journée pleine, 1965
Le feu central, 1966
La baleine blanche, 1972

Éditions Actes Sud
Au jardin des délices, 1983
Et peut-être suffit-il de, 1984
Le chevalier immobile, 1985
L'homme séparé, 1995

Éditions Cadex
La mort de Woyzeck, 1990
Fragments d'un désastre, 1994
Autobiographie d'un autre, 1996
Cheminement vers le rien, 1997
Carnets du graphomane, 2000
Le bruissement des mots, 2003
Carnet des solitudes, Le bruit des autres/Cadex, 2004

Éditions Jacques Brémond
Carnets du vide, 1991
Fin des terres, 1997

Éditions Paroles d'Aube
Carnets du souterrain, 1996
Lettres à des morts plus vivants que les vivants, 1999

Éditions Le bruit des autres
Petit dictionnaire subjectif, 2000
Janus, 2001
La véritable mort de Don Juan, 2002

Histoire de Marek, 2006
La maison d'argile, 2007
Une forêt de signes, 2008
L'exilé, 2011

Éditions Alain Benoit
Abécédaire jardinier, 2003
Non-retour, 2015

Éditions de l'Amourier
La ville, 2004
Carnet des poussières, 2010
Un an, 2012
Personne, 2017

Éditions Encre et Lumière
Seigneur, délivrez-nous du pape, 1996
Un enfer bien calculé, 1996

Éditions Rhubarbe
Paysages inexistants, 2010
La montagne, 2011
Nocturnal, 2012
Haillons de mémoire, 2014
Carnet du désert, 2017
Lettres sur les mots, 2021

Éditions Le Réalgar
Gravats, 2018
Lettre ouverte au poète Han shan, 2019
Dédale, 2020
Moments, 2022

Chez d'autres éditeurs
Pierres d'ombre, Fata Morgana, 1970
Le roi des chiens, Le castor astral, 1987
Entours, L'Art et Maintenant, 2002
Montpellier Atlantide, Laquet, 2004
Connivences secrètes, Tipaza, 2007
Une Cythère infinie, Méridianes, 2009
Une question noire, Atelier Baie, 2012

Traductions
BUTAZZONI Fernando, *Le tigre et la neige*, Éditions de l'Aube, 1988
BORGES Jorge Luis, *Borgès en dialogues*, Éditions de l'Aube, 1992
PETERSEN Diego, *Limites/La dimension de l'abîme*, Lucie éditions, 2008
PETERSEN Diego, *États de l'errant*, Lucie éditions, 2019
UNAMUNO Miguel de, *Traité de cocotologie*, Venus d'Ailleurs, 2015